北京外国语大学王佐良外国文学高等研究院出品
北京外国语大学"双一流"建设项目成果

外国文学研究文库 · 第四辑

Дискурс / Жанр

话语／体裁

［俄罗斯］瓦列里·伊戈列维奇·秋帕 著
В. И. Тюпа
薛冉冉 译
刘文飞 导读

外语教学与研究出版社
FOREIGN LANGUAGE TEACHING AND RESEARCH PRESS
北京 BEIJING

京权图字：01-2022-5291

图书在版编目（CIP）数据

话语 / 体裁 /（俄罗斯）瓦列里 · 伊戈列维奇 · 秋帕著 ；薛冉冉译 ；刘文飞导读. -- 北京 ：外语教学与研究出版社，2023.1
（外国文学研究文库. 第四辑）
ISBN 978-7-5213-4180-5

Ⅰ. ①话… Ⅱ. ①瓦… ②薛… ③刘… Ⅲ. ①外国文学－文学研究 Ⅳ. ①I106

中国版本图书馆 CIP 数据核字 (2022) 第 257952 号

出 版 人　王　芳
项目负责　姚　虹　徐　宁
责任编辑　李旭洁
责任校对　徐　宁
封面设计　奇文云海
出版发行　外语教学与研究出版社
社　　址　北京市西三环北路 19 号（100089）
网　　址　http://www.fltrp.com
印　　刷　三河市北燕印装有限公司
开　　本　650×980　1/16
印　　张　17.5
版　　次　2023 年 1 月第 1 版　2023 年 1 月第 1 次印刷
书　　号　ISBN 978-7-5213-4180-5
定　　价　46.00 元

购书咨询：（010）88819926　电子邮箱：club@fltrp.com
外研书店：https://waiyants.tmall.com
凡印刷、装订质量问题，请联系我社印制部
联系电话：（010）61207896　电子邮箱：zhijian@fltrp.com
凡侵权、盗版书籍线索，请联系我社法律事务部
举报电话：（010）88817519　电子邮箱：banquan@fltrp.com
物料号：341800001

外国文学研究文库

前　言

由北京外国语大学王佐良外国文学高等研究院策划、外语教学与研究出版社出版的“外国文学研究文库”就要与读者见面了。近年来，我国外国文学学界同仁一直在积极探索有效途径，引进国外学者的学术著作，以提升我国的学术研究水平，增强我国学者的国际学术话语权。但由于国外文学研究领域发展迅猛，以及国内出版经费缺乏等一系列问题，国外文学研究领域许多经典的和最新的研究成果无法得到及时传播与出版。为了弘扬我国老一辈学者外国文学研究的优秀传统，促进我国外国文学研究的深入开展，我们组织策划了这套“外国文学研究文库”，旨在将国外文学学界的学术成果及时引进和介绍给我国外国文学学者、学生及爱好者，反映外国文学研究领域在世界范围的发展趋势与前沿探索，使我国学界更好地与国际学界接轨与对话，以此推进我国外国文学研究的发展。

“外国文学研究文库”定位于对国外文学研究重要成果展开的

引介，将采用购买原作版权、组织国内该领域有影响的学者撰写导读的方式进行。这些导读将有助于读者把握作品的脉络，掌握其思想要点，更全面、更深入地理解作品要义。鉴于英语之外其他语种作品的受众问题，除以英语撰写的著作以原文的形式出版之外，我们拟将其他语种的国外学者著作翻译成汉语，并附以专家导读。该“文库”是一套开放性的系列丛书，我们将陆续推出国外具有影响力的学术著作，内容范围包括以下四个方向：外国文学理论、外国文学批评、比较文学理论与批评，以及文化批评研究。

北京外国语大学王佐良外国文学高等研究院邀请到了我国重要学者参加编委会，推荐挑选国外学界具有影响力的研究著作。国内这一领域的资深学者将为著作撰写导读，并为非英语著作确定译者。我们希望通过这套“文库”，为拓展和深化我国的外国文学研究，为帮助我国外国文学学者拓宽批评视野、开拓研究思路，尽我们的微薄之力。

这套“文库”的出版，得到了我国外国文学研究领域众多学者的鼎力相助和大力支持，也得到了外语教学与研究出版社的全力配合，特此表示衷心感谢！

金莉
北京外国语大学教授
王佐良外国文学高等研究院院长

导 读

刘文飞
首都师范大学

当我在电脑上为本篇文章输入“《话语 / 体裁》导读”这个文件名并尝试保存时，屏幕上突然弹出“文件名无效”的提示。这当然是因为特殊符号“/”。此书的作者秋帕为何要使用这个在书名中很少见的斜杠呢？他原本或可给此书一个更通常的命名，诸如《话语和体裁》《话语与体裁》《话语 · 体裁》之类。不过，突兀地插在书名中间的这道斜杠却在提醒我们，作者是在把“话语”和“体裁”两个关键词并置，他可能意在淡化这两个概念间的主次地位，也可能是在特意凸显两者间的互文关系。

《话语 / 体裁》是俄罗斯当代文学理论家秋帕的一部近作，出版于 2013 年。此书篇幅不长，却包含了作者一个很大的学术抱负，即探讨话语和体裁两者间的互动关系，并试图论证话语在体裁生成过程中的建构作用。作者在《导论》开头就说明，他的工作旨在拓展叙事学的范围，拓展向度即是话语学和巴赫金的元语言学。“元语言学”（metalinguistics/маталингвистика）作为语言学的一个分支，其任务就是研究语言和其他文化行为方式间的关系，是对作为共存现象的言语交际单位间对话关系的研究。此书无疑是对巴赫金学术传统的继承和发扬，尤其受到巴赫金《言语体裁问题》（1953）一文影响。在《言语体裁问题》中，巴赫金把文学体裁理解为人类的交际现实，从而在言语和体裁之间发现关联，并将体裁视为人类文学和文化史中一个既稳定又不断演变的言语体系。循着这个思路，秋帕在《话语 / 体裁》一书中展开了他的梳理和归纳。

全书正文部分辟为九个章节，前三章是关于话语和叙事理论的阐释，后六章是对诸多文学体裁的具体分析。在第一章《话语和体裁》（作者在这里没有再次使用“/”）中，作者对作为全书论述对象的两个关键词进行了解释，并比较了两者的同异。早在 20 世纪 50 年代，巴赫金就在《言语体裁问题》一文中提出，语言学中缺少一个表示“言语交际单位”的概念，后来，福柯在《话语的秩序》（1970）等文中提出了“话语”（discourse/дискурс）一词，用它来指“思想”和“言语”之间的交际现实，弥补了巴赫金当初的缺憾。巴赫金虽然没有使用过“话语”这一概念，但他在旧有的“体裁”概念前添加“言语”这一限定，提出“言语体裁”（речевые жанры）的概念，已经给“体裁”注入了新的内涵，使其也具有了言语实践单位的属性，亦即福柯所谓“话语”的属性。不过，作者也指出，并非每一种体裁都有话语属性，话语和体裁的差异可以在学术领域显现出来，比如每一种学术话语都是数学的、生物学的或哲学的，但这三种学术话语均不构成一种体裁；相反，论文、报告、讲座、摘要和书评等学术“体裁”却可以涵盖所有科学学科的话语文本。本书作者把话语划分为两种类型，即“话语 I”和“话语 II”。“话语 I，就是单一的（单文本的）交际事件，其篇章具有不变的体裁构造。”“话语 II，就是互文的

‘学科空间’（福柯），这一空间通常是多体裁的，是一个**场域**构造，其界限即各种社会文化实践活动间不断调整的边际。”无论话语 I 还是话语 II，首先都是一种交际事件，区别仅在于这种话语实践活动是单文本的还是互文性的。对话语做这样的区分，其目的就在于让话语概念与体裁概念产生更复杂、更深刻的勾连。于是，作为文艺学概念的“体裁”，既可以指从属于这一体裁的文本，也可以指此类文本所使用的话语，比如“长篇小说”，就既指作为一种文学体裁的长篇小说，又指长篇小说这种体裁所使用的叙事方式。体裁既有其严格的规定性，也有其灵活性，既有其传统性，也有其建构性，比如形式严格的十四行诗就属前者，长篇小说则属后者。这就是说，体裁和话语一样也具有双重含义。如果说体裁是一种“亚话语”（субдискурсы，斯米尔诺夫），那么话语就是一种“准体裁”。作者这样表达了他对比研究这两个概念的根本用意：“话语概念试图在共时层面把握言语实践的多样性”；而“体裁概念则旨在把握话语实践形式中人的意识的历时进化”。

在第二章《叙事学和话语实践》与第三章《文学体裁的生成》中，作者将体裁、话语问题放到叙事学的大框架中进一步研究。在托多罗夫于 20 世纪 60 年代提出“叙事学”的概念后不久，世界文艺学中便出现了所谓的“叙事学转向”（нарративный поворот），即认为一切文本都是话语交际的结果，同时也均具有话语交际功能，叙事就是一种话语实践，是作者、话语表现对象和接受者这三者之间言语互动的结果。叙事不同于神话，因为叙事需要的三要素，即“谁在讲”“讲什么”和“对谁讲”，在古代神话故事中是未加区分的。叙事和“施为”（перформатив）则关系密切，因为施为话语是一种更注重交际、更富有互动性的话语，它的三种话语方式，即呼吁、声明和冥思，很可能均源于人类原始仪式上的咒语和祈祷。体裁可能是由最初的言语交际方式决定的，文化话语的体裁问题首先是一个元语言学问题，文学体裁就是一种“言语面具”、一种“交际立场”。文学体裁首先是就书面体裁而言的，间接的书面交流是文学体裁生成的必要条件，但并非唯一条件，另外两个条件也同等重要，即交际策略和审美目的。总之，具有审美叙事需求的话语实践要借助某种特定的方式获得最佳表达，这些表达方式逐渐固定为某一种体裁，而叙事话语自身的双重性，即话语既是所表述的内容，也是表述行为本身，又使得体裁始终处在不断的演变之中。不同话语的特殊属性是在历史文化场域中形成的，是语言世界图景的呈现，而这些不断变化、丰富的话语导致了不同体裁的生成和丰富。一种文学体裁，说到底就是一套文学话语的发展演变史；反过来，一种文学话语，又是借助一种文学体裁来自我实现的，并获得进一步发展的潜能。

从第四章《原生文学叙事》起，直到第九章《舞台话语的悲剧体裁》，作者对各种文学体裁展开了具体研究。与前三章的理论陈述相比，作者在这六章中关于不同文学体裁的起源和特征的具体分析似更有新意，他的一些学术发现，所提出的一些理论表述，均很有启发性。

言及一些最古老的文学体裁，作者认为，传说（сказание）、童话（сказка）、喻言（притча）和笑话（анекдот）等民间文学体裁的发展是有阶段性的。一种体裁，当它逐渐成为其他体裁的要素时，便不再是一种单独的体裁，如“喻言”。“笑话”的概念源自拉丁语“anecdota”，原意为“不要公开”，笑话是文学史上第一种将个人意见、独特观点和搞笑词汇变成文化财富的话语体裁。谈到“传记”（жизнеописание），作者认为它源于笑话、英雄史诗和喻言这三者的相互叠加，是长篇小说的原生体裁，是个性化了的英雄史诗，是话语主体的自我实现。使徒传不是小说，因为其中缺乏世俗生活和个性话语，普鲁塔克的《平行传记》则可被视为最早一部具有叙事策略的传记，因为他率先从生活的导师转变成生活的描述者和讲述者。传记作者的话语具有双重对话性，既面对传主，也面对传主的价值意义，在传记体裁成熟之后，传记话语以及之后的小说话语的接受者就必须具有一种陌生化的认知能力，即“在他者身上认知自我，在自我身上认知他者”。

第六章《作为后长篇小说叙事的短篇小说》是对短篇小说体裁的研究。在俄语文学中，“短篇小说”（рассказ）概念出现较晚，由波列沃依于 1829 年提出。短篇小说与中篇小说（повесть）的差别并非仅在于篇幅的长短，而主要在于叙事话语和叙事策略。对这一体裁做历史溯源，可以发现它具有口述性和喻言性相互结合的非标准化小说诗学特征。俄语短篇小说与喻言、童话和笑话十分接近，它与其说是在诉诸读者，不如说是在诉诸听众，作者试图与读者建立起某种更为密切的交际关系。作者以普希金的《别尔金小说集》、屠格涅夫的《猎人笔记》、陀思妥耶夫斯基的《普罗哈尔钦先生》、契诃夫的晚期小说和扎米亚京的《龙》等作品为例，分析了俄语短篇小说独特的叙事话语和叙事策略。比如，普希金的短篇小说作为“原生短篇小说”所体现出的诸多美学特征——民间性、与读者的亲昵关系、不充分展开的情节、封闭的性格、十分简洁的细节以及对事件本身的兴趣等，均与喻言和笑话的体裁特征十分近似，由普希金奠定的这一短篇小说话语体系，后来成为俄语短篇小说的重要美学特征。陀思妥耶夫斯基的短篇小说《普罗哈尔钦先生》具有双重叙事特征，即同时具有喻言和笑话的叙事方式，这为他晚年长篇小说的发展，即复调小说的生成奠定了基础。契诃夫的晚期作品是公认的俄语短篇小说经典，因为“在契诃夫的创作中，笑话和喻言这两种体裁传统获得了最为有机的结合”。作者以契诃夫的短篇小说《幸福》为例：就主题而言，《幸福》是对生活意义的喻言般的揭示；就形式而言，《幸福》可被视为一个幽默故事。《幸福》所折射出的两种世界图景，实为两种不同的叙事话语。不过，作品自身所蕴含的双重话语也对其接受者提出了更高要求，“喻言不能被接受为笑话，笑话也不能被接受为喻言，因为这会导致讲述在内容上的错乱，导致交际事件无法实现”。这样的叙事策略也导致了契诃夫短篇小说结尾的开放性，契诃夫将最终解决问题的任务交到了读者手上，让读者同时承担起交际、审美和道德的责任，他似乎在与每一位读者单独进行开诚布公的交谈，其结果，积极乐观的读者就有可能赋予契诃夫作品的结局以正面意义，而消极悲观的读者则可能赋予同样的结局以负面意义。

对多种抒情体裁进行话语分析，是《话语／体裁》一书的重要部分之一，作者试图阐释这些抒情体裁所体现的交际策略，“这些交际策略就存在于主体、客体和受话者的集成定位之中”。他认为，抒情话语起源于咒语和祈祷等祭祀用语。狄德罗将诗歌称为“有韵律的魔法”，而“魔法话语”具有强烈的施为性。比如，咒语是对客体的施为，誓言是对自我的施为，祝福是对他者的施为，祈祷则是在“我”和“超我”之间建立关联。抒情的施为，就是个体的自我实现，是融主体性和对话性为一体的行为。与日记不同，抒情话语指向他者，指向他者的内在语言，就像一名舞者自己起舞，并用其肢体语言召唤他人加入舞蹈，自主交际语言因此成为一种异质暗示语言，因此，抒情诗自古就具有某种内在的合唱属性。在抒情诗中，“我”是“我们”的借代或比喻。“抒情话语是具有合唱意义的施为，也就是具有巨大暗示潜力的施为。”原生文学的施为性就是抒情诗体裁的源头，作者列出了三对相互对立的抒情诗体裁，即颂诗和贬词（ода и инвектива）、田园诗和谣曲（идиллия и баллада）、哀歌和唯理诗（элегия и волюнта），认为它们均源自言语施为，是截然不同的两种言语交际行为的产物。例如：颂诗源自赞美，贬词则源自诅咒；田园诗源自宁静，谣曲则源自恐惧；哀歌源自悲伤，唯理诗则源自意愿。也就是说，不同的言语施为行为最终导致了不同抒情体裁的生成。

作者还将寓言（басня）和散文诗（стихотворение в прозе）这两种体裁列入叙事抒情作品。他对“寓言”和“喻言”这两种极易混淆的概念做了区分：前者多为韵文，后者多为散文；前者是伊索传统，后者更为原始，更具口头文学特征；前者是抒情的，后者是教谕的。叙事策略或曰言语方式的不同，最终使得前者成为一种文学体裁，而且是抒情性的文学体裁，后者却仍为一种话语方式，是关于作品风格的描述和概括。寓言中有一个抒情主人公的存在，有抒情主体的施为行为，因此近乎抒情诗；而喻言则回避直接的交流。所谓散文诗，是诗歌和散文两种体裁的相互渗透，它作为一种独立的文学体裁始于波德莱尔，后被屠格涅夫引入俄语中来，即他于1882年翻译的波德莱尔的《散文诗》。在作者看来，俄罗斯学界对这一体裁的研究最不充分，尤其是对其中的“叙事的抒情施为性”（лирическая перформативность нарратива）缺乏深入研究。

悲剧（трагедия）是《话语 / 体裁》一书中讨论的最后一种体裁。作者写道：“作为一种特殊话语实践的戏剧之本质，即对他人言语行为的模拟呈现。”戏剧中没有一个统领一切的叙事主体，主人公的见证者角色部分地让渡给了观众和演员。“戏剧文本的结构基础由**施为性**演说构成。”戏剧中的说话主体在话语实践中同时扮演“见证人和法官”的角色。言语互动是戏剧存在的前提，比如在果戈理的《钦差大臣》中就有三种话语并存，即市长的声明话语、赫列斯达科夫的冥思话语以及几位女性的呼吁话语。

本书最后一个部分题为《代结语：理论话语》，讨论的是学术话语问题。作者认为：在文学作品中，体裁与话语类型严格搭配，如史诗体裁的叙事性、抒情体裁的施为性以及戏剧体裁的模拟性；但在学术话语中，任何一种话语均不局限于任何一种特定体裁，因为，“创建和提出一种理论，就始终意味着说话和表述，实现交际行为，亦即进行话语实践”。理论话语同时具有陈述、施为和冥思性质，具有多重话语属性。此外，任何理论的核心都是一个新概念的提出，或是对已有概念的新阐释，新的概念是相对于已有概念而言的，因此，理论话语都是充满对话性的。在作者看来，总体而言，理论话语策略有三种类型，或曰其历史发展过程中的三个阶段：一、“遗觉策略”（эйдетическая стратегия），始自古希腊的一种话语策略，以柏拉图等为代表，是一种本体论话语；二、“批判策略”（критическая стратегия），始自 18 世纪，以康德等人为代表，是一种启发式话语；三、“投影策略”（проективная стратегия），始自 20 世纪，是一种认识论话语。关于最后一种话语策略，作者总结道：“与遗觉理论的**调控**交际策略和理论批判主义的**发散**交际策略不同，投影理论是‘和谐对话’的**趋同**策略。不拒绝任何东西，但对一切的接受均要经过重新思考，这种理论如同一座建立在旧基础上的新建筑，它将其他许多概念用来作为其建筑材料。”作者在书中试图使用的也正是这最后一种话语策略，他在结尾一段这样表明了自己的研究意图。

> 在本书作者看来，这本即将结尾的书也是用投影理论叙述策略写成的：与其说它对已知学术成就进行了理论概括，不如说它施为式地把理论话语宣示为施为实践的一个特殊领域。本书不是在呈现理论智慧业已显露的各种建构可能性，而是在确定这些可能性，使其“自我发展”（爱泼斯坦）；本书不是批评，而是对既有理论思维文化的正面修正；本书提供了一个理论思考可能状态的元修辞学定位方案。

全书结尾的这段话，也是关于本书写作方法的一个概括。这是一部充满对话性的学术著作，作者试图在诸多相对因素之间搭建桥梁。就内容而言，作者在话语和体裁之间构建起了充满张力的互文性关系；就方法而言，作者也试图调和巴赫金的“言语体裁”和福柯的“话语”之间的关系，并进而将以巴赫金为代表的20世纪中期的俄苏文论传统与当代西方叙事学理论对接起来。

在简单地介绍了《话语 / 体裁》一书之后，我们再来认识一下本书的作者秋帕。瓦列里·伊戈列维奇·秋帕（Валерий Игоревич Тюпа），1945年生于乌克兰的波尔塔瓦州，1969年毕业于莫斯科大学语文系，后人该校研究生院学习，1974年获副博士学位，1990年获博士学位，1992年晋升为教授。他于1979—1980年在巴黎大学进修，后执教于萨马拉、利沃夫、克麦罗沃等地的大学，1995年任俄罗斯科学院西伯利亚分院语文研究所研究员，其间曾在波兰和德国等国的高校做访问学者。1998年起，秋帕在俄罗斯国立人文大学历史语文系任教授，次年任该系理论诗学与历史诗学教研室主任，现任《话语》《新语文学导报》《俄罗斯人文大学学报（文学语言卷）》等刊物主编。秋帕的研究范围主要是文学理论、叙事学和比较诗学，主要著作有《作为科学认知对象的艺术现实》（1981）、《文学作品的艺术性：类型学问题》（1987）、《契诃夫短篇小说的艺术性》（1989）、《后象征主义：20世纪俄语诗歌理论纲要》（1998）、《文学作品：理论和分析》（1997）、《艺术解析几何学：文艺学分析导论》（2001）、《艺术话语（文学理论导论）》（2002）、《历史现实和当代历史比较语言学问题》（2002）、《主题分析》（2004）和《文学和心智》（2008）等；他还参与主编了高校教材《文学理论》（2004）和《艺术文本分析》（2006）等。在当下俄罗斯的文学研究界，秋帕被公认为主流学者之一。

秋帕的这部学术著作由莫斯科的Intrada出版社出版，该社是一家成立于1995年的小型出版社。此书原版篇幅不长，仅200余页，开本很小，装帧也十分简单，甚至略显简陋，封底标明的印数仅为区区 500 册，但原作的封底版权页上端却标有一行粗体大写字母“НАУЧНОЕ ИЗДАНИЕ”，即“学术出版物”，两相映照，竟让人觉得有些悲壮。此书的装帧和印数，的确在一定程度上折射出了当下俄罗斯学术界所面临的困境。苏联解体后，俄罗斯知识分子的写作和研究遭遇空前危机，学者的收入普遍偏低，他们的作品，尤其是学术著作很难发表和出版，即便获得了发表和出版的机会，也几乎是没有任何物质回报的。我猜想，秋帕的这本印数 500 册的专著可能也是没有稿酬的。但是如今，这 500 册中的一册（而且肯定不止一册）却传入中国，在中国被仔细地品读，专注地移译，认真地出版。借助中文，此书的印数可能会翻上数番，秋帕也将在中国和中文里遇见更多的知音。这是秋帕的幸运，也是俄罗斯当代学术的幸运。此书的翻译和出版构成一个象征，象征着中国当下外国文学理论研究和翻译事业的兴旺和发达。这个具有标志性意义的学术举动也在一定程度上表明，中文正在成为一种世界性的学术语言，就像巴赫金的学术遗产是在英语中得到充分梳理和归纳之后才重返俄语一样，我们或许也可以憧憬，在汉语中得到较为充分接受的秋帕及其理论，也能自汉语再回归俄语，当然，我们更希望中国学者关于秋帕的研究成果以及关于俄罗斯文论、俄罗斯文学的研究成果能越来越多地“返回”俄语和俄罗斯。

《话语／体裁》一书被列入北京外国语大学王佐良外国文学高等研究院出品的“外国文学研究文库”，将由外语教学与研究出版社出版。一本当代俄罗斯的小众学术著作，在当今欧美文论话语权笼罩中国学界的大语境下，居然能被王佐良高研院相中，这令我和我的研究俄罗斯文学的同事们深感欣慰，能给包括此书在内的“小语种文论”以一席之地，显示出了这套丛书的主编金莉教授以及外研社独具的理论慧眼和开阔的学术胸襟。此书的译者是浙江大学的青年学者薛冉冉老师。我们知道，翻译难，文学翻译难，文学理论翻译尤其难，薛冉冉老师知难而上，认真细致、保质保量地完成了此书的翻译。在此，请允许我以一个读者的身份，向王佐良高研院、薛冉冉老师以及出版社表示由衷的敬意和谢意！

谨以此书纪念我的挚友纳坦·塔马尔琴科

目　录

导　论　1

第一章　话语和体裁　5

第二章　叙事学和话语实践　25

　　第一节　25

　　第二节　31

　　第三节　39

第三章　文学体裁的生成　45

　　第一节　45

　　第二节　50

　　第三节　54

第四章　原生文学叙事　61

　　传说与童话　63

　　喻言　71

　　笑话　78

第五章　作为原生小说叙事的传记　91

　　传记话语的体裁策略　98

第六章　作为后长篇小说叙事的短篇小说　107

第七章 抒情话语的施为性和抒情体裁的生成 133
颂诗 贬词 147
田园诗 谣曲 153
哀歌 唯理诗 161
第八章 叙事抒情诗 173
寓言 174
散文诗 179
第九章 舞台话语的悲剧体裁 203
第一节 203
第二节 209
第三节 220
第四节 224
第十章 代结语：理论话语 235
第一节 235
第二节 241
第三节 245
第四节 247
第五节 249

译后记 253

导　论

呈现在读者面前的这部专著是从话语分析方面，从米哈伊尔·米哈伊洛维奇·巴赫金“元语言学”方面努力拓宽叙事学研究领域的尝试，其中将“元语言学”作为“新修辞学”的俄语术语表述。

本书所研究的问题具有跨学科性质，且不仅仅局限于“具象话语”——人们通常如此称呼文艺作品——这一领域。但本书的主要关注点仍旧集中在文学体裁方面，对巴赫金来说，它是研究人文领域言语体裁的定向标。文学研究的优越性在于 20 世纪中诗学作为一门学科不仅发展强劲，而且几乎成为复兴作为话语分析研究科学的修辞学的最为重要的认识论资源。[1]

各种文学体裁的诗学具有跨学科性质，这是由文学自身的特性决定的，用约瑟夫·亚历山德罗维奇·布罗茨基的话来说，它

---

1 См.: *Тюпа В. И.* Актуальность неориторики // В. И. Тюпа. Дискурсные формации: Очерки по компаративной риторике. М., 2010. 参见瓦列里·伊戈列维奇·秋帕:《新修辞学的现实意义》，见《话语体系：比较修辞学随笔》，莫斯科，2010 年。

是“语言的最高形式”。语言艺术的文本是具有超复杂结构的整体，这使得文学作品分析成为分析策略及任何一种话语分析方法论观点的“试验场”。从某种程度上来说，叙事学已经渗透到人文科学（甚至不仅仅是人文科学）思维的各个领域，它催生了具有鲜明文学特征的研究方向——叙事（讲述）形式理论。但是，20 世纪的文学研究依据自身特征所掌握的分析文本的启发式探索，在 19 世纪末曾经而且现在仍旧被广泛应用在不同的研究实践中。

该项研究的基础是言语体裁的普遍理论，这一理论不是从语言学视角而是从元语言学层面发展而来的。语言学家如叶莲娜·雅科夫列夫娜·什梅廖娃和阿列克谢·德米特里耶维奇·什梅廖夫，发现了“言语体裁”这一术语的不足之处，指出其危险性在于“这一术语与文学研究领域所使用的‘体裁’术语混在了一起”[1]。实际上，这并不是危险，反而是巴赫金术语的优势所在。各种文学体裁从本质上来说正是言语体裁，能够为理解和研究其他语言实践提供多产的模型。

茨韦坦·托多罗夫曾说过一段很难被反驳的话：“每一种通常被界定为文学的话语类型，都拥有非文学的‘姻亲’，它们之间的关系甚至比它和其他任何一种‘文学话语’类型间的关系更为近似。所以，相比于诸如《战争与和平》之类的历史小说，祷告文或许才跟抒情诗在规则上更为相似。”[2] 此外，文学书写的这

1　*Шмелева Е. Я., Шмелев А. Д.* Русский анекдот: Текст и речевой жанр. М., 2002. С.17. 叶莲娜·雅科夫列夫娜·什梅廖娃，阿列克谢·德米特里耶维奇·什梅廖夫：《俄罗斯笑话：文本与言语体裁》，莫斯科，2002 年，第 17 页。

2　*Тодоров Ц.* Понятие литературы / пер. с фр. // Семиотика. М., 1983. С. 368. 茨韦坦·托多罗夫：《文学的概念》，见《符号学》，译自法语，莫斯科，1983 年，第 368 页。译文参考杨乃乔：《比较诗学读本（西方卷）》，北京：首都师范大学出版社，2014 年，第 222 页。（本书中译文参考和引用信息皆为译者所加）

种审美特性绝不是无法揭示、无法描述的。

不过，为了实现上述可能性，需要在分界处进行“边际”研究，区分叙事和施为、艺术话语和学术话语等。可以说，这种分段划界构成了本书内容的核心。

第一章

话语和体裁

体裁是一个非常传统的概念，形成于标准化诗学的范畴内，而在新时期，它曾多次从理论上被重新认识，也正因为此造成了这一术语的不稳定性。[1] 话语则是一个相对较新的，仅仅在 20 世纪中期才出现的概念，并且在术语使用上远没有固定下来，这也是因为它还年轻。托多罗夫于 1975 年将这两个概念放在了一起，他写道："在文学研究中，话语规则正是在'类型'的前提下得以探讨的。"[2] 这两个含糊但在很大程度上对当代文学来说非常关键的概念既相互重合又相互区分，因此我们需要对它们的范畴内容进行解析，还要弄清楚对它们的探索式的界定。

20 世纪 50 年代初，巴赫金在撰写《言语体裁问题》时抱怨在语言学中缺少一个概念性的表述，不是用来表示语法句子，而是作为整体表述，它"已不是语言单位（也不是言语流或言语

1 См.: Schaeffer, J.-M. *Qu'est-ce qu'un genre littéraire?* Paris, 1989. 参见让–马里・舍费尔:《什么是文学体裁？》，巴黎，1989 年。

2 *Тодоров Ц*. Понятие литературы. С. 367. 茨韦坦・托多罗夫:《文学的概念》，第 367 页。

链的单位，而是**言语交际**的单位，不是具有含义，而是意义……指向价值——真理、美等，并且要求相应的理解，自身带有评价）”[1]。根据巴赫金的观点，讲述的意义“不能从旁观的角度去谈。理解的过程作为对话要素进入整体的意义之中”（5，337），这样一来，作为文本意义的总和或许可以通过“旁观”被展开（例如，从语言学角度）。

米歇尔·福柯则从其他视角来研究这个吸引了晚年巴赫金的问题，他使用了在20世纪60年代已经存在的术语“话语”，用它来表示位于“思想和言语之间”[2]的交际现实，并且在他看来，这种现实一贯被哲学和语言学所忽视。

话语这个概念的提出，正是为了用在将讲述看作交际现实而非文本语言现实（按照巴赫金的观点，是元语言学）的分析工作中。“为什么有必要提出这一概念？”托多罗夫证实说，“因为我们所有人所熟知的语言规则，事实上只构成了主导我们具体言语生产规则的一部分”，如果从根本上对它们进行补充，则是“一方面，每一种话语的规则都具有特殊性，也就是说我们绝不会以写私密信件的方式来拟官方信函；另一方面，讲述行为过程中存在内在限制：说话者和听者的身份，讲述所发生的时间和地点条

---

1 *Бахтин М. М.* Собр. соч.: в 7 т. Т. 5. М., 1996. С. 337 (выделено Бахтиным). В дальнейшем цитаты из этого издания приводятся с указанием тома и страницы в скобках. 米哈伊尔·米哈伊洛维奇·巴赫金:《巴赫金全集》（共7卷），第5卷，莫斯科，1996年，第337页。下文涉及该版本的引文时，仅在文中标注卷数和页码。
本书中粗体字如无特殊说明为作者所标。——译者注

2 *Фуко М.* Порядок дискурса // М. Фуко. Воля к истине: по ту сторону знания, власти и сексуальности. Работы разных лет / пер. с фр. М., 1996. С. 74. 米歇尔·福柯:《话语的秩序》，见《追求真理——与知识、权力和性对立（不同年间作品集）》，译自法语，莫斯科，1996年，第74页。译文参考米歇尔·福柯:《话语的秩序》，肖涛译，见袁伟，许宝强选编:《语言与翻译的政治》，北京：中央编译出版社，2001年。

件等”。[1]

此外，在语言学中，这个概念有时候并不是按照它的用途来使用的，时而等同于索绪尔所说的“言语”[2]，时而等同于文辞的口头表达形式：“文本和话语通常被看作书面（文本）和言语形式（话语），尽管在科学论文中对此观点存在争议。”[3]有些语言学家倾向于“使用‘话语’的词源学意义（交谈、对话和争辩），将其与术语‘文本’相对（‘被记录下来的’交谈、对话和争辩）”[4]。例如，在米哈伊尔·雅科夫列维奇·迪马尔斯基看来，话语仅仅是“转达信息的方式，而不是存储信息的方式”；“话语和文本之间的区别略微让人想到无线电发射机和磁带录音机的区别”。[5]康斯坦丁·费奥多罗维奇·谢多夫在有趣且深刻的作品《作为暗示的话语》中不仅将标题中的概念范畴看作“言语作品”和“相互作用（交际）的空间”，还将其看作“人们社会性的相互作用的过程”。[6]

与此同时，权威的话语语言学家，蒂安·阿德里安努斯·凡·戴克明确划分了“语言的使用”**程序**和话语的界限，将后者

---

1 *Тодоров Ц.* Понятие литературы. С. 366–367. 茨韦坦·托多罗夫：《文学的概念》，第 366–367 页。译文参考杨乃乔：《比较诗学读本（西方卷）》，第 221–222 页。

2 试比较：“话语是词语认知活动，使用全民语言的……符号”（*Михайлов Н. Н.* Теория художественного текста. М., 2006. С. 14. 尼古拉·尼古拉耶维奇·米哈伊洛夫：《文学文本理论》，莫斯科，2006 年，第 14 页）。原文为 parole。——译者注

3 *Тичер С., Мейер М., Водак Р., Веттер Е.* Методы анализа текста и дискурса / пер. с анг. Харьков, 2009. С. 36. 斯蒂芬·季切尔等：《文本和话语分析方法》，译自英语，哈尔科夫，2009 年，第 36 页。

4 同 2，第 8 页。

5 *Дымарский М. Я.* Проблемы текстообразования и художественный текст. М., 2006. С. 42, 43. 米哈伊尔·雅科夫列维奇·迪马尔斯基：《文本构建问题与文学文本》，莫斯科，2006 年，第 42，43 页。

6 *Седов К. Ф.* Дискурс как суггестия. М., 2011. С. 13. 康斯坦丁·费奥多罗维奇·谢多夫：《作为暗示的话语》，莫斯科，2011 年，第 13 页。

解释为“社会文化相互作用的**交流事件**”（不是作为方式也不是作为工具），其中包含着“说者和听者，他们的个人的和社会的特性，还有社会场景的其他方面”。[1] 凡·戴克独立于巴赫金的理论之外却以巴赫金的方式来进行思考和表述。类似的评价也可以用在福柯身上，他担心话语的概念被曲解，认为自己的任务之一即在于“归还话语的事件性质”[2]。保罗·利科也以类似的方式思考话语的性质：“对于话语来说，它的存在方式是行为，其紧迫性（埃米尔·本维尼斯特[3]）具有事件的性质”[4]，而非信息的搬移。文本的任何有意义的发声都应该被认定为这种事件：不仅是说出的，还有“自言自语”，不仅是说的主人，还有理解它的任何一个人。

露丝·沃达克不自觉地响应了巴赫金的观点，成功地确定了话语的双重性：一方面，它是“社会制定的”，也就是说是属于讲述的某种先例链、交际氛围；另一方面，它本身“建构场景、认知客体、人们与团体的社会身份认同及其相互关系”[5]，也就是说，话语本身是没有先例的交际事件。尤里·谢尔盖耶维奇·斯捷潘诺夫也以这种基调界定话语，将其作为“对语言的使用”，

---

1 *Дейк ван Т. А.* Язык. Познание. Коммуникация / пер. с анг. М., 1989. С. 122. 蒂安·阿德里安努斯·凡·戴克：《语言、认知、交际》，译自英语，莫斯科，1989 年，第 122 页。蒂安·阿德里安努斯·凡·戴克（1943— ），荷兰语言学家。（下文如无特殊说明，有关学者、学派或作家的介绍皆为译者所加。）

2 *Фуко М.* Порядок дискурса. С. 78. 米歇尔·福柯：《话语的秩序》，第 78 页。

3 埃米尔·本维尼斯特（1902—1976），法国当代著名语言学家，符号学家，哲学家。

4 *Рикёр П.* Конфликт интерпретаций / пер. с фр. М., 1995. С. 134. 保罗·利科：《解释的冲突》，译自法语，莫斯科，1995 年，第 134 页。保罗·利科（1913—2005），法国当代著名哲学家，解释学家。

5 Wodak, R. *Disorders of Discourse*. London, 1996. P. 15. 露丝·沃达克：《话语失序》，伦敦，1996 年，第 15 页。

认为话语“创造了特别的心智世界”。[1] 这种思想与巴赫金的论断相符。巴赫金说，不管是说话者还是听者，“他们都不会停留在自己的世界里；相反，他们都在新的第三个世界——交际世界里相遇”（5，210）。

交际者的相互作用可能是直接的、共时的（口语），或者是间接的、历时的（书面语）。但是被称为话语的事件，并不总是在认知遇到文本时就会发生：某种被讲述的符号化的客观事实必须进入到某种主体间性的交际空间（共–交际，在–交际，断–交际）之中，这不可能是纯粹外在的（客观的），也不可能是纯粹内在的（主观的）。

我们很容易发现，所有此类关于讲述的不同类型的论断都自觉不自觉地开始将其与文学作品相提并论，这些文学作品自身蕴含着特殊“心智世界”的假想现实，这整个过程被称为艺术性。无须惊讶，巴赫金在自己可调度的范围内没有创造新术语，为了深入研究话语理论，他使用了古老的文学主体性研究术语“体裁”来指代一种或另一种话语实践的普通言语类型。

因为，尽管话语具有事件性，但是不应将其理解为某种无先例的个别现象，似乎它“会消失在过去，在自身结束之后很快就不存在了”[2]。这里还有在言语实践中被再现的文化意义上的规整性。“除了语言形式还存在着这些形式的组合形式。”（5，184）与作为代替物的文本不同，话语的属性不是符号系统的结构建构，而是语言的结构建构：主体、客体和受话者交际立场的典型

1 *Степанов Ю. С.* Альтернативный мир, Дискурс, Факт и принцип Причинности // Язык и наука конца 20 века. М., 1995. С. 38, 39. 尤里·谢尔盖耶维奇·斯捷潘诺夫：《他择性世界、话语、事实和因果关系原则》，见《20 世纪末的语言与科学》，莫斯科，1995 年，第 38，39 页。

2 *Дымарский М. Я.* Проблемы текстообразования и художественный текст. С. 43. 米哈伊尔·雅科夫列维奇·迪马尔斯基：《文本构建问题与文学文本》，第 43 页。

布局排列。[1]这种“结构形式以一定的建构方式实现……本质的建构方式与最为重要的建构形式——例如，体裁——相对应”[2]。

这种“将讲述看作言语交际实践单位的元语言的概念”（巴赫金）超出了将话语看作文本“信息结构”[3]的语言学阐释。与文本所宣扬的交际事件结构不同，交际事件的精神完整性无法自闭，也无法与其跨主体间性的认识的其他内容分开。[4]话语之间的边界在于主体的转换，或者受话者的改变，或者交际场域里讲述策略的持续改变。这些边界可以产生在同一个文本里，如果在这个文本构成中能够发现文本内部的话语的话。

既然“话语的生产是不停地对可能性进行选择，通过限制网络来为自己开辟出一条道路”[5]，那么话语就不是符号协定的系统，而是交际**权限**的系统：有创造性的（主观–作者的）、所指的（客

---

1 试比较：“语言是三者——说者（作者）、听者（读者）与被说者——相互之间发生社会作用的表现和产物”（*Волошинов В. Н.* Философия и социология гуманитарных наук. СПб., 1995. С. 72. 瓦连京·尼古拉耶维奇·沃洛希诺夫：《人文科学的哲学与社会学》，圣彼得堡，1995年，第72页）。

2 *Бахтин М. М.* Вопросы литературы и эстетики. М., 1975. С. 20. В дальнейшем цитаты из этого издания (сокращенно ВЛЭ) приводятся с указанием страницы в скобках. 米哈伊尔·米哈伊洛维奇·巴赫金：《文学与美学问题》，莫斯科，1975年，第20页。下文涉及该版本的引文时，仅标示出页码，标题缩写为ВЛЭ（译者在处理页间插入的文献标注时也保留了此缩写）。

3 Ср.: *Ревзина О. Г.* Дискурс и дискурсивные формации // Критика и семиотика. Вып.8. Новосибирск-Москва, 2005. 试比较奥莉加·格里戈里耶夫娜·列夫津娜：《话语与话语体系》，见《批评与符号学》（第八辑），新西伯利亚–莫斯科，2005年。

4 См.: *Мамардашвили М. К., Пятигорский А. М.* Символ и сознание. М., 1997. 参见梅拉布·康斯坦丁诺维奇·马马尔达什维利，亚历山大·莫伊谢耶维奇·皮亚季戈尔斯基：《象征与认识》，莫斯科，1997年。

5 Greimas, A. J., Courtés, J. *Sémiotique: Dictionnaire raisonné de la théorie du langage*. Paris, 1979. P. 106. 阿尔吉尔达斯·朱利安·格雷马斯，约瑟夫·库尔泰斯：《符号学：言语活动理论的系统思考词典》，巴黎，1979年，第106页。

观–人物的）和感受的（受话者–读者）。话语权限这一概念是阿尔吉尔达斯·朱利安·格雷马斯从讲述的组织性中得出的，他认为，讲述不可避免地属于一种或另外一种话语实践领域：“话语活动依靠话语能力，它一点也不逊于鞋匠的手艺，换句话说，如果我们想解释具体话语的生产和接受，我们应该假定权限的……存在；权限的……存在类似于索绪尔的‘语言’，是虚拟的。”[1] 话语权限的虚拟性并非将话语归为随机事实，而是使这一概念具有双重性（含糊[2]）：不仅是一个单一的交际事件，或许“还可以根据话语（例如，文学话语或者哲学话语）所归属的文化语境而将其称为整个符号区域（在这种情况下是话语实践的范围——作者注）”[3]。

话语概念的双重性由对它进行论证的福柯提出。[4] 一方面，“讲述行为并非重复的事件；它拥有自己的空间和时间唯一性，这是不能不考虑在内的方面”[5]。另一方面，“选择的（作者所加）策略可能性形成了对于讲述来说是**稳定化的场域**，尽管讲述行为各不相同，但这使得它们可以在自己的相等性条件下进行重复”[6]。策略规律化场域是由某些权限形成的，这些权限“指向不同的身份、地点和立场，都是主体在支持话语时可以采取或接受的立场”[7]。

---

1 Greimas, A. J., Courtés, J. *Sémiotique: Dictionnaire raisonné de la théorie du langage*. P. 248–249. 阿尔吉尔达斯·朱利安·格雷马斯，约瑟夫·库尔泰斯：《符号学：言语活动理论的系统思考词典》，第248–249页。

2 原文为 ambigu。——译者注

3 同1，第105页。

4 См.: Foucalt, M. *L'archéologie du savoir*. Paris, 1969. 参见米歇尔·福柯：《知识考古学》，巴黎，1969年。

5 *Фуко М.* Археология знания / пер. с фр. Киев, 1996. С. 102. 米歇尔·福柯：《知识考古学》，译自法语，基辅，1996年，第102页。

6 同上，第104页。（粗体字为福柯所标）

7 同上，第55页。

原则上说来，任何一种文艺学概念的“体裁”都会为那些属于自己范畴之内的、为数不多的作品形成某种“稳定化的场域”。我们可以用“长篇小说”这个词来称呼任何一个属于这一体裁的文本，同时还可以用它来称呼构成“长篇小说话语”范围的文本综合体。这会让人怀疑使用这两个术语的合理性：既包括“体裁”，也包括逐渐排挤它的“话语”。但事实上，这正是两个需要相互联系的概念范畴，因为无论是文学体裁类型学，还是“社会形成的”讲述的类型学，都囊括了语言的全部方面，与同一个事物的两个不同方面相关。在其“元语言学”方案中（正是现在的新修辞话语分析），虽然巴赫金使用了文学研究中的概念“体裁”，但他仍旧遗憾于在当时的语言学研究中缺少元语言概念，很快“话语”便成了这个概念。

话语这一概念，如我们所见，具有双重意义：一方面，单一的被当作交际事件来思考的讲述可以称为话语；而另一方面，这一术语被普遍借用到与一定形式的所有讲述相关的整个文本产生的话语实践领域。

托多罗夫曾指出体裁类型的双面性问题，建议将体裁限定在“历史的”和“理论的”层面。[1]根据让-马里·舍费尔非常成功的性质界定，前者“并非根据内部规律判断的实体，而是根据细分标志来划分界限的现象场域”[2]，其中，这些划分也与标准诗学的规则相符[3]。这正是福柯所思考的**话语**，即“不同主观性立场的规律化场域”[4]。文学被划分为这样的协定“场域”，在数不清的交

---

1 См.: Todorov, Tz. *Introduction à littérature fantastique*. Paris, 1970. 参见茨韦坦·托多罗夫：《幻想文学导论》，巴黎，1970 年。

2 *Шеффер Ж.-М.* Что такое литературный жанр? / пер. с фр. М., 2010. С. 18. 让-马里·舍费尔：《什么是文学体裁？》，译自法语，莫斯科，2010 年，第 18 页。

3 “例如，创作十四行诗意味着偏爱有规律的协定规范”（同上，第 185 页）。

4 *Фуко М.* Археология знания. С. 56. 米歇尔·福柯：《知识考古学》，第 56 页。

际事件的历史动态中，这种划分经常发生变化。

“理论上的”**体裁**应该被理解为不同话语实践范围的“实体”性质的本质范畴与它们的“内在规律性”，即它们内在的特殊的自我身份认同。给出体裁的理论性质意味着提出了亚里士多德的问题：“每一种（类型）的可能性是什么”[1]，在实现这些可能性的同时，体裁——例如，悲剧——“最终获得了它所特有的属性”[2]。

纳坦·达维多维奇·塔马尔琴科遵循“作品的‘历史’类型和‘理论’类型”明确的划分，跟随巴赫金的步伐，将体裁理解为“整体的三维结构”，认为自己的任务是建构“文学作品的理论模型，而这个模型需要符合历史形成多样性的结构基础”。这种建模的目的在于弄清楚“最为重要的‘历史之上’的**常量**”。这些常量是作为“主要的和似乎也是文学作品创作的‘自然’的可能性”[3]而存在的。例如，“小说的体裁特征在于它的这种最为重要的、最低限度所必需的为了保持它身份的结构特性的语义光环，就像点一样”[4]。

但是，当下有一些研究者试图如此进行研究。与“当代文化中的反理论热情”[5]一致，许多思考这个问题的人（包括上文中提到的托多罗夫和舍费尔）都醉心于怀疑体裁理论的启发式潜能。

---

1 *Аристотель*. Поэтика / Пер. М. Л. Гаспарова // Аристотель. Соч.: в 4 т. Т. 4. М., 1984. С. 646. 亚里士多德：《诗学》，米哈伊尔·列昂诺维奇·加斯帕罗夫译，见《亚里士多德》（共 4 卷），第 4 卷，莫斯科，1984 年，第 646 页。

2 同上，第 650 页。

3 *Тамарченко Н. Д.* Теория литературных родов и жанров. Эпика. Тверь, 2001. С. 6. 纳坦·达维多维奇·塔马尔琴科：《文学类型和体裁理论：史诗》，特维尔，2001 年，第 6 页。

4 同上，第 19–20 页。

5 *Смирнов И. П.* Олитературенное время. (Гипо)теория литературных жанров. СПб., 2008. С. 7. 伊戈尔·巴甫洛维奇·斯米尔诺夫：《文学化的时间：文学体裁的理论（假说）》，圣彼得堡，2008 年，第 7 页。伊戈尔·巴甫洛维奇·斯米尔诺夫（1941— ），苏联和德国的哲学家和语言学家，文学理论家，文化学家，康斯坦茨大学教授。

舍费尔所提出的“体裁理论”（他本人用括号标出以示怀疑），“如此多元或者说如此细化”[1]，更多的是通向多样的话语实践的问题导论。严格地说，体裁的传统范畴在这里完全是辅助性的。

伊戈尔·巴甫洛维奇·斯米尔诺夫则持与这些怀疑体裁理论的观点截然不同的立场，他坚持历史的“持续的意义划分过程”有着深层的系统性，在此进程中“文学被细化，被分解为各种亚话语”[2]（体裁）。从这一点出发，“任何文本系统都不是现象化的，而是本体化的问题”[3]，体裁并非被视为相加在一起的统一性，而是文本的系统历史整体，斯米尔诺夫认为解释清楚任何一种文学体裁的本质特性都是可能的。根据他的主要观点，这是“文学文本对应人类时代的某种特定态度”[4]。接下来，他论证上述问题的分析论文非常有说服力，不过却从“言语交际”的元语言问题转向了文学文本的隐喻意义。严格地说，话语（亚话语）的元语言范畴在这里也是辅助性的。

不过，将这两种范畴的结构并置在同一理论框架中是非常重要的。我们不能忽略的是，文艺作品的体裁是这些“言语体裁”，也是所有其他话语实践的不同体裁。文学研究封闭在一种文化大话语的特性中，这种话语的审美属性将它与非话语的表现艺术以及非语言的音乐联系在一起，一定程度上消解了我们对文学体裁类型的细分认识。需要指出的是，正是这种情况促使巴赫金在晚年的时候将自己理论兴趣的重心从“文学创作的美学”转移到“元语言”上来。

在《言语体裁问题》（1953）一文中，“元语言”这一术语

---

1 *Шеффер Ж.-М.* Что такое литературный жанр? С. 185. 让–马里·舍费尔:《什么是文学体裁？》，第 185 页。

2 *Смирнов И. П.* Олитературенное время. С. 5. 伊戈尔·巴甫洛维奇·斯米尔诺夫:《文学化的时间》，第 5 页。

3 同上，第 59 页。

4 同上，第 4 页。

尚未出现。1952 年，沃尔夫出版了关于元语言的文集[1]，此书曾在巴赫金的工作资料目录中出现过。此后，巴赫金将这一新术语用在《文本问题》（1959—1960）中以及第二版关于陀思妥耶夫斯基小说的书中来表示话语问题。在这里，巴赫金将“元语言对象”界定为“对话关系（也包括说话者对自己所说的话的对话关系）”（6，204）。我想要指出的是，巴赫金在《审美活动中的作者和人物》中并没有触及讲述理论，正是在这部早期作品的基础上，“复调小说”这一概念产生了。

但是，对文学讲述特性考虑的不周全[2]从根本上歪曲了文学话语的体裁图景，并且引起了悖论般的怀疑，似乎“文学……并不存在”，因为，根据托多罗夫的观点，“被称为‘文学’（话语实践领域——作者注）的功能性组成的存在，根本不意味着相应的结构组成的存在（文学体裁系统——作者注）”[3]。

理论虚无主义以其可行性诱惑着研究者，但这是不会带来成果的。对于区分这些被论及的概念来说，将话语的**集合**范畴同体裁的**常量**范畴进行类比的方法才具有启发性前景。

在就职宣讲般的讲座《话语的秩序》（1970）中，福柯这位在该概念研究方面最具影响力的研究者讨论上文中指出的这一概念的双重性时曾说，“有些是在日常生活和交往中的话语，它们一经说出便随即消失”，同时还存在“能衍生、延续、变化或评

---

1 Whorf, B. *Collected Papers on Metalinguistics*. Washington, D. C., 1952. 本雅明 · 沃尔夫：《关于元语言的文集》，华盛顿，1952 年。

2 在西方学术传统中，“文学性”并没有完全对应的相似术语存在，通常偏向“虚拟性”，这导致了对语言艺术美学属性的理解过于简单。详见“文学的根本性区别的特性是它的虚构性”（*Уэллек Р., Уоррен О.* Теория литературы. М., 1978. С. 43. 勒内·韦勒克，奥斯汀·沃伦：《文学理论》，莫斯科，1978 年，第 43 页）。参照《文学理论》，刘象愚，邢培明，陈圣生等译，杭州：浙江人民出版社，2017 年。

3 *Тодоров Ц.* Понятие литературы. С. 369, 357. 茨韦坦 · 托多罗夫：《文学的概念》，第 369，357 页。

论它们的一定数量的新的言语行为的话语”，它们“除被讲述之外，还被无限评说，现在仍被评说，将来亦有待再被评说。我们在自身的文化系统中就可以见到：它们首先是宗教和法律文本，同时它们是非常奇特的，被称为‘文学’的文本”。[1]

从以上所提到的争论中可以看到，我们所感兴趣的范畴有三个方面。首先，从语义边界上来说，话语概念与文本概念结合在一起。其次，从交际的心理学边界来说，话语是文本积极的和消极的相互作用的交际事件。[2] 最后，从语言文化的历史边界方面来说，话语范畴汇总了具有某种共性的文本的所有讲述：“话语首先必须被视为多套话语事件”[3]。在这些汇总与总和的基础上可以看到体裁的常量（身份的理论的结构成分）。

如此一来，**话语**这一术语的意义便在于将集合名词[4]放置到话语实践的领域中。这些话语实践的边界可以被该实践同其他与其有这样或那样联系的实践的“细分特征”的分界线勾画出来。因此，作为术语，体裁最适用于表示符合言说或书写的文化传统的“常量特性”的本质系统。用斯米尔诺夫非常准确的定义来说，体裁不是交际实践“非间断性的话语场域”[5]，而是“个性创作积极性的模子”[6]。

---

1 *Фуко М.* Порядок дискурса. С. 59. 米歇尔·福柯：《话语的秩序》，第59页。

2 Подробнее см.: *Тюпа В. И.* Онтология коммуникации // В. И. Тюпа. Дискурсные формации: Очерки по компаративной риторике. 详见瓦列里·伊戈列维奇·秋帕：《交际的本体论》，见《话语体系：比较修辞学随笔》。

3 同 1，第 81 页。

4 试比较：“体裁名称的功能类似于取代罗列文本的简单缩写”（*Шеффер Ж.-М.* Что такое литературный жанр? С. 29. 让-马里·舍费尔：《什么是文学体裁？》，第 29 页）。

5 *Смирнов И. П.* Олитературенное время. С. 262. 伊戈尔·巴甫洛维奇·斯米尔诺夫：《文学化的时间》，第 262 页。

6 同上，第 19 页。

可以说，**体裁是同名话语的常量**（如果它们的命名相同），或者更准确地说，是亚话语的常量，因为言语“体裁”永远都是语言文化（“类型”）更宽扇形范围的变异。例如，在“传记话语”的范围里能够发现赞扬性言语（悼词或贺信，所有颂词的体裁变异）、揭发性言语、使徒传、个人生活传记（使用这一术语最严格意义上的概念）、作者传记和回忆录等体裁。像托多罗夫或舍费尔那样，通过考察一系列“体裁名称”——例如，悲剧和叙事话语——来建构令人信服的关于体裁的理论的确是不可能的。因为，一方面叙事可能属于交际的不同领域，另一方面它又与不同的体裁概念一起发挥文学性的作用。

体裁常量，或者用巴赫金的话来说，“个人言语意义的……体裁体系”（5，190）是理论建构，而非许多类型的平均合力统计。某种体裁作品的常量结构通常在两个向量的交叉点上呈现出来：“谱系的”（体裁结构产生和进化的历史轨迹）和“目的论的”（建设可行性的潜力，体裁实践的目标是为了实现这些可能性）。[1]“为了正确理解体裁的概念，”巴赫金写道，“需要追溯其源头”，因为“在体裁中总是保留着**古代性**不灭的因素”，而它“之所以保留在体裁中是因为它永远都在**更新**……在属于此种体裁的每一部个人作品中也是如此”。（6，120，粗体字为巴赫金所标）

需要指出的是，巴赫金自己的论述中没有“话语”这一术语，他只好在关于元语言的论述中使用体裁这个范畴。按照巴赫金的观点，后者是“典型的讲述形式”，符合“言语交际的典型情形”并“根据主题、结构和风格”表现出不同特征。（5，191）

---

1 第二个向量被舍费尔意味深长地忽略过去了：体裁协定“将我们目前的活动同活动作为再生产的例子的以往形式相提并论”（*Шеффер Ж.-М.* Что такое литературный жанр? С. 159. 让-马里·舍费尔：《什么是文学体裁？》，第 159 页）。

体裁"作为结构性整体（从根本上来说，是冷却的整体）"[1]，"首先用来定义讲述的对象、目的和情境"（6，371）。"对象、目的和情境"的三面与"主题、结构和风格"对应、平行，但并非完全相同：第二组三联体由第一组决定。对象、目的和情境是话语而非体裁的特征。

并不是任何一种话语的共性都具有体裁的属性，即交际事件的常量**结构建构**和文本呈现的"结构确定性"。话语和体裁的不同很容易体现在科学思维的语言化例子上。任何学科都是数学的、生物学的、哲学的"体裁化的"话语，但并非体裁。作为话语实践的领域，学科将"调节协定"（舍费尔）所规定的内容作为自己的制度边界。与此同时，"在其自身的界限之内，每一学科都承认有真命题和假命题"[2]。科学文本的体裁被划分为讲座、报告、学说、随笔、论文、摘要和书评等，这种划分忽视了以下界限：与真实性 / 虚假性无关，涵盖了所有科学文本，也不排除准科学的（类似科学的）文本。

区分体裁和话语的概念是可以实现的，特别是通过风格的"内在维度"的"浪漫化"诗学历史地排挤标准诗学（典范的体裁）的方式。[3] 舍费尔对体裁观点的怀疑主义态度在一定程度上是

---

1 *Бахтин М. М.* Литературно-критические статьи. М., 1986. С. 513. В дальнейшем цитаты из этого издания (сокращенно ЛКС) приводятся с указанием страницы в скобках 米哈伊尔 · 米哈伊洛维奇 · 巴赫金：《文学批评文集》，莫斯科，1986 年，第 513 页。下文涉及该版本的引文时，仅标示出页码，标题缩写为 ЛКС（译者在处理页间插入的文献标注时也保留了此缩写）。

2 *Фуко М.* Порядок дискурса. С. 66. 米歇尔 · 福柯：《话语的秩序》，第 66 页。

3 См.: *Тамарченко Н. Д.* Жанровый «канон» и «внутренняя мера» жанра // Теория литературы: в 2 т. / Под ред. Н. Д. Тамарченко. М., 2004. С. 268–272. 参见纳坦 · 达维多维奇 · 塔马尔琴科：《体裁"典范"与体裁的"内在维度"》，见《文学理论》（共 2 卷），莫斯科，2004 年，第 268–272 页。

因为隐藏在“体裁名称”之下的话语实践的典范和非典范属性无法区分，例如，十四行诗和小说。在福柯的解释中，十四行诗的典范与任何一种学科话语相类似：“学科是一种控制话语生产的原则。学科通过同一性的活动来限制话语，其形式是规则的永久重新启动。”[1] 这样一来，小说体裁的历史生命，特别是在后浪漫主义小说复兴时期，就不是建立在避免例行创作与先前作品的同一性的规则基础上的。

就像上文中所强调的那样，话语的范畴具有非常明显的双重性：既可以应用于单一的“讲述行为”，也适用于这些行为学科的“稳定化的场域”。这有时候会引起彻底的不理解，特别是当话语无法与言语体裁相区分时，就不得不引入一系列多余的人造概念，如：“亚体裁”“超体裁”“合成体裁”和“体裁构成”[2] 等。有学者认为，“交际的体裁空间具有场域结构”[3]，如果从对话语比较公正的角度来说，体裁会被界定为文本过程的常量结构。这些论断的后果便是吸引我们的两大范畴无法得到区分。

显而易见，我们应该明确地分清“话语”的两个意思，并且将它们与体裁的概念相比较。

话语Ⅰ，就是单一的（单文本的）交际事件，其篇章具有**不变的**体裁构造。

话语Ⅱ，就是互文的“学科空间”（福柯），这一空间通常是多体裁的，是一个**场域**构造，其界限即各种社会文化实践活动间不断调整的边际。

“在活动的每一个领域里，”巴赫金写道，“当关于话语的概念在人文科学思维中尚未出现时，就已经形成了一系列言语体

1 *Фуко М.* Порядок дискурса. С. 68. 米歇尔·福柯：《话语的秩序》，第68页。

2 См.: *Седов К. Ф.* Дискурс как суггестия. С. 36–37 и др. 参见康斯坦丁·费奥多罗维奇·谢多夫：《作为暗示的话语》，第36–37页等。

3 同上，第40页。

裁，这些言语体裁不断细化并且随着该领域的发展和复杂化而成长”（5，159）——作为交际的“场域结构”。这一系列中的每一个体裁，从“言说现象学”的角度来看，“在我这里都是（常量的——作者加）空白，需要用言语来补充”[1]。

从第二层意义上来说，话语是“制度式交往”（谢多夫）的现象。“言语体裁进入军事和事务的话语，它们由标准化的严格程度所决定。科学交际体裁虽然不太标准化，但也足够规范。”在这一点上我完全同意谢多夫的观点，但是我坚信，不管是同话语的“修辞性体裁”进行“公开的交际”，还是“日常个体间的交际”（“交谈”），都绝非“合成言语体裁”，而是非官方的社会制度化，即带有非正式性的但对于交际者来说在相应的交际调节框架中又足够明晰的口语话语。

我们不难与福柯达成一致，当他演说般地问道：“形成的系统究竟是什么呢？它不是对言语的仪规加以程式化，不是赋予言语主体以资格并固定其角色，不是在形成蕴含知识和力量的话语保护者和占有者的具有某种信条的组群吗？”[2] 但是，接下来福柯就毫无根据地将这种规定的可生成性与“作者”的写作——体裁创新文化——相类比。创作尝试类型的书写中的体裁继承性具有恒定性，却不接受批量化原则，福柯公允地将其归于学说式话语实践。（后现代主义的“批量化”显然是当代文化创新危机的综合征。）

任何话语（此处是话语的第二层含义）都因本身属于某种文化范式而具有**技术性**（显在性和隐在性），可以用多规则的语言来描述。这是公平的，不仅相对于政治、法律或教育领域来说，

---

1 *Рикёр П.* Конфликт интерпретаций. С. 382. 保罗 · 利科：《解释的冲突》，第 382 页。

2 *Фуко М.* Порядок дискурса. С. 74. 米歇尔 · 福柯：《话语的秩序》，第 74 页。

同时也适用于社交谈话、冲突关系或朋友间倾吐衷肠的谈话。

具有显性规则集群的典范式体裁与话语类似，但并不等同于话语。任何体裁，甚至典范式的，都是**启发式**的，因为它具有跨历史的“自我性能改变”（ВЛЭ，454）——从原初的生成冲动（genos'a）到潜在实现（eidos'y），这是“文学发展进程中的创造性记忆”（6，120）现象。按照福柯的观点，作为话语的某一种或另外一种言说，可以“被命名为”某种“话语共同体”，作为体裁则不能。体裁本身为自己对话者的潜在共同体所证实：“每一个言语交往领域中的每一种言语体裁都具有自己作为体裁所规定的受话人的典型观念。”（5，200）

当我们拒绝文本的艺术性或科学性、哲学性、崇高性时，就取消了其作为话语的资格：无用的文本，无法实现自己特殊的意向性，本身也不承载交际事件（专指个体化精神共同存在的事件）。不过，哪怕是约定的无用（在对它来说很重要的文化范畴里）文本都不可避免地带有某种体裁的界定。

最重要的是，这两组可区分的特征通常适用于同一文本，尽管比例不同。生成这篇文本的**话语**，其参与者“必须采取明确的立场，并提出明确的类型的讲述”[1]，话语的确是由一个“复杂的限制系统”（福柯）构成的；而它的**体裁**是由恒定可能性在展开过程中的创造性潜力决定的。

文学书写的体裁性是文学传统的主导要素。问题不在于作家想不想以某种体裁为规范来创作自己的作品，而在于他无法避免自己创作出的文本属于某一种或另外一种体裁继承性路线；有时候不仅仅是一种体裁路线，而是在构建艺术整体时相互发生作用的不同体裁路线。“每一首已完成的优秀诗歌，”弗拉基米尔·伊万诺维奇·科兹洛夫曾公允地说，“都具有列入由不同体裁组成

1 *Фуко М.* Порядок дискурса. С. 70. 米歇尔·福柯：《话语的秩序》，第70页。

的文学行列的能力，因为好的诗只可能存在于与传统的联系之中。如果没有构建这种联系，词语便不会具有诗性，而仍旧是平淡的词语。”[1]

普遍流行的认为小说时代的抒情诗位于体裁之外的观点是毫无根据的。纯实验性文本（如阿列克谢·叶利谢耶维奇·克鲁乔内赫的诗歌作品《迪尔–布尔–希尔》）在文学进程的体裁路线框架之外，同样也位于作为话语的文学语言之外。尽管诗人–创新者具有强烈的愿望，但是抒情诗歌仍无法同体裁属性脱离开来——就像我们人一样，尽管具有灵性，但仍旧是哺乳动物。

对文学体裁的分类至少可以从两种完全不同的方法立场入手：聚类的或恒定的。统计学术语“聚类”指的是将同类客体聚在一起。使用聚类方法来研究体裁[2]会假定某些特征已得到阐明，在一系列作品中这些特征是综合出现的：不一定所有的特征会一次性全部出现，但是许多经常相邻的、似乎预先决定了彼此存在的特征常常一起出现。因此，众所周知，五音步扬抑格在莱蒙托夫《我独自一人出门启程》之后，开始与生活之路的语义联系在一起。聚类是一种亚话语，是经验主义的概括，指向有意义符号的最大数值（不仅是常量符号，还有辅助符号）。聚类类型化指向文学传统的具体历史流传，却无法显示文学书写被划分成非偶然的体裁发展路线的深层因素。后者需要使用常量方法来解析，

---

1 *Козлов В. И.* Архитектоника мира лирического произведения. Saarbrücken, 2011. С. 162. 弗拉基米尔·伊万诺维奇·科兹洛夫：《抒情作品世界的建筑树》，萨尔布吕肯，2011 年，第 162 页。

2 См.: Zholkovsky, A. *Text Counter Text: Rereadings in Russian Literary History*. Stanford, 1994; *Колесова С. Н.* Лирика К. Н. Батюшкова в контексте жанрообразовательных процессов XIX-XX вв.: кластерный подход. Дисс. на соиск. уч. ст. канд. фил. наук. Новосибирск, 2011. 参见亚历山大·佐尔科夫斯基：《文本对文本：俄罗斯文学史中的重读》，斯坦福，1994 年；斯韦特兰娜·尼古拉耶夫娜·科列索娃：《19—20 世纪体裁形成语境关照下的巴丘什科夫抒情诗：聚类方法》（博士论文），新西伯利亚，2011 年。

发现属于一定体裁类型的所有作品中未被排除的本质特性[1]的最小值。

这种划分符合上文中提到的托多罗夫的区分方式，“一方面是历史体裁，另一方面是理论体裁。前者是对现实文学观察的结果，后者是对理论进行演绎的结果”[2]。但是，为了建构足够有效的体裁类型，必须对非偶然体裁构成的历史**起源**进行考察，进而补充理论演绎。这是历史诗学的路径，它会受到枯燥经验论和抽象理论主义的两面夹击[3]。

归根到底，区分本书书名中所使用的两个术语的关键问题是：我们为什么关注它们？这些概念有什么作用？

话语概念试图在共时层面把握言语实践的多样性：作为单一言语（第一层含义）或这些言语的共时场域（第二层含义）。这样一来，“哲学话语”范畴由**自己的边界**确定，涵盖所有被认为是哲学的文本，既包括曾经是的文本，也包括现在被认为是的文本。在这里可能会出现按照发展阶段的细分（古希腊罗马话语、德国经典哲学话语或当代哲学话语等诸如此类的话语），但是对理解话语的概念及其基因继承关系来说，这并不是最迫切的问题。

体裁概念则旨在把握话语实践形式中人的意识的历时进化。单一的单次性话语属于某种体裁，这意味着这种言语进入了继承

---

1 试比较：“结构原则不是在条件的至多时而是在至少时显现”（*Тынянов Ю. Н.* Проблема стихотворного языка. Л., 1924. С. 17. 尤里·尼古拉耶维奇·特尼亚诺夫：《诗歌语言问题》，列宁格勒，1924 年，第 17 页）。

2 *Тодоров Цв.* Введение в фантастическую литературу / пер. с фр. М., 1997. С. 9. 茨韦坦·托多罗夫：《幻想文学导论》，译自法语，莫斯科，1997 年，第 9 页。

3 此处使用了斯库拉和卡律布狄斯（在意大利本土和西西里岛之间的两个怪物）的典故。斯库拉为希腊神话中吞吃水手的女海妖，她和卡律布狄斯隔海峡而居，后者制造漩涡，吞噬过往船只和航海者。这里比喻腹背受敌、进退两难。——译者注

的“力量场域”，其结构上应存在传统的“基因”（“体裁”这一术语源自 genus）。因为“言说者非亚当”（巴赫金），他将自己的表述（话语Ⅰ）置于某种话语Ⅱ的先前获得的交际空间中，有意无意地为自己的言语贴上了体裁归属，将讲述变成了跨历史对话中的一部分。体裁的范围不是由其在进化的典范阶段才明确的外在边界所界定，而是由体裁身份的常量**核心**所界定。

体裁传统产生的时刻，特别是体裁的起源，毫无疑问将是理论难点，在接下来的章节中我们将持续关注这一问题。

第二章

叙事学和话语实践

第一节

当代叙事学是一个动态的、迅速发展的、指向情节叙事讲述领域的认知分支。讲述[1]理论在其诞生时只用于非常狭窄、专业的文学研究领域，但是现在，它不仅指文学文本的叙事性，而且也常常指口头文本的叙事性。

人文学科研究思维的“叙事学转向”始于弗里德曼规模不太宏大的研究，他于1910年在柏林出版了专著《史诗中叙事者的角色》。在书中，他首次将叙事（以康德的观点为支撑）看作无法从史诗作品中消除的“某种成熟智慧”[2]的环境，这一环境出现

---

1 拉丁语里 narratio 指讲述的言语，在俄语的理论实践中倾向于使用术语 нарратор（相应的 наррация，нарратив）。主要是因为这个术语是概括性的，与经常出现的专门的文学概念如叙事者、讲述者、作家形象，或者——用托马斯·曼的话来说——“看不到的叙事精神”是同源的。

2 Friedemann, K. *Die rolle des Erzählers in der Epik*. Berlin, 1910. Reprint: Darmstadt, 1965. S. 26. 弗里德曼：《史诗中叙事者的角色》，柏林，1910年。重印：达姆施塔特，1965年，第26页。

在叙事事件和读者之间。弗兰茨·斯坦泽[1]和塔马尔琴科[2]都坚持叙事事件的间接性，将其作为所有叙事题材的某种特性，强调“史诗主体立场的内容丰富性”[3]。基于此，塔马尔琴科倾向于划分“情节理论”与叙事理论本身[4]的界限，而不是使用后者明显地排挤前者的领域。

在叙事学的前历史中发挥关键作用的是维克多·鲍里索维奇·什克洛夫斯基和弗拉基米尔·雅科夫列维奇·普罗普早期关于“情节理论”的研究成果(《关于散文理论》,1925年;《神话形态学》,1928年)，他们在著作中首次提到了叙事世界的事件结构（即意义文本的所指领域）。在20世纪60年代的结构主义浪潮中，类似的寻找统一的“讲述的语法”的研究由罗兰·巴特[5]、格雷马斯[6]、

---

1 См.: Stanzel, F. K. *Theorie des Erzählens*. Göttingen, 1979 и более ранние работы этого автора. 参见弗兰茨·斯坦泽:《叙事理论》，哥廷根，1979年，以及这位作者更早以前的著作。弗兰茨·斯坦泽（1923—　），奥地利文学理论家，专门研究英语文学。

2 См.: *Тамарченко Н. Д.* Повествование // Введение в литературоведение / Под ред. Л. В. Чернец. М., 1999 и последующие переиздания. 参见纳坦·达维多维奇·塔马尔琴科:《叙事》，见利利娅·瓦连京诺夫娜·切尔涅茨:《文学研究导论》，莫斯科，1999年及以后版本。

3 *Тамарченко Н. Д.* Теория литературных родов и жанров. Эпика. С. 45. 纳坦·达维多维奇·塔马尔琴科:《文学类型和体裁理论：史诗》，第45页。

4 См.: *Тамарченко Н. Д.* «Событие рассказывания»: структура текста и понятия нарратологии // Теория литературы. / Под ред. Н. Д. Тамарченко. С. 205–242. 参见纳坦·达维多维奇·塔马尔琴科:《“讲述事件”：文本结构与叙事学概念》，见《文学理论》，第205–242页。

5 Barthes, R. Introduction à l'analyse structurale des récits// *Communications*. Paris, 1966, n° 8. 参见罗兰·巴特:《叙述结构分析引论》，载《传达》，巴黎，1966年，第8期。

6 См.: Greimas, A. J. *Sémantique stucturale*. Paris, 1966. 参见阿尔吉尔达斯·朱利安·格雷马斯:《结构语义学》，巴黎，1966年。

托多罗夫[1]（术语“叙事学”的诞生要归功于该学者）等学者继续推进。在这个分支上，叙事的概念与言语的词源学意义（讲述、叙事话语的言语行为）分离开来，变成叙事的“时间结构”[2]。

叙事流派形成了两个流向：其中一支和叙事性与说话者的级别有关（讲述的折射氛围），另外一支同叙事文本所指的事件性有关（文本的结构历史）。这些对谢尔盖·尼古拉耶维奇·泽金有所启发，他不无根据地提出了存在两种叙事学的观点："修辞叙事学”和“现实叙事学”[3]。此外，我不得不指出，泽金将我的成果归于“现实叙事学”恰恰是毫无根据的，因为无论在过去还是现在，我都一再强调，事件链是叙事文本的**职能**，否定将叙事文本看作对历史文本毫无关系的反映的观点。

研究文化的叙事源头的轨道必定会汇聚到统一的叙事洪流之中。这种汇聚始于热拉尔·热奈特，他开始使用狭义的“叙事学”和“情节学”[4]的概念。他将“叙事”放置在“故事”与“话语”之间，将故事作为所讲述事件的结果，将话语作为交际事件："作为叙事的讲述之所以能够存在，得益于讲述的内容与历史之间存在联系；作为话语的讲述之所以存在，则是因为叙事会生成

---

1 См.: Todorov, Tz. Les catégories du récit littéraire // *Communications*. Paris, 1966, n° 8; *Grammaire du Décaméron*. The Hague-Paris, 1969. 参见茨韦坦·托多罗夫:《文学故事类别》，载《传达》，巴黎，1966 年，第 8 期;《〈十日谈〉的文法》，海牙–巴黎，1969 年。

2 *Шмид В.* Нарратология. М., 2003. С. 14. 沃尔夫·施密德:《叙事学》，莫斯科，2003 年，第 14 页。

3 См.: *Зенкин С. Н.* работы о теории. М., 2012. С.377–390. 参见谢尔盖·尼古拉耶维奇·泽金:《关于理论的文章》，莫斯科，2012 年，第 377–390 页。

4 См.: Genette, G. *Discours du récit*. Paris, 1972. 参见热拉尔·热奈特:《叙事话语》，巴黎，1972 年。

话语。"[1] 但是，在叙事与被视为"叙事的呈现"（施密德）的话语之间仍旧存在着某种断裂，叙事在术语的原初意义上指的就是"讲述事件"（巴赫金）本身，即叙事话语。

不久之前，最为权威的叙事理论学者沃尔夫·施密德也转向基础范畴的扩展折中理论，他指出，叙事性不仅是"状态的改变，还是通过某种叙事等级对这种状态的表达"[2]。在其著作的俄译本（第一版）中，基于"将叙事性当作事件性"的观点，施密德将"以这种或那种方式讲述历史的所有形态的作品（不仅是文学的）都纳入了叙事的领域"。[3]

无须惊讶的是，口语创作的故事结构不仅吸引了文学研究者，也吸引了故事认知的方法论研究者（阿瑟·丹托[4]、海登·怀特[5]和保罗·利科[6]等）。这种拓展为叙事学带来了颇具前景的启发式概念——"情节"。

现代叙事学赋予**情节**这一概念以**事件的连接**说明的意义，使其将故事的开端与结尾联系在一起。根据保罗·利科的观点，"从这个意义上来说，《圣经》是世界历史的巨型情节，而任何文学

---

1 *Женетт Ж.* Работы по поэтике. Фигуры / пер с фр. Т. 2. М., 1998. С. 66. 热拉尔·热奈特:《诗学论文集：形象》，第 2 卷，译自法语，莫斯科，1998 年，第 66 页。

2 *Шмид В.* Нарратология. С. 15. 沃尔夫·施密德:《叙事学》，第 15 页。

3 同上，第 19–20 页。

4 См.: Danto, A. C. *Analytical Philosophy of History*. Cambridge, 1965. 参见阿瑟·丹托:《历史分析哲学》，剑桥，1965 年。

5 См.: White, H. *Metahistory: The Historical Imagination in Nineteenth-century Europe*. Baltimore, 1973. 参见海登·怀特:《元史学：十九世纪欧洲的历史想象》，巴尔的摩，1973 年。

6 См.: Ricœur, P. *Temps et récit*. T. 1, 2. Paris, 1983, 1985. 参见保罗·利科:《时间与叙事》，第 1、2 卷，巴黎，1983 年，1985 年。参照《虚构叙事中时间的塑形·时间与叙事卷二》，王文融译，北京：生活·读书·新知三联书店，2003 年。

情节都是将末世论与创世记联系在一起的巨型情节的微景观”[1]。叙事情节的本质不在于人物的阴谋行为，而在于读者或听者的好奇心：“在于我们追踪故事的能力”和“认识叙事传统”[2]的能力。叙事讲述的情节在于事件链的张力，它能够引起某种感应设置和预设的“生成于作品动态之中的期待的满足”[3]。

在这种看待故事讲述的观点下，叙事性成为某种比“时间结构”更大的事物。这为叙事学打开了可以拓展的未来前景，并且在20世纪90年代形成了人文学科中的“叙事学转向”和叙事理论本身的分化，出现了认知、法律、医学、修辞、女性和哲学（或然世界理论）等领域的叙事学方向。[4]

叙事学的广泛推广导致了异样性效果，即在产生科学思维趋势的文学研究中，对应的方法受到史诗领域的局限。叙事学转向抒情诗和戏剧[5]、电影艺术[6]、芭蕾舞、歌剧，甚至视觉艺术领域。在很多情况下，这些艺术形式是从悖论式的概念“没有叙事者的叙事”出发的。这在一定程度上破坏了**叙事**作为言语行为的讲述的原初范畴，在言语行为过程中，一个人在另外一个人面前使用文学的方式讲述某一个事件或者故事（事件的连续性）。这样一来，格雷马斯和库尔泰斯将叙事性定义为“任何话语的组织原

---

1 *Рикёр П.* Время и рассказ / пер. с фр. М.-СПб., 2000. Т. 2. С. 31. 保罗·利科：《时间与叙事》，第2卷，译自法语，莫斯科-圣彼得堡，2000年，第31页。

2 同上，第63页。

3 同上，第30页。

4 См.: *Routledge Encyclopedia of Narrative Theory*. Ed. D. Herman et al. London, New York, 2008. 参见赫尔曼等：《劳特利奇叙事理论百科全书》，伦敦，纽约，2008年。

5 См.: Hühn, P., Sommer, R. Narration in Poetry and Drama // *Handbook of Narratology*. Ed. W. Schmid et al. Berlin, New York, 2009. 参见彼得·胡恩，罗伊·索默：《诗与戏剧中的叙事》，见沃尔夫·施密德等：《叙事学手册》，柏林，纽约，2009年。

6 См.: Schmidt, J. N. Narration in Film // Там же. 参见约翰·施密德：《电影叙事》，见《叙事学手册》。

则”，而不仅仅是“讲述的外形”。[1]

对于任何认知的分支来说，丢失基本范畴的边界意味着失去了自己的根基，这是致命的。从必将到来的困境中摆脱出来的有效方式看起来非常激进。在我看来，叙事学家需要继续拓展研究范围，不过，在返还叙事以言说与书写的自然边界的同时，还需将所有的非叙事性言语的边界现象、相关现象也囊括进去。或许这样的叙事学原本可以被界定为关于文本生产的**话语实践**的理论。

“采用自然语言只能通过内在言语阶段”[2]，话语实践（话语）则是将渗入内在言语的非话语形式的认知生活清楚表达出来的符号学过程，列夫·谢苗诺维奇·维果茨基[3]与尼古拉·伊万诺维奇·任金对此进行过研究。根据鲍里斯·米哈伊洛维奇·加斯帕罗夫的观点，“说话者尽量赋予自己的想法以可视性轮廓，这样一来它可以被固定下来（为了自己——作者加）并且能够被传达给其他人”，这便是“在表达不清楚的、永远都是飞翔着的思维的运动与其客观的语言表达的呈现之间的某种中间站”[4]。这种“思维草图”（维果茨基）转换成大家都能够明白的文本组成语言的话语的分配和调整的复述，“是一个非常复杂的使用言语进行思维分割和重构的过程”（5，356）。

---

1 Greimas, A. J., Courtés, J. *Sémiotique: Dictionnaire raisonné de la théorie du langage*. P. 249. 阿尔吉尔达斯·朱利安·格雷马斯，约瑟夫·库尔泰斯：《符号学：言语活动理论的系统思考词典》，第 249 页。

2 *Жинкин Н. И.* Язык-речь-творчество. М., 1998. С. 159. 尼古拉·伊万诺维奇·任金：《语言–言语–创作》，莫斯科，1998 年，第 159 页。

3 См.: *Выготский Л. С.* Мышление и речь / Собр. соч.: в 6 т. Т. 2. М., 1982. С. 295–360. 参见列夫·谢苗诺维奇·维果茨基：《思维与言语全集》（共 6 卷），第 2 卷，莫斯科，1982 年，第 295–360 页。

4 *Гаспаров Б. М.* Язык, память, образ. Лингвистика языкового существования. М., 1996. С. 287. 鲍里斯·米哈伊洛维奇·加斯帕罗夫：《语言、记忆、形象——语言存在的语言学》，莫斯科，1996 年，第 287 页。

话语基于说话者的交际反应之上，基于说话者作为交际事件的组织者的自我身份认同（话语的**第一层**含义）之上，基于它的受话者——作为交际的口语事件的实现者——立场之上。这一过程在不间断的（有意识的和无意识的）、参照不同的文本生成的协定标准中进行，但是，有些协定标准可能被遵守了，有些可能被破坏了。任何一种言语实践在某种社会文化语境中能够实现某种交际策略，并且随后归于某种话语，即是从这一术语的**第二层**含义上来说的。

第二节

文学研究领域的叙事学转向证明了整个艺术也包括文学文本在内都具有交际属性的观点是具有公理性的科学认识。如果说艺术作品不属于按照规则活动的结果（用谢尔盖·谢尔盖耶维奇·阿韦林采夫的话来说是“反射传统主义”[1]），也不属于艺术家个性的自我呈现，还不是现实真实的反映，而是三者——说者（作者）、听者（读者）与被说者（被说的人或被说起的事物）（人物）——进行社会互动的产物，那么叙事也不是言语的某种可能的组合形式之一，而是整个交际状态系统。这是被叙述内容的**事件性**的状态，是作为观察**视角**存在于文本中的叙述者本人的状态，是被叙事所吸引的受话人的状态，因为叙事中存在错综复杂的**情节**。

1 См.: *Аверинцев С. С.* Древнегреческая поэтика и мировая литература // Поэтика древнегреческой литературы. М., 1981. 参见谢尔盖·谢尔盖耶维奇·阿韦林采夫:《古希腊诗学与世界文学》，见《古希腊文学诗学》，莫斯科，1981年。谢尔盖·谢尔盖耶维奇·阿韦林采夫（1937—2004），苏联语言学家，文化学家，文化历史学家，哲学家，文学研究家，《圣经》学者。1990年因参加两卷本百科辞典《世界各民族神话》（第二版）的编写工作获苏联国家奖。

叙事话语是双重事件交际实践在体裁构成上广泛而多样的类别，该交际实践同两种本质不同的事件的讲述——所指的、交际的——构成一个不可分割的整体。20世纪70年代初（几乎在热奈特尚未被分析透彻的类似领域的思考内容发表的同时），巴赫金回归到自己在30年代撰写的《历史诗学随笔》，补充了叙事作品明晰的特征："在我们面前有两种事件——一种事件是作品里谈及的，另一种事件是讲述本身（在后者中我们是作为听者-读者参与其中的）；这些事件发生在不同时期（从持续度上来说也是不同的），并且发生在不同地方，与此同时，它们又被连接到统一但复杂的事件中，我们可以将其作为事件性完整的作品。"（ВЛЭ，403–404）

缺少这种双重性的文本则被看作非叙事性的文本。首先，"古代神话故事"属于这一类，根据奥莉加·米哈伊洛芙娜·费赖登贝格的界定，"讲述者与其讲述的故事一致"，在这里"谁在讲，讲什么，对谁讲，三者之间没有区别"[1]，也就是说，叙事话语交际状态系统是缺失的。

费赖登贝格在1945年完成了研究专著《叙事的源头》，这部作品至今仍没有得到足够的重视，但它的出版是叙事热爆炸式发展的前历史中最为关键的时刻之一。该研究表明，作为人类言语能力的叙事可以形成关于事件的历史认知与对生活的理解的文化记忆，叙事本身是历史的现象，也是具有相对延迟性的现象。

叙事是替换古希腊罗马神话的"前讲述形式"（用费赖登贝格的话来说，神话"曾是所有的一切——思想、事物、事件、存在和言语"），是保存了"神话全部往昔的器物"，它将神话变成了"人物、剧本、情节，但并不是……同人不可解除的自然本

1 *Фрейденберг О. М.* Миф и литература древности. М., 1978. С. 211. 奥莉加·米哈伊洛芙娜·费赖登贝格：《神话与古代文学》，莫斯科，1978年，第211页。

身”，这便与神话所呈现的不同。神话中的自然是人类存在的直接形式，它要求人类对其进行认知，而非讲述：“神话叙事从来都不曾存在过，也无法存在；因为它们无法直接传到我们这里。这些神话故事只会在研究神话学的教科书里存在；如果神话中相互联系的情节链被古代作家模仿……那仅仅是因为当时的叙事已经发挥作用很久了。”[1]叙事学的出现与作为文化现象的个人经验的具体化有关（其中包括与自然相互作用的经验）。

继费赖登贝格之后，尤里·米哈伊洛维奇·洛特曼也坚持认为，在当代的转述中，神话文本被叙述了出来，并且“获得情节化的形式，但它们本身原来并非如此。它们并不是在说明一次性的、规律之外的现象，而是时空之外的、无休止地被复制的现象”[2]。使用这些非叙事话语来表述的话，按照米尔恰·伊利亚德的说法，生活偏向“重复原始行为，即它属于**范畴**，而非**事件**”[3]。

作为后神话话语实践的叙事，它的形成催生了对于神话文化来说极为陌生的讲述**情节**。这也逐渐破坏了交际事件的创造性和接受性实例的原始含混性。于是出现了无知的并且等待着尚未明了、具有曲折过程的事件的结果的受话者形象。这样一来，神话话语从其属性本身来说，并不要求观众和听众的存在——仅仅需

---

1 *Фрейденберг О. М.* Миф и литература древности. С. 228. 奥莉加·米哈伊洛芙娜·费赖登贝格：《神话与古代文学》，第 228 页。

2 *Лотман Ю. М.* Происхождение сюжета в типологическом освещении // Ю. М. Лотман. Статьи по типологии культуры. Тарту, 1973. С. 11–12. 尤里·米哈伊洛维奇·洛特曼：《阐释类型中的情节出处》，见《关于文化类型》，塔尔图，1973 年，第 11–12 页。

3 *Элиаде М.* Миф о вечном возвращении. СПб., 1998. С. 133 (курсив Элиаде). 米尔恰·伊利亚德：《关于永恒回归的神话》，圣彼得堡，1998 年，第 133 页。（粗体字为米尔恰·伊利亚德所标）米尔恰·伊利亚德（1907—1986），宗教史学家，作家，哲学家，芝加哥大学教授、宗教系主任，著作有《萨满教：古老的入迷术》《神圣的存在：比较宗教的范型》等。

要有仪式感的行为艺术的参与者，就像教民在做弥撒时那样。[1]

科学、合理地分离叙事与神话具有重要的启发式意义，但是，现在关于非叙事现象圈的认识仍旧模糊不清。叙事与描述（描述性话语）[2]形成鲜明对比，有时也与施事话语（讲述行为的话语）形成鲜明对比，有时还与陈述、说明相对[3]。这种最古老的对立形式其实在古希腊罗马时期便已经形成，热拉尔·热奈特赋予了它们现实意义：**叙述**（叙事表达）与**模仿**[4]。模仿不是在讲述，而是在呈现，在仿效。交际言语实践的这种直接采用别人的讲述（带有敬意地引用，速记式转达，漫画式戏仿）而不借助叙事者的间接功能的方式，在文学领域是戏剧文本的重要组成部分。

西摩·查特曼和沃尔夫·施密德努力将戏剧包含在叙事学的视野之内，他们认为“模仿”文本（话剧、电影、芭蕾和哑剧）等本身都是“叙事文本，它们不借助叙事者来描述故事”[5]。但是，在我看来，杰拉德·普林斯作为最初也是如此去思考的学者，有更充分的理由拒绝对叙事性的模糊界定，并且回归到没有叙事者就不能产生叙事的想法上来。[6]

---

1 基督教弥撒与神话交际属性的原则性区别在于当代信仰者的个人立场，正是个人立场赋予信仰者作为合唱团成员参与到弥撒中的行为以个体自传事件性。

2 См.: *Шмид В.* Нарратология. С. 18–20. 参见沃尔夫·施密德:《叙事学》，第 18–20 页。

3 此处使用的三个术语均是从英语翻译过来的，即 description，performative，declarative。——译者注

4 См.: *Женетт Ж.* Границы повествовательности // Ж. Женетт. Фигуры / пер. с фр. Т. 1. М., 1998. 参见热拉尔·热奈特:《叙事的边界》，见《人物》，第 1 册，译自法语，莫斯科，1998 年。

5 *Шмид В.* Нарратология. С. 21. 沃尔夫·施密德:《叙事学》，第 21 页。西摩·查特曼（1928—2015），美国电影与文学批评家，叙事学家，加州大学伯克利分校修辞学教授。

6 См.: Prince, G. *A Dictionary of Narratology*. Lincoln, 1987. 参见杰拉德·普林斯:《叙事学词典》，林肯，1987 年。杰拉德·普林斯（1942— ），美国宾夕法尼亚大学罗曼语系终身教授，国际知名的叙事理论家，法语文学学者。

将戏剧（还有大多数抒情文本）归为叙事讲述的分类会毫无根据地忽视事件结构中**见证者**的作用。叙事的关键性特征不是状态的动态变化，就像阿瑟·丹托的公式[1]里所体现的那样，而是赋予讲述某种事件性，通过作为文本的所指功能的讲述来实现事件性。“每一个事件都是状态的改变，但并不是每一个状态的改变都是事件。”[2]事件性的首要特性在于它的**意向性**：事件不是某种与认知无关的事实的显而易见性。事件无法与其执着的诠释即有意义的活动或发生（为了某个人）分割开来，它与在具体场景中满足该活动的事件性标准[3]的认知不可分割。根据洛特曼的观点，“对标准的明显偏离（即“事件”，因为符合标准的都不是“事件”）取决于对标准的理解”[4]，而后者属于某种主体（集体的或者个人的）。古代人对叙事话语的掌握要晚许多，用巴赫金的话来说，在叙事话语前景中“出现了新的事件的主要推动者——见证人和法官”[5]。

戏剧文本中没有这种实现“间接的”[6]叙事事件见证意识的角色。“保持沉默”（巴赫金）的作家，在戏剧文本、史诗文本或

1 按照丹托的想法，时间的切割t-2是事件时间，如果t-1和t-3不相同的话。

2 *Шмид В.* Нарратология. С. 23. 沃尔夫·施密德:《叙事学》，第23页。

3 根据沃尔夫·施密德的观点，事件的“相关性”“不可预测性”“必然性”“不可逆性”和“不可重复性”等取决于该时代盛行的事件性概念，以及“作品本身提出的事件模型”（同上，第24–26页）。

4 *Лотман Ю. М.* Структура художественного текста. М., 1970. С. 283. 尤里·米哈伊洛维奇·洛特曼:《艺术文本的结构》，莫斯科，1970年，第283页。参照《艺术文本的结构》，王坤译，广州：中山大学出版社，2003年。

5 *Бахтин М. М.* Эстетика словесного творчества. М, 1979. С. 341. В дальнейшем цитаты из этого издания (сокращенно ЭСТ) приводятся с указанием страницы в скобках. 米哈伊尔·米哈伊洛维奇·巴赫金:《文艺创作美学》，莫斯科，1979年，第341页。下文涉及该版本的引文时，仅标示出页码，标题缩写为ЭСТ（译者在处理页间插入的文献标注时也保留了此缩写）。

6 См.: Stanzel, F. K. *Theorie des Erzählens.* 参见弗兰茨·斯坦泽:《叙事理论》。

抒情文本中同等程度地存在，不是作为“见证者”，而是作为实现描述的现实的审美主体的创作者。

话剧文本的所指主体是某种事件的顺序性，以**具有事件性质的言语举止**的链条呈现。在舞台说明中提到的言语外的举止并不属于话剧（说出的）文本，在舞台上演员会使用一些戏剧家计划之外的动作也证实了这一点。发生在幕后的事件由报幕者见证，在这种情况下，言语片段作为相对少的叙事附加部分进入戏剧文本。这种讲述，还有事件之外的片段（打招呼、核实和闲聊等）存在于人物的言语中，有时候甚至很多，它们具有解构性的功能。建构作用[1]在戏剧话语的组织中属于施为的（行为的）对话片段、言语行为[2]。特别是戏剧话语，是对施为的模仿呈现（模仿）。与此相似，哑剧是表演行为非言语的一面，是言语之外行为的可塑性呈现（也是模仿）。

呈现偏向于将某一个事物（所指）用另外一个事物（代替品）表现出来。演员所说的台词和人物的类似施为讲述的言语，从其交际性质上来说又与呈现不同：它们仅仅是展示、再现别人言语的代用品。我们来举小说《安娜·卡列尼娜》里一个广为人知的例子：

“啊，你瞧呀，一个温存多情的丈夫，还是和新

1 尤里·尼古拉耶维奇·特尼亚诺夫在介绍言语建构的建设性和解构性因素的概念时，认为诸如打招呼、闲聊等这样的正文起始是解构的，它们具有语义上的意义，可以在不破坏文本总体结构的情况下从文本中消除，相反，消除建设性因素会破坏整体结构。

2 通常把“将言语行为体现在直接交流的实用坐标‘我–你–这里–现在’中”的“行为陈述”称为施为的（*Формановская Н. И.* Речевое взаимодействие: коммуникация и прагматика. М., 2007. С. 277. 纳塔利娅·伊万诺夫娜·福尔曼诺夫斯卡娅：《言语相互作用：交际与语用学》，莫斯科，2007 年，第 277 页）。有关施为性本质的更多信息，详见下文。纳塔利娅·伊万诺夫娜·福尔曼诺夫斯卡娅（1927—2016），语言学家，现代俄语语法专家。

婚后第一年那样地温存，在望穿秋水一般等着想看见你呢。”他用慢吞吞、尖细的声音说，而且用他经常用的那种声调对她说的，那是一种讥笑任何认真地说他这种话的人的声调。[1]

主人公所说的这句话从交际功能方面来说是施为的讲述（等同于亲密地打招呼），但它的施为性被叙事者否定了。事实上，卡列宁说的话具有讽刺性。演员在舞台上可以通过语调与面部表情来呈现，在话剧的进展过程中这经常会损害在舞台上说这些话的人的严肃性或真诚性。但是因为戏剧文本的非叙事性，在剧院里，这种效果常常通过非语言手段实现。此外，演员无法用“慢吞吞、尖细的声音”像卡列宁本人那样说话（他自己所特有的，尽管面部表情会有所变化），也无法表现出卡列宁一直都用的语气，“经常用的那种声调对她说”。在这里，就像在通常的小说文本里那样，占主导优势的是叙事者的价值判断语气[2]。

叙事也是呈现的某种话语实践。它的特性在于，故事的叙事化赋予被讲述者以事件的地位。用热奈特的术语来说，这是“反复的”艺术讲述，用未完成体的语言标志来指出情形的重复性，用其来表示“信号”形式。例如：

后来，他们每天中午在堤岸上见面，一块儿吃早饭，吃午饭，散步，欣赏海洋。她抱怨睡眠不好，心跳得不稳；她老是提出同样的问题，一会儿因为嫉妒而激动，一会儿又担心他不十分尊重她了。在广场的小公园里或者大公园里，每逢他们附近一个人也没有

1 此例出自《安娜·卡列尼娜》第 1 部第 30 节卡列宁接安娜时的场景。本段为译者所译，后文译文如无说明，皆为译者自译。——译者注

2 巴赫金的“复调小说”思想在于拒绝陀思妥耶夫斯基小说中的这种主导地位。

的时候，他就会突然把她拉到自己身边，热烈地吻她。（《带小狗的女人》）[1]

“经常”发生的事情，是叙事接受方所感受到的具有事件性质的破坏规范（“每逢他们附近一个人也没有的时候”）的一个动作。

任何一种呈现都与“同源现象的个性化呈现”[2]（事件、过程和状态）有关。**事件**是生活场景的转换，它因为具有一次性、不连续性和无法预测性等特点而与**过程**（状态不间断的有规律更替：在我们的理解里，过程是可以被预测的且不需要见证者）相左或与**仪式**（某种动态的先例复现的社会过程）不同。

符号学场域（世界）中所指讲述的叙事格式化在于**状态事件链**的形成，也即赋予被叙述的内容以**情节**，并将其划分为**片段**[3]的区分过程（文本片段，世界的呈现部分，说明地点、事件与题元的统一体）[4]。

作为结构形式的描述不同于叙事，它是另外一种形式话语（或者是多种话语之间）的代表性说明。根据自己的功能，这种描述是联系或者转折，而非像人们有时候所感觉到的那样，是抢话或离题。

但是在文化构成中有不少文本，其性质是描述性的。它们以**描述性**的呈现而有别于主体内容用语言间接的模仿，这种间接性类似于叙事性。不过，与叙事不同，描述性预设并构成文本中被

1 契诃夫：《变色龙》，汝龙译，上海：上海译文出版社，2011年，第239页。

2 *Рикёр П.* Время и рассказ. Т. 1. С. 212. 保罗·利科：《时间与叙事》，第1卷，第212页。

3 根据保罗·利科的观点，“情节的片段式方面的不可消除性是叙事的种类特征”（同上，第186页）。

4 Подробнее см.: *Тюпа В. И.* Анализ художественного текста. М., 2006. С. 41–48, 310–319. 详见瓦列里·伊戈列维奇·秋帕：《艺术文本分析》，莫斯科，2006年，第41–48，310–319页。

呈现出来的状态转变的**程序地位**，例如，对进化过程的科学描述或对疾病治疗的症状说明。描述性文本聚焦于某一种状态，呈现“零度的”、非结果的过程（用言语来详细描绘原子模型或室内图景）。这样一来，“零度事件性”在叙事文本中不可能存在，因为它的不连贯的片段式性质是由情节的张力所制造的：在契诃夫的短篇小说《男孩们》中，逃亡虽没有成行，但它仍旧是事件，其中并非没有事件的存在。

第三节

叙事学不应该将自己研究问题的视角局限在已经列举过的三种呈现形态之上。任何一种文化现象都是在它的边界处被辨识出来的。叙事和施为的边界划分对于理解叙事性的重要性不亚于将其聚焦在自己的问题领域之内。此外，文学体裁的范围，暂且不说所有言语体裁的范围，远非局限在讲述的呈现类型方面。属于此类的有“施为讲述（类似决斗的发起等），它们将交际与行为融会在一起”[1]。

施为性的首创者约翰·奥斯汀将非施为性言语命名为“述愿”[2]。更确切地说应将它们称作呈现，因为无论是叙事性的“叙述”，还是戏剧的“模仿”，还是各种描述，都不指向声明，而是或多或少地包含了具有一定意义的阐释因素。

如果叙事话语可以被界定为意义（“世界”）所指场域以事件形式的呈现，那么施为，作为自我指涉的言语行为，具有“自我呈现”性。它不会通报任何信息。施为话语**改变着**它产生时的那

1 *Смирнов И. П.* Олитературенное время. С. 76. 伊戈尔·巴甫洛维奇·斯米尔诺夫：《文学化的时间》，第 76 页。

2 См.: *Остин Дж.* Слово как действие // Новое в зарубежной лингвистике. Вып. XVI. М., 1985. 参见约翰·奥斯汀：《作为行动的言语》，见《国外语言学新动态》（第 16 辑），莫斯科，1985 年。

种原初交际形式。这样一来，例如，下达命令时，或者相反，表示恳求时，说话者表明自己与受话者之间像层级关系一样的主体间关系。

在语言学中，施为的特殊性可以被辨识出来：等同行为性、非核验性、自我所指、自我命名性和暂时性等。[1] 从事情的本质来看，这种罗列是多余的，因为所有罗列的性质都含有**自我所指**的概念：在这里，所说的内容和说话本身相同（“我发誓”“我诅咒”和“我欢迎”等）。单事件的施为不同于双事件的施为，或者说与戏剧的“模仿”不同，它是言语**自我呈现**，因为施为话语的主体并不是言语行为的完成者，而是实行者。

至今，和叙事话语相比，施为话语仍没有得到充分研究。语言学家在这个研究方向上投入了很多精力，但收效甚微，因为他们往往停留在“语言的使用”（索绪尔的“言语”）**过程**方面，而没有上升到将“话语”作为“交际**事件**”的层面，但凡·戴克对这些要素进行了有效的区分[2]。

施为话语由交际矢量所决定。有别于言语呈现，有效的言语行为在于将交际情形中的某一方面进行改造：它们所指向的或者是言语的受话人，或者是客体，或者是说话者本人。如果观察者的叙事“规则……取消第一人称和第二人称交际角色”，那么我们只能够通过施为规则来了解交际的“日常实践”。[3] 言语实践如

1 См.: *Богданов В. В.* Речевое общение. Л., 1990. 参见瓦连京·瓦西里耶维奇·波格丹诺夫：《言语交际》，列宁格勒，1990 年。瓦连京·瓦西里耶维奇·波格丹诺夫（1938—2008），俄罗斯圣彼得堡国立大学语文学和艺术系数学语言学教研室教授。

2 См.: *Дейк ван Т. А.* Язык. Познание. Коммуникация. С. 122 и др. 参见蒂安·阿德里安努斯·凡·戴克：《语言、认知、交际》，第 122 页等。

3 *Хабермас Ю.* Моральное сознание и коммуникативное действие. СПб., 2006. С. 73. 于尔根·哈贝马斯：《道德认知与交际行为》，圣彼得堡，2006 年，第 73 页。哈贝马斯（1929— ），德国哲学家和社会学家，代表作有《公共领域的结构转型》《交往与社会进化》《现代性的哲学话语》和《交往行为理论》等。

果不具有仪式性质（例如，见面时的通常招呼），就具有行为的实践性质。这些行为的施为性在于转变（形成、确定、攻击、变形）交际客体、主体或是受话者等的**价值地位**，这在一定程度上类似于古老的言语行为——巫术咒语。

许多现代文学中的施为行为深深植根于巫术咒语文化，就像我们这一时期的叙事的历史根源在神话那里一样。如果叙事在大多数情况下是**谓语**（事件链的呈现，首先是谓语链），那么施为则是**称名**——在施为言语中称呼意味着起作用（或影响）。

施为和叙事一样，会因为自己的情态而不同。根据纳塔利娅·伊万诺夫娜·福尔曼诺夫斯卡娅的观点，人之所以是人，“是因为喉头能够发出不同的声音，能够**通知**别人什么，**引起**别人**注意**什么，**询问**什么，与此同时在交际过程中不断丰富言语交际的非言语、手势表情和发音的方法。可见，在主要的交流内容方面存在三种宽泛的意向：**通知**、**引起注意**和**询问**，而后无限扩大自己的区域和内容”[1]。关于话语源头与三种施为情态的观点，我们可以更确切地去表述。

术语“通知”与我们所理解的“转达已经准备好的信息”的意思紧密联系在一起，这种“已经准备好的信息”在原始人那里经常是不存在的。在作为文化原初形态的神话的框架里，带有**客体**意向的讲述不仅仅是“通知”，更是关于生活的结构上的**确认**和经验主义的总结，还是某种规定。

这种情态的施为可以界定为**声明式**的。它用自己的语言呈现行为来指向某种虚拟的交际客体（交际客体从其属性上来说都是虚拟的）。施为确认都是声明式的（也就是说“澄清”），它改变着自己的客体：在其他虚拟客体之间划分界限，确认身份，定

---

1 *Формановская Н. И.* Речевое взаимодействие: коммуникация и прагматика. С. 15. 纳塔利娅·伊万诺夫娜·福尔曼诺夫斯卡娅:《言语相互作用：交际与语用学》，第15页。（粗体字为福尔曼诺夫斯卡娅所标）

位、确定或者确认它的地位。在这里，被称为声明的认知基础“并非由严格意义上的知识构成，而是由理解构成，这种理解排除了回到以前世界认知的可能性”[1]。

原始人的“询问”作为施为的言语行动，与确认有所不同，看得出，他们是用交际的**主观**（自我主体）意向在思考。生活中的重要问题内省式地指向主体对自己在世界上的不定向性的克服行为，询问作为一种行为是走向个体自我确定的第一步，而自我确定则是人在此后很晚的时期里才掌握的能力。

自我确定的施为解释着言说主体本人的价值立场，或者它可以被准确地定义为**冥思**（的施为）。这一术语习惯性地被应用在作为自我交际的、相对显现且具有艺术性的抒情诗方面。带有主体意向的施为，作为思维的口头呈现以及在话语形式中将认知的非话语过程搅乱的讲述，它自身包含一个问题，并且自己对其进行回答，甚至是询问（比照普希金《枉然的天赋，偶然的天赋……》）。就像哈贝马斯提到的，“在哲学里可以提出正确的问题，与此同时却找不到正确的答案”[2]。

抒情和哲学沉思在一个施为情态中的结合意义重大，并且具有规律性：哲学如抒情诗一样内省（比照柏拉图关于灵魂与自身的对话）。按照斯米尔诺夫的观点，“哲学（至少是传统哲学）是与理论相对的，因为它是某种对世界接受的异样存在……与此相反，理论并非暗喻，它在本质存在之中，而非在其边界之外（即

---

1 *Корчинский А. В.* Философия и нарративное знание: к поэтике ментального события // Событие и событийность. М., 2010. С. 205. 亚历山大 · 瓦西里耶维奇 · 科尔钦斯基:《哲学与叙事知识：民族性事件诗学》，见《事件与事件性》，莫斯科，2010 年，第 205 页。亚历山大 · 瓦西里耶维奇 · 科尔钦斯基（1938—2011），苏联时期著名的经济、国务和政治活动家。

2 *Хабермас Ю.* Моральное сознание и коммуникативное действие. С. 79. 于尔根 · 哈贝马斯:《道德认知与交际行为》，第 79 页。

从现实中引出理想的）寻找另外的事物”[1]，也不像哲学一样将其从主体中夹带出来。

最后，带有**受话**维度的施为，其目的在于**呼吁性的**行为（命令、请求、号召和其他的愿望方式），受话者同时作为言语行为的目标对象，言语行为会界定或者重新界定受话者的价值地位。施为性的认识错误地被缩减至呼吁性言说领域的现象并不少见。

施为言语实践维度呈现出来的范式在一定程度上与语法人称（第三人称、第一人称和第二人称）相对应。但是，话语的施为意向是交际中更为深入的视角，它不是由语法形式而是由说话者的选择策略确定的。

例如，祈祷话语是一种复杂的思维情境。根据自身的言语形式来说，祈祷具有呼吁性，但是个人的祈祷语又是交际事件，它在祈祷者的内心世界里激烈运动。但是它形成于超验化之中，在人的意识的边界之外。这不是询问自己，而是求助于内在于我的另外一个人（指向我的“我”满而溢——指向我内在的圣灵）的行为，这种行为是自我施为：非正式的祈祷改变着祈祷者本人的面貌。人们可以以呈现的方式模仿祈祷，将祈祷看作人外在的甚至是内在的行为来讲述，但是祈祷的超验化却无法被叙事讲述所表达。

本章中的论证让我们得出以下结论，即当代叙事学应该声明自己的研究问题是叙事性与非叙事性在人类文化中的相互关系，这涵盖了文本演变的话语实践的整个范畴。

这种范畴由两种形态的话语组成（施为话语、呈现话语），两者以三种变体中的某一种形式出现。施为的三个维度：呼吁、声明和冥思，各自所具有的交际意向性不同（受话者、客体的、主体的）。从另一个方面来说，呈现性的语体风格也有别于与意

---

1 *Смирнов И. П.* Олитературенное время. С. 9. 伊戈尔·巴甫洛维奇·斯米尔诺夫:《文学化的时间》，第 9 页。

义相符的表达层级。在复现话语中，意义的源头是被描述者的所指现实；在模仿话语中，受话者是“见证人和法官”的意义生成层级；在叙事话语中，话语主体本身以叙事者的言语形式出现。

但是叙事学“无边无际”，逐渐蔓延至言语实践的边界之外，在方法论层面受到质疑。在视觉实践的不同领域中也能发现“叙事性”和“施为性”——它们仅仅是比拟，指向人文认知跨学科领域的现实问题：研究学科之间的问题。

这里所说的叙事学与巴赫金“元语言学”的方案相互关联，因为“元语言学”作为关于“言语体裁”（不同类型话语）的历史变化体系的学说，涵盖了语文学科的整个领域。

第三章

文学体裁的生成

第一节

费赖登贝格令人信服地坚持“演化”与“生成”这两个概念之间存在区别，尽管两者都属于历史阐述中的理论认知领域。生成要求呈现难以捕捉的转换过程：从被研究对象缺席的历史状态到被研究对象已经成熟并开始改变（演化）的状态。

斯米尔诺夫公允地指出，生成在体裁理论中起着关键性作用：“不提出关于形成某种体裁的文本的生成问题，便无法弄清楚文学体裁。这些文本之间有着某种共同性，因为它们中的每一个都重复着（当然，带有某种变化）其他文本的起源……对于同一个体裁系列的文本来说，居于首位的是共同的生成，它们之间的互文联系是第二位的，增建在文学作品类型相似之上，使得体裁范畴多样化，但它并不对体裁范式的**恒定量**起决定性作用。否则的话，我们要面对的就是持续不断的话语**场域**了。”[1] 我想让大

1 *Смирнов И. П.* Олитературенное время. С. 262. 伊戈尔 · 巴甫洛维奇 · 斯米尔诺夫:《文学化的时间》，第 262 页。

家顺便注意的是关于体裁恒定结构与话语的“场域”结构讨论中的对应关系。

在尚不知文学体裁为何物的文化状态之前存在的并非无体裁的话语，而是历史形成的前文学叙述类型的系统性统一体，这些类型已经是“言语体裁”。巴赫金提出了这一概念并且深入研究其相应范畴，其中既包含“首要的体裁”——“言语体裁无边的多样性……在日常言语交际中更明晰（不同类型的有意思且亲密的交流、请求和要求，爱情表白，拌嘴和秽语，以及客套话等诸如此类）”（6，372），又包含“次要的（意识形态的）体裁”（5，161），次要的体裁中包括文学体裁。

文学作品的写作从交际指数方面来说与任何其他形式的言语、说话都很相似：“当我们建构自己的言语时，我们总是需要提供叙述的整体，既需要具有一定的体裁方案的形式，又需要具有个体言语构思的形式。”（5，190）巴赫金在思考“说话人”时将注意力集中在“说话人是以什么样的身份，并且如何（即在什么场景下）去说的。各种各样的个体言语形式，从最简单的日常叙述到大型的文学体裁……说话人在哪些叙述（言语表达）中言说时不戴有面具，即是没有作者身份。作者身份的形式取决于叙述体裁。反过来，体裁取决于对象、目的和情境”。这三合一的组合明显模仿了亚里士多德的修辞三角形。经典修辞学之父在演讲的构成中着重划分出了演讲者（巴赫金所说的情境，即“以什么样的身份，并且如何去说”）、演讲的内容和演讲的受众（巴赫金所说的“目的”）。[1]

在思考交际事件参与者的体裁创新与接受权限的相互关系时，巴赫金如此写道：“作家身份的形式与说话者的等级地位（统帅、沙皇、法官、军人、祭司、教师、个人、父亲、儿子、夫

---

1 *Аристотель*. Риторика / В переводе Н. Платоновой // Античные риторики. М., 1978. С. 24. 亚里士多德：《修辞学》，纳塔利娅·普拉托诺娃译，见《古希腊罗马修辞学》，莫斯科，1978 年，第 24 页。

妻、兄弟等），以及叙述受话者的等级地位（臣民、被告、学生、儿子等）也是相应的。谁在说，对谁在说。”（6，371）由此，产生了“体裁方案”恒量的固定性，“这些方案非常传统，并且可以追溯到远古时期。它们在新场景下得到更新，而且是无法被臆造出来的（正如无法杜撰语言一样）”（6，371–372）。

文化言语体裁的问题不是语言学之外的问题，而是元语言学的问题：“就本身而言，语言联系无法确定整体性。整体性是语言之外的，所以对语言来说是中性的。因此，体裁作为整体性的形式（就是说，物体–语义形式）是语言间的，也是族际间的。与此同时，体裁从根本上与语言相关，给语言提出了一定的任务，在语言中实现了一定的可能性。但是，语言通常只能在具体的讲述中才能实现。体裁作为整体讲述的形式，在所有文艺领域里存在。（5，40）

从通常的形式来看，任何言语的体裁都是“讲述的典型形式”（5，191），与“言语交流的典型情境”相符，具有这些情境所素有的言说或书写的“对象”和“目的”。交流目标具有“指向性，传送性……没有它们就不存在讲述。这种指向性的各种典型形式和受话人的各种典型理念都是基本性的，决定着不同言语体裁的特性”（5，204–205）。巴赫金一直强调交流的这种建构要素：“说话者（或者书写者）感受如何，如何想象自己的受话者，他们对叙述有什么样的影响力——结构正是取决于此，特别是讲述的风格也取决于此。”（5，200）

这样一来，言语体裁是交流已知程度上的相互商定（约定），是某种在言语对象方面将叙述主体和受话者联系在一起的交际策略。文学体裁，正如任何一种言语体裁，其特征由主要结构“受话者的理念”和“作者身份的形式”决定，这是生成此类文本的必然的“言语面具”。后者，根据福柯比较成功的表述，是“一种立场，任何独立个人为了成为此讲述的主体都可以并且应该具有的立场”[1]。

从这一观点来考察，文学体裁是一种历史的能产类型的叙述，实现着**话语**“对象、目的和情境”等**审美**方面的某种交际策略。

“言语交流”的体裁有简单的（“原初的”）和复杂的、多构成的，在文本话语内部包含一系列从体裁归属上来说属于其他类型的体裁。但是，“体裁是**最终**的叙述整体，它不是更大的整体的一部分。当一种体裁渐渐地成为另一种体裁的要素时，它本身已经不再是体裁了”（5，40；粗体字为巴赫金所标）。

所有的言语体裁——从最简单的到最复杂的——都是“根据主题、结构和风格”来区分的。在这种“三维”的基础上可以推测出经典修辞学的类别：inventio（找到或者发明言语对象），dispositio（用某一种体裁形式呈现作者的主动性），elocutio（对受话者言说时的风格指向）。[2] 风格（语言选择）在这里是修辞学上的概念：不是作为个体自我表达的方式（风格的美学概念，确立于浪漫主义时期），而是作为“使用某种典型表达力……在典型环境的条件下”（5，191）承载语言的可能性。风格，被巴赫金界定为“说话者对言语交流中其他参与者（听众或读者、搭档、陌生人等）的态度类别”（5，164）。

不管我们想或不想，交流都具有必然的体裁恒定性：“我们所有人都是在运用一定的言语体裁说话，也就是说，我们所有的叙述都具有一定的并且相对固定的建构整体的典型形式”（5，180），具有“结束的类型形式，说话者对他人态度的类型形式”（5，164），具有“判断交流中其他参与者的积极回应立场的能力”（5，185）。所以，作为受话者并且能够准确地推测交流的体裁策略，我们“从一开始便具备了言语整体性的感觉，这种整体

---

1 Foucault, M. *L'archéologie du savoir*. P. 126. 米歇尔·福柯：《知识考古学》，第 126 页。

2 此处保留了原文中使用的拉丁语。——译者注

性是到后来才在言语过程中分化出来的”（5，181）。

问题的本质在于，“任何具体的叙述（话语这一术语的第一层意思——作者注）都是某一环境中言语交流链条中的一环”（5，195），某一环境中的言语交流则对应的是话语的第二层意思。这些意思结合在一起——主体言说（话语第一层意思）内接入交际的主体间领域（话语第二层意思），甚至不管发起者的个人意愿如何，“叙述都在该交流领域里占据某种固定（不变的——作者注）立场”（5，196）。基于这一原因，巴赫金强调说：“每一种言语体裁在每一个言语交流领域中都具有使其成为体裁的受话者自己的典型理念。”（5，200）与此同时，次要的（意识形态的，其中也包括文学的）体裁与原初的（日常的）体裁不同之处在于，除了直接受话者（“不同程度的亲密性、具体性、自觉性”），“叙述者会以较大或较小程度的自觉性来假定更高的‘超受话者’……在不同时期，并且基于对世界的不同认识，这一超受话者和他理想式的完全正确的理解采取了不同的具体意识形态表达形式……这是叙述整体构成的要素，它在较为深入的分析中是可以被发现的”（5，337–338）。

体裁上的“受话者概念”的界定取决于该体裁所要求的接受者的交际权限。巴赫金提出的“形象构建区”可以作为这种艺术书写概念化的例子，因为形象无法直接从作者的头脑流入读者的头脑，它是在有意识地接受的情况下由二者共同创作而形成的。实际上的听众（读者）可能并不占据预设给他的受话者立场，在这种情况下，他加入“特定言语交流语境”的行为将是不对等的，交际事件（交际者的共同存在）的可能性仍旧不能实现。

文学体裁首先是书面体裁。它们与民间口头创作体裁的根本区别也正在于此，民间口头创作的作品，当它们被记录下来时，可以被当作准文学作品，但是，从本质上来说，它们并不是文学作品。

写作文本的创作行为和对文本理解的接受行为都具有非同时性，交流的交际共参性也具有延迟性，意识的对话交流以独特的方式得以“封存”，这些构成了作为言语交流场景的文学话语的不可或缺的特征。在这一从根本上来说是文化的书写领域中，在解决自己专门的（审美）任务时，文学体裁得以固定化并慢慢具有了明晰的体裁形式：“作者的作家形式变得职业化（小说家、抒情诗人、喜剧作家和颂歌作家等），并分散在不同的体裁形式中。作者身份的形式可以被篡夺也可以被假定。例如，小说家可以用不同身份的口吻来说话，如祭司、预言家、法官、教师和传教士等。”（6，371）

但是，在发达的体裁体系状态之前存在着许多远未发展成熟的口头的和书面的**原始体裁**：“体裁的幼芽（主题的和语言的）具有还未发展起来的坚实的结构骨架，可以称之为体裁的**‘原初迹象’**。”（ЛКС，513）

研究文学体裁生成的关键在于揭示原生文学的“原初迹象”，从它们身上可以发现某些对后来体裁的演化具有根本性意义的现实、作者形象与指向性等主题化的策略。

第二节

间接的书面交流而非口头的直接交流[1]的交际策略，是作为体裁体系的文学得以生成的具有决定性的前提条件，但非唯一条

---

1 试比较：“口语被有机地包含在行为的合一性中……倾向于非离散性和连续性结构，而脱离逻辑结构，趋向标志性和神话性”（*Лотман Ю. М.* Устная речь в историко-культурной перспективе // Ю. М. Лотман. Статьи по семиотике искусства. СПб., 2002. С. 523. 尤里·米哈伊洛维奇·洛特曼：《历史文化视角下的口语》，见《艺术符号学文集》，圣彼得堡，2002 年，第 523 页）。

件。第二重要的前提是掌握**叙述**——从表象的非语言手段中提炼出来的口头讲述——的交际策略，此处的表象替代了更为古老的“图像式”、联觉式的“幻觉呈现”[1]。费赖登贝格在文学体裁生成领域进行了具有奠基意义的研究。

原生文学体裁“形成于社会文化从环形历史向线性历史发展的转型时期”[2]。通告事件或事件链成为叙事的体裁“目的”，某种吸引人的历史成为言语的体裁“对象”和叙事的体裁“情境”，上述这些要素由讲述的知情者（根据“情况”进行讲述的人，“信息”的承载者，从“情况”中了解已完成的事件）与不知情的受话者（被叙述者）的存在所决定。这就要求讲述者-中间者[3]形象作为“作者形象的面具”。上文中所列举的是叙事话语交际构成的共同特征。随着话语的不断发展及复杂化，叙事构成具有了某种体裁固定性，“在主题方面，在结构方面，在风格方面”等渐渐地得到实现。

在古老的（前文学）阶段，作为社会认知叙事情境的单一形式的神话是不存在的。神话本身的内容（而非在接下来的几个世纪中文学化的内容）不是事件性的，它不是由发生在某一天的事件构成，而是由总是如此的事情构成。神话文本“使人周围无节制且异常的世界转向规范化与制度化”[4]。与此同时，神话的内容并非通告不知情的人，它是由同一族群里知晓神话的成员在

---

1 *Фрейденберг О. М.* Миф и литература древности. С. 220. 奥莉加 · 米哈伊洛芙娜 · 费赖登贝格:《神话与古代文学》，第 220 页。

2 *Смирнов И. П.* Олитературенное время. С. 78. 伊戈尔·巴甫洛维奇·斯米尔诺夫:《文学化的时间》，第 78 页。

3 См.: Friedemann, K. *Die rolle des Erzählers in der Epik*; Stanzel, F. K. *Theorie des Erzählers*. 参见弗里德曼:《史诗中叙事者的角色》；弗兰茨 · 斯坦泽:《叙事理论》。

4 *Лотман Ю. М.* Происхождение сюжета в типологическом освещении. С. 11. 尤里 · 米哈伊洛维奇 · 洛特曼:《阐释类型中的情节出处》，第 11 页。

混觉式的戏剧演出中呈现出来的。“这样一来，‘讲述’同时具有主体–客体的性质，谁在讲，讲什么，对谁讲，三者之间没有区别。”[1]

毋庸置疑，原始时代的人们都避免不了偶尔通告一下不可预知的事件，只是这些简洁的日常信息起初应该仅仅是未来话语事件的“体裁萌芽”。

叙事体裁的领域在一系列“生产现象（事件、过程和状态）”[2]中受到非叙事话语——施为性话语、描述性话语和模仿性话语——的限制。在这里，交流（通告）的现实事件不在于讲述先前发生过的事件。显而易见，并非所有的文学体裁都具有叙事性。但是，拥有叙事性是体裁变异多样的文学本身出现所必需的先决条件。

叙事性讲述具有双重事件性，它分为两部分，即所指的（被讲述的）事件和“讲述本身的交际事件”（巴赫金）。古老的仪式性神话并不了解这种双重性。正是在这种双重事件性中“叙事获得了自身的特殊性。其特别之处在于，所有的表达手法不在于时间和空间方面（因此是主题方面），这正是讲述的第二部分”[3]。当费赖登贝格追溯出希腊语动词“讲述”的根源是“经过，通过”时，她肯定地阐明了叙事最古老的形式是关于彼岸世界的幻觉见证。“整个叙事都建立在见证所看之物上。叙事的主题是另一个世界。”[4]

巴赫金关于叙事话语双重事件性的推论出现在他1973年写的关于1937至1938年小说的论文的补充部分《结束语》中。

---

1 *Фрейденберг О. М.* Миф и литература древности. С. 211. 奥莉加·米哈伊洛芙娜·费赖登贝格:《神话与古代文学》，第211页。

2 *Рикёр П.* Время и рассказ. Т. 1. С. 212. 保罗·利科:《时间与叙事》，第1卷，第212页。

3 同1，第227页。

4 同上，第220页。

从字面意思来看，这一推论并不适用于纯抒情诗歌，因为抒情诗歌不是关于时间的，而是关于状态或过程的；也不适用于戏剧作品，因为戏剧作品不是在讲述剧本中人物的行为，而是直接表演出来。但是，这些体裁有限地使用叙事作为结构形式，它们的出现也得益于文化中的叙事转向。

其一，问题在于，在叙事的帮助下，我们可以掌握自我存在的事件性方面。被抒情诗歌作为主题呈现出来的生活中的时刻，其自身往往也不具有事件性，但它们被认为是与存在的事件性无法分割的部分。

其二，叙事所凸显的不一定是虚构的，但必定是想象出的人物（情节现实）的世界。这个世界与现实世界不同，在现实世界里通过讲述的交际事件和语言，作者能够实现与读者的共处。费赖登贝格如此界定这一转变时刻：“在叙事中保存着神话往昔完整的装备，以物品、有生命之物、线索和情节等呈现……神话支配着自己，使自己变成描绘的客体，于是人们开始将其作为某种次要的、由主体……环境生成的事物，就这样，它由可信的范畴变成了‘形象’，变成了仅仅是模仿现实的‘虚构’。”[1]

在文学体裁形成的过程中，**形象性**这一新特征不仅是史诗话语所固有的，并且在同等程度上也为戏剧话语和抒情话语所共有，而且在所有多样性体裁的文学审美特征出现时起到了非常重要的作用。

叙事的一般文化意义，似乎在于个人疏远童年时代“与人密不可分的自然”[2]现象中的自我内省体验，进而转向在想象的时间和空间中对题元人物的想象。这种可能性对于文学思维来说具

1 *Фрейденберг О. М.* Миф и литература древности. С. 228. 奥莉加·米哈伊洛芙娜·费赖登贝格:《神话与古代文学》，第 228 页。

2 同上。

有决定性意义。在文学话语的最初源头，亚里士多德也曾指出："需要编出情节并且将它们根据文学表达的需要进行加工，使其能够尽可能鲜活地呈现在自己眼前……非常鲜明的形象，并且似乎真正出现在事件发生的现场。"[1]

至于史诗体裁（特别是叙事史诗），它们并非直接从因叙事而改观变形的神话中诞生。此外，还有一些尚且不属于狭义文学的史诗体裁范围的"原初迹象"：**传说**（历史神话故事）、**童话**、**喻言**和**笑话**等，这些将在下一章中进行考察。

上文中所提到的叙事讲述类型具有长短不一的历史。它们是在人的认知发展的不同阶段出现的——正是以我们列举的先后顺序出现的。根据它们各自的修辞特征（在这里使用"诗学"还为时过早，因为我们不是在跟文学言语体裁打交道，而是在跟前文学言语体裁打交道），传说、童话、喻言和笑话都是异构的。不过，它们所孕育的交际策略对于许多文学体裁（不仅是史诗）来说至今仍具有重要的现实意义。

第三节

文学体裁生成的第三个决定性要素是渗入**审美**活动叙事书写领域中的。它能够促进专门的文学纲要原理的形成，如个体性的作者形象（代替神圣的、预言式的、智者的言语）和诗学（作为某种专门技艺的文学书写的理论自觉）。

后神话文化中最初的构造位移发生在古希腊，在那里，用阿韦林采夫的话来说，"发生了并非没来得及发生的事情，而完全是在《圣经》世界中无法发生并且不可能发生的事情：文学第一次意识到自己是文学，是人类活动的任性形式，它刻意将自己与

1 *Аристотель*. Об искусстве поэзии. М., 1957. С. 94. 亚里士多德：《关于诗的艺术》，莫斯科，1957 年，第 94 页。

所有一切不是它本身的事物对立，例如，与预言家自发式狂喜的‘预言’相对立，还与祭祀、仪式、日常以及笼统来说的‘生活’相对立”[1]。这一历史进展曾被古希腊哲学家德谟克利特（前5—前4世纪）记录下来，他也是相应论著的作者（《论诗歌》《论荷马》《论诗的美》《论正确的发音与生僻的固定词组》和《论节奏与和谐的音韵》等）。

关于美的概念最为常见的观点，就是美是某种被评价为极好的整体性：极好的状态是“为了不使之变差，既不能增之一分，也不能减之一分，亦不能改变之”[2]。故而，审美活动在于赋予它的对象以真正的整体性：完备且无冗余（既不能增之一分，也不能减之一分）。这样一来便达到了尽善尽美（用日常的词语表述便是“完善”）与专注（有生命的深度），这就将严整的活动对象变成了审美客体——欣赏的客体：有积极价值的、从关注功用性中解放出来的一种欣赏。

作为交流的特殊领域的文学（文学话语）之所以会产生，是因为在古希腊文化中实现了使严整和完善的（审美）活动指向叙事的两个方面：既指向言语（讲述），又指向被讲述的事件。

前者产生认知价值，使每一种“典型的讲述形式”在“主题、结构和风格”方面得以规范化，这种形式因为自身的审美特

---

1 *Аврinцев С. С.* Греческая литература и ближневосточная «словесность» (противостояние и встреча двух творческих принципов) // Типология и взаимосвязи литератур древнего мира. М., 1971. С. 208. 谢尔盖·谢尔盖耶维奇·阿韦林采夫：《希腊文学与近东“文学”：两种创作原则的对立和相遇》，见《古代世界文学的类型学与相互联系》，莫斯科，1971年，第208页。

2 *Альберти Л. Б.* Десять книг о зодчестве. Т. 1. М., 1935. С. 178. 莱昂·巴蒂斯塔·阿尔伯蒂：《建筑十书》，第1卷，莫斯科，1935年，第178页。参照《建筑论：阿尔伯蒂建筑十书》，王贵祥译，北京：中国建筑工业出版社，2010年，第157页。

性而从言语实践中凸显出来，也就是说，它促成了单独的文学体裁的形成。我们需要格外注意的是对于整个文学话语来说最初必须遵守的诗歌创作形式：散文使用的是从审美上来说还没有被掌握的言语。

后者则促进了该领域内出现的言语体裁即文学话语“固定结构”变体的一般文学（审美）特征的形成。它们的同源性首先在于作家与读者交际兴趣的特殊“对象”。这是“个体与……世界二元一位的并向量”（ЭСТ,46），这个“世界”是内在封闭的（已完善并且聚焦的），是作者想象出来的，而且“从审美上来说已经完善的现象——人物”（ЭСТ,18）属于这一艺术假设现实（而非讲述的交际情境）。

作为审美活动的文学书写不仅仅在于组织具有内在统一性的文本，亚里士多德就已经发现，不存在任何中性的、不偏左右的、偶然的书写，它的“存在或缺失是不易察觉的”[1]。作家审美活动的核心是在想象中完成的围绕着作为“艺术愿景价值中心”的主人公“我”（对于“我”来说是“另外一个人”的作家）的“世界价值的凝结”。（ЭСТ，163）

当神话中的人物被想象为现实中存在的神和英雄（半神）时，对于直接参与神话仪式演出的成员来说，这些神话人物是没有办法成为现代（审美）意义上的术语“英雄”的。他们是原始人集体自我身份确定的心智工具。只有理性，在形象与意义的相互补充之中既掌握了形象思维，又掌握了意义思维，它“从‘对话情境’（直接的仪式–生活的相互作用——作者注）中解放出来，在自己和另一个‘我’之间设置了距离，获得了至此之前尚未知晓的偷窥和观察其他人并且‘旁观’自己，客观地界定并将异己

1　*Аристотель*. Об искусстве поэзии. С. 66. 亚里士多德：《关于诗的艺术》，第 66 页。

的‘我’进行分类的可能性”[1]。

“如果客观地去理解个体，它是像物体一样被观察、被描述的异己的‘我’”，在古希腊，它获得了“性格”这样一个名称，即“某种非常明晰、静态沉淀的性情，在其他人之中可以准确无误地被辨识出来”。[2]赋予人物这种性格，用某种轮廓描述某人的生活，即性格的闭合、定位、完成。审美（文学）体裁与《圣经》和中世纪神圣书写的深层且根本的区别也正在于此。按照德米特里·谢尔盖耶维奇·利哈乔夫所说，在中世纪的神圣书写中，“作者描写心理状态时，总体上来说忽略了人的心理，也忽略了其性格。情感似乎是存在于人们之外的，不过它渗透在人们所有的行为中，并且与作者的情感混合在一起”[3]。在文学中，艺术作者和主人公，恰恰相反，会被明显地划分出来，作为完成者和被完成者。

最极端的例子便是福音书，尽管它们具有叙事性（圣路加称它们为“关于事件的讲述”），却并不会让人联想起在公元初的几百年里尚未形成的小说体裁。但总体来看，基督耶稣的形象对于见证过他存在的叙事者来说，是无法成为完成的客体的，因为他是现实存在最伟大的秘密，见证者本人也属于这一存在（这一存在并不作为他想象中的图景属于他本人）。

后来，小说这一体裁（特别是在陀思妥耶夫斯基那里）拥有了审美完成的方法，人物形象不会丢失自己的“个人秘密”（契诃夫）和心理流动性以及发展动态，也不局限于完全被理解的、从思想上来说“可视”的性格。不过，文学体裁生成的历史时期

---

1 *Аверинцев С. С.* Греческая литература и ближневосточная «словесность». С. 216. 谢尔盖 · 谢尔盖耶维奇 · 阿韦林采夫:《希腊文学与近东“文学”》，第 216 页。

2 同上，第 216–217 页。

3 *Лихачев Д. С.* Человек в литературе Древней Руси. М., 1970. С. 74. 德米特里·谢尔盖耶维奇·利哈乔夫:《古罗斯文学中的人》，莫斯科，1970 年，第 74 页。

距离这些还非常遥远，但还在17世纪的时候，布瓦洛[1]便如此教导作家："请在任何事件里巧妙地保持作品人物的性格特征。"

起初，人物总是被作者塑造出完整且饱满的性格并加入到他所想象的世界图景中，这构成了人物形成中的外形轮廓。对于文学话语来说，所有文学体裁唯一的超级主题是"我在世界里"——有着完整个性的完成形象，它同时也是人存在的总体形象，作为审美客体出现在文学交际（书写与阅读）中。

体裁主体（作者形象）在每一种文学体裁中都具有自身的特点，这些特点在最初阶段非常固定且稳定——就像人物性格的固定性一样。但是，在所有这些体裁中，当把它们与其他言语形式加以区分时，作者形象便作为个人创作的主体——具有创作自觉性的个人而出现。

还是在公元前6世纪的时候，古希腊诗人泰奥格尼斯[2]曾关注自己作者身份的痕迹：

> 就这样没有任何人可以用铜暗中替换我如金子般的话语，
>
> 任何一个人一眼就能看出："这是泰奥格尼斯的话……"
>
> （由阿德里安·伊万诺维奇·皮奥特洛夫斯基[3]译为俄语）

---

1 尼古拉·布瓦洛-德普雷奥（1636—1711），法国著名诗人，作家，文艺批评家，其代表作文艺理论专著《诗的艺术》（*L'Art poétique*）被誉为古典主义的法典。

2 泰奥格尼斯（约前585—前540），古希腊诗人，现存的古希腊哀歌大多归其名下。

3 阿德里安·伊万诺维奇·皮奥特洛夫斯基（1898—1937），俄罗斯文学理论家，剧作家，评论家，列宁格勒Lenfilm电影制片厂艺术总监，1935年荣获俄罗斯苏维埃联邦社会主义共和国荣誉艺术家称号。

就像阿韦林采夫所表述的那样，“创作个人的权利和义务在于它们对艺术‘整体’的审美要求的相互依赖关系”，而“从生活洪流中切断出来的作品是封闭的，是被切割开来的作者个性的对应体”。[1]

人物的个性化（目前仍旧是具有典型性格特征的人物）与作者的个性化（尽管是戴着典型的“作者身份面具”，但已是个体作者）提供了与之相对应的读者的个性化。后者又因书面文本的交际情境而得到强化，单个读者并不是与所有人一起接受文本，也不是“异口同声”的，而是独自带着自己的思考。大家一起接受剧院场面则不具有这一因素，不过亚里士多德已经指出，“悲剧的力量即便是在没有冲突、没有演员的情况下也存在”[2]（也就是说没有公开表演——“在纸上”）。除此之外，古希腊戏剧——以最碎片化的方式呈现人物的“我”和合唱的“我们”——呼吁接收者个体做出自我决定。

接收者作为个体化的整体，作为独立的生活主体，从他的自决中可以发现所有文学体裁都有的交际“目标”。

古代有许多作家，如贺拉斯等，都将自己艺术的重要作用归为“劝诫”。但是这种超级任务在其他很多次要体裁中也被发现了。至于特殊形式的“满意”，就是另外一个话题了：“从悲剧中所要寻找的不是任意一种满意，而是它本身所固有的。”[3] 亚里士多德认为，通过这种“由共同忍受痛苦和恐惧而产生的”满意，可以“净化情感”并且“激发仁爱之心”。这也是他所为之高呼的悲剧的意义，因为它“吸引心灵”。亚里士多德称这种体裁的

---

1 *Аверинцев С. С.* Греческая литература и ближневосточная «словесность». С. 222. 谢尔盖·谢尔盖耶维奇·阿韦林采夫：《希腊文学与近东“文学”》，第 222 页。

2 *Аристотель*. Об искусстве поэзии. С. 61. 亚里士多德：《关于诗的艺术》，第 61 页。

3 同上，第 83 页。

目的是**净化**：洗涤、唤醒观众的心灵。

从本质上来说，这种心理效应恰巧是个体完整的心理自决所要求的内容，个体在文学作品中会以人在场的模型出现。净化是转变的过程，从对主人公孩童般的、天真的现实主义共情（与“他者”的身份认同）到“不在场的参与”（巴赫金）立场——对作者话语积极的、共同创作的共情。在审美层面上，对“经历的经历”[1]要求上升到审美主体的视角，而这种视角只有内在定位（在自决活动中）的原本“自我”才能具有。

这样一来，不仅可以将悲剧，还可以将喜剧以及英雄的、神圣的等其他净化变体当作“审美经历的实质”[2]。净化在非同时的交际情境中（文学话语书面性质所产生的延迟）能够达到共–创，共–情，这可以被当作所有文学体裁共同的体裁目标来考察，从“主题、结构和风格”等方面来说，这些体裁的设计与具体实现是不同的。

净化的某种形态存在于作品之中，作为作品的接收装置、内在任务（秉性），构成了某种或另一种类型的“接收者”的审美概念。这些文学话语的审美形态与文学体裁并不相符，却与它们有着直接关系。有一些体裁（例如，悲剧、田园诗和哀歌）与相应的净化形式紧密地联结在一起，另外一些体裁（如长篇小说）则具有变体的各种可能性。

---

1 *Бахтин М. М.* К философии поступка // Философия и социология науки и техники. М., 1986. С. 109. 米哈伊尔·米哈伊洛维奇·巴赫金：《论行为哲学》，见《科学技术的哲学与社会学》，莫斯科，1986 年，第 109 页。译文参考《巴赫金全集》，第 1 卷，钱中文译，石家庄：河北教育出版社，1998 年，第 36 页。

2 *Лосев А. Ф.* Катарсис // Философская энциклопедия. Т. 2. М., 1962. С. 469. 阿列克谢·费奥多罗维奇·洛谢夫：《净化》，见《哲学百科全书》，第 2 卷，莫斯科，1962 年，第 469 页。

第四章

原生文学叙事

叙事性最重要的特征便是叙事话语（讲述）意义所指场域的**事件性**。用人的意识去掌握现实中存在的事件特征，是掌握“概念思维”的结果，根据费赖登贝格的观点，正是这种概念思维“构成叙事”，因为非叙事文学“‘图景’无法转达‘如果’‘当……时’‘为了’‘因为’等诸如此类的说法”。[1]同一批事实可以被理解为两种相互补充的可能性之一：事件性（存在是无规律的、不可预测的）或者过程性（存在是有规律的、可预测的）。

事件自身的特性与过程是相反的。首先，事件是**一次性的**，而过程则像多次重复的行为或者状态，是自然过程、社会过程或心智过程的一个步骤，并且需要迭代的体现。其次，事件是**片段性的**（不连续的、分形的），过程则具有状态的连续性（不间断性）。最后，事件是**意向性的**，也就是说，它与接收意识不

1 *Фрейденберг О. М.* Миф и литература древности. С. 227. 奥莉加·米哈伊洛芙娜·费赖登贝格:《神话与古代文学》，第 227 页。

可分割，与看待所发生之事的观点不可分割，正如巴赫金所说，“事件中起作用的主要人物是见证人和法官”（6，396）；过程则是在没有观察者的情况下进行的。事件的最后一个特性最为重要，它建立在前面两个特性之上，并且为了实现这一特性，它要求叙事成为讲述的调解和折射方式（与模仿或重复的意象不同）。

在这一章中，我们将考察叙事话语在还没有获得审美特性的阶段的基础性发展问题。它们之中所形成的交际策略，正如我们在前文中提到的那样，已是主要文学体裁起源和随后的体裁进化的萌芽脉动。值得注意的是，这里所分析的前文学叙述是相互补充的体裁形成的非显而易见的体系，并不是偶然的设置。

传说、童话、喻言和笑话等言语体裁，从本质上来讲，都属于民间口头创作。在关于民间口头创作的学术研究中有很大一部分是这些内容，不过在本书中，它们并不是作为民俗学的内容来被研究的，我们仅考察它们的原生文学潜能。因此，它们并不会得到多方面的特征界定，而仅仅呈现由体裁所生成的叙事策略中最关键的要素，并且从历史角度来看它们具有可生成性，无论是文学史诗的生成与发展，还是普通文学体裁系统的生成与发展，都是如此。讲述的这些形式后来向文学渗透（有明确作者的文学童话、喻言、幽默短句等现象），从根本上改变了体裁性质，在此不属于我们的研究范围。

我来举一个普罗普具有说服力的观点。民间口头创作在其整个历史存在阶段并非没有任何改变，“在它身上沉淀了后来晚些阶段的痕迹，直到现在。我们应该将这种现象称为多阶段性。如果说科学的任务在于根据作品的历史形成因素，从最古老的到现在的，一层层地剥离分层”[1]，那么这应该归属于民俗学。文学理

---

1 *Пропп В. Я.* Русская сказка. Л., 1984. С. 162. 弗拉基米尔·雅科夫列维奇·普罗普:《俄罗斯童话》，列宁格勒，1984 年，第 162 页。

论在研究民间口头创作的特性时所关心的首先是将其与神话区别开来，同时也区别于文学的特性，民间口头创作在神话过渡到文字的阶段间隙中使用着最早的叙事。

当然，口头交流的交际情境和具体个人化作家身份的缺失，都是前文学话语最显而易见且最基础的区别性特征。不过，其中也存在其他的特征——附带的，不是不可分割的。

早在 19 世纪，法杰伊・弗兰采维奇・泽林斯基就为民俗叙事诗总结了“时间不相容定律”，根据这一定律，在古代叙事中是不可能存在同一时期内并行完成的事件的。[1] 的确如此，在叙事的早期阶段，还不需要那么迫切地去解决它主要的结构问题，即在“事件讲述”的平面线性时间中转达被讲述事件的立体的、非线性时间。《伊利亚特》和《奥德赛》之所以属于文学作品不仅是因为口头讲述的传说在这里被半神话人物般的个体作者用书面文本的形式记录了下来，还因为这两部作品抛弃了时间不相容定律。正是这一点使得亚历山大・尼古拉耶维奇・韦谢洛夫斯基的判断有理可循，即“相比于现代民间诗歌，荷马史诗位于文学发展更迟一些的阶段”[2]。

传说与童话

在这里我使用了一个边界有些模糊的术语“传说”来特指关于英雄事迹的民间口头创作作品，与此同时却没有清晰地界定

1 *Зелинский Ф. Ф.* Закон хронологической несовместимости и композиция «Илиады» // Сборник в честь Ф. Е. Корша. М., 1896. 法杰伊・弗兰采维奇・泽林斯基:《时间不相容定律与〈伊利亚特〉的组成》，见《费奥多尔・叶夫根耶维奇・科尔什纪念文集》，莫斯科，1896 年。

2 *Веселовский А. Н.* Историческая поэтика. Л., 1940. С. 450. 亚历山大・尼古拉耶维奇・韦谢洛夫斯基:《历史诗学》，列宁格勒，1940 年，第 450 页。

“传奇”与“神话”[1]，以及“壮士歌”[2]。民间的壮士歌比童话拥有更高的文化地位，不过，这完全不能说明它的文学性。从体裁家谱的角度来看，传说引起了大家特别的关注，它是我们提到的所谓的许多体裁的共同“原初迹象”，这些体裁的叙事策略从根本上来说并没有什么区别。

普罗普将术语“传说”和“传奇”作为同义词来使用，但是将“传奇”作为体裁概念来使用是非常不妥的，因为从韦谢洛夫斯基那个时期起，这个单词便作为传统的附载体在任何新的文本（“个体创作活动中传奇的边界”）中使用。从这一研究角度来看，在关于“传说”的概念中包含着对口述（前文学性）来说最具现实意义的症候特征。

《新约》的福音书从表面上看是被记录下来的传说（神话），但它们的体裁性质完全不同：是神圣**书写**，而非传说。传说可以被记录下来，但是它的文本在记录过程中丢失了直接口语交流的体裁情境的归属性，因此无法成为文学。而我们的考察对象是传说本身的叙事性质。

传说与童话最重要的区别在于，传说在其现实流传的过程中（在其多样的形式中）追求的是可信性，而童话在任何时候都不会如此。与此相关的是保证神话鲜活存在的、未被讲明的被讲述事件与讲述事件本身之间的叙事距离的性质：在传说中是时间

---

1 См.: *Азбелев С. Н.* Отношение предания, легенды и сказки к действительности (с точки зрения разграничения жанров) // Славянский фольклор и историческая действительность. М.; Л., 1965. 参见谢尔盖·尼古拉耶维奇·阿兹别列夫:《传奇、神话和童话与现实的关系（从区分体裁的角度来看）》，见《斯拉夫民间口头创作与历史现实》，莫斯科，列宁格勒，1965 年。

2 试比较:“公元前 8 世纪初，荷马式的壮士歌已经不再出现”，只是被完善并归纳为“那些被我们称为《伊利亚特》和《奥德赛》的歌”（*Веселовский А. Н.* Историческая поэтика. С. 275. 亚历山大·尼古拉耶维奇·韦谢洛夫斯基:《历史诗学》，第 275 页），它们为文学史诗奠定了基础。

上的久远（先辈的生活），而在童话中是距离上的遥远（“九霄云外”）。

普罗普在区别童话与不同类型的传说时，将后者的特征概括为类似“冒充历史真实的故事，有时候的确反映了真实或者包含真实的成分”[1]。不过，如果不考虑这一点区别（尽管这是本质的区别），这些类似的体裁构成形态的叙事策略从本质上来说是同源的，所以我们把它们放在一起来考察。童话和传说与神话所共有的最本质的剥离在于这些从阶段上来说更晚一些的话语实践缺少非叙事性的“诅咒–魔法的目的”[2]。

与此同时，童话与传说的相似之处在于它不是单调的体裁，而是一束由不同体裁构成的整体。这些体裁首先是主题上的不同，在结构方面多多少少也有些区别，同时还有修辞层面的不同，比如，关于动物的童话、魔法童话、“荤段子”（情色童话）和日常历险的童话等。日常历险的童话也常常被称为“短篇小说式的”，不过这一术语只在一定的情形下才名副其实，即提到民间口头创作所受到的反向（文学）影响时。在这种情形下，童话话语从本质上来说被看作原生文学现象。魔法童话最接近神话性的体裁“原初迹象”，它是这株体裁“灌木”中起主导作用同时又完全独立的分支。正如斯米尔诺夫所证明的那样，情色童话和日常童话是对魔法童话的讽刺性模拟[3]，而关于动物的童话则明显是对图腾神话的讽刺性模拟。

如果说关于动物的童话直接起源于古代先祖的关于动物形态的神话传说，那么魔法童话通过借助“很多关于皇室子弟的传

1 *Пропп В. Я.* Русская сказка. С. 52. 弗拉基米尔·雅科夫列维奇·普罗普：《俄罗斯童话》，第 52 页。

2 同上，第 103 页。

3 См.: *Смирнов И. П.* Олитературенное время. С. 66–71. 参见伊戈尔·巴甫洛维奇·斯米尔诺夫：《文学化的时间》，第 66–71 页。

说，这些孩子为了在其他国家称王而离开自己的国度”[1]，描写了启动神话仪式动机的综合体[2]。这些关于成为我们国王的外来者的古老传说记录了入赘式王位继承的社会历史阶段（即王权从岳父传给女婿，而非从父亲传给儿子）。当然，广为流传的关于傻瓜获得公主芳心的童话故事，还有关于勇士功勋的壮士歌故事都有别于弗雷泽所提到的叙事话语的体裁“原初迹象”。正如斯米尔诺夫所言，“如果死亡在以往的叙事诗中出现，那么它意味着人物无法补救的消亡”[3]。与此同时，他还认为，童话实现了存在事件性的隐喻，而壮士歌则是换喻。但是，由于共同的生成，这些体裁保留了恒定结构性质的深层同源性。

一方面，传说和童话多样的形变在其形成并积极发挥创作作用的时代因与神话的关系而联系在一起，另一方面，还因为它们与文学的关系。话语–媒介由原始社会慢慢消亡的神话仪式文化[4]材料组成，在叙事形成的过程中出现，而后成为文学的源头和文学的“体裁萌芽”。英雄史诗是个体作家（尽管很多情况下都是匿名的）对民族历史神话传说的加工，而童话的“遗传学密码”则显而易见能够在小说中找到，更不用说其他一些更早的体裁现象了。

---

1 *Фрэзер Дж. Дж.* Золотая ветвь / пер. с анг. М., 1980. С. 180. 詹姆斯·乔治·弗雷泽:《金枝》，译自英语，莫斯科，1980年，第180页。

2 См.: *Пропп В. Я.* Исторические корни волшебной сказки, Л., 1986 (первое издание–1946). См. также: *Элиаде М.* Аспекты мифа / пер. с фр. М., 1995. С. 192–193. 参见弗拉基米尔·雅科夫列维奇·普罗普:《魔法童话的历史根源》，列宁格勒，1986年（第一版，1946年）；又参见米尔恰·伊利亚德:《神话的角度》，译自法语，莫斯科，1995年，第192–193页。

3 *Смирнов И. П.* Олитературенное время. С. 75. 伊戈尔·巴甫洛维奇·斯米尔诺夫:《文学化的时间》，第75页。

4 试比较:“神话文化的集体主义在魔法童话故事中被污名化，这是因为弟弟从倒霉的哥哥们那里逃脱了”（同上，第67页）。

从这些言语体裁的原始文学历史能产性出发，我们提炼出了它们在体裁结构方面的共同特征。

首先，这是统一的体裁**世界图景**，可以被界定为**先例型**的（也就是说，根据自己的特性，暂时还是神话仪式的）。在这里，起重要作用的是命中注定不可更改且不可置疑的“循环周期：生存–死亡–生存”[1]，在它的框架内发生那些应该发生的事情。此外，神话和童话的命中注定性明显不同：“在魔法童话中，任何事件都作为该事件发生之前所有事情注定的发展可能性，也就是说，已经引入了哪些人物，他们身上都发生了什么事情，等等。显而易见，在童话里，任何事件的这种注定性不是取决于客观现实规则（要知道童话并不追求真实性），而只是讲述的需求”；在神话里，“这种形式上的注定性是不存在的”，这种注定性在此，如果可以这样表述的话，具有本体性。[2]

传说区别于神话，同时也区别于童话的最根本性质是“将人推举到了神话世界图景的中心”[3]。在这里，根据格雷马斯的公式，“因为人的存在世界才有意义”[4]。这一点正是传奇的语义形变，并且产生了它的叙事化。事件性之所以被赋予了传说或童话的神话附载体，是因为它是作为先例来讲述的，即所有类似事件中第一个完成的事件。

---

1 *Фрейденберг О. М.* Поэтика сюжета и жанра. М., 1997. С. 226. 奥莉加·米哈伊洛芙娜·费赖登贝格：《情节与体裁的诗学》，莫斯科，1997 年，第 226 页。

2 *Стеблин-Каменский М. И.* Миф. Л., 1976. С. 52. 米哈伊尔·伊万诺维奇·斯捷布林–卡缅斯基：《神话》，列宁格勒，1976 年，第 52 页。

3 *Липовецкий М. Н.* Поэтика литературной сказки. Свердловск, 1992. С. 38. 马尔克·纳乌莫维奇·利波维茨基：《文学童话的诗学》，斯维尔德洛夫斯克，1992 年，第 38 页。

4 Зарубежные исследования по семиотике фольклора. Сост. Мелетинский Е. М., Неклюдов С. Ю. М., 1985. С. 106. 梅列京斯基，涅克柳多夫：《关于民间口头创作符号学的国外研究》，莫斯科，1985 年，第 106 页。

传说这一体裁在其广为流传的过程中要求绝对的价值距离，在世界生活方面，就像黑格尔所说的“英雄时代”那样，这些人物的行为构成了人们的公共生活方式。在童话里发挥重要作用的是绝对距离，但不是价值的–时间的，而是相对空间（“九霄云外”）、“时间之外的”——“无意识作者创作的有意识构思的自然结果”[1]。无论哪种情况，人物“都不是在选择，就其本性而言，他们想要什么就去完成什么”[2]。所以，传说中**英雄人物的体裁形式**，以及在这方面与之相似的童话里的人物都是**行动元**：实现某种必要性的行为的完成者。

这样的人物不具有细节化的个性，因此他可以发生各种不同的蜕变，但与此同时，他又总是单义的，与自己内心完全一致。“童话故事中的人物形象……总是建立在变化和恒等的情节之上。”（ВЛЭ，262–263）在这里，人物被自己既定的参与到共同的社会秩序中的社会地位和角色模型的**命运**所吸引。个体“并不会去摆脱自己的命运，他们是一体的，命运表现个体个性之外的一面，而他的行为仅仅是揭示命运的内容”[3]。随之而来的，正如在最晚时期的英雄史诗中，作为行动元的人物“成为他所能成为的所有人；并且也只能成为他已经成为的人。他整个人都外化了……他看待自己的观点完全同其他人——社会（他的集体）、歌手、听众——看他的观点重合”（ВЛЭ，262–263）。

正如前文中已经论述的那样，言语体裁由“讲述的对象、目的和情境”所界定。在讲述传说的体裁界定交际情境中，言语主体具有可信的但并没有被证实的**信息**；这是讲述对象的体裁地位，告知则是它的体裁目的。相应地，传说的体裁修辞学

---

1 *Стеблин-Каменский М. И.* Миф. С. 86. 米哈伊尔·伊万诺维奇·斯捷布林–卡缅斯基：《神话》，第86页。

2 *Гегель Г. В. Ф.* Эстетика. Т. 3. М., 1971. С. 593. 格奥尔格·威廉·弗里德里希·黑格尔：《美学》，第3卷，莫斯科，1971年，第593页。

3 同上，第1卷，第265页。

是集体的而非原创词汇的修辞学。此处的讲述者仅是再现文本的执行者。此外，传说中的人物，“他们不是根据自己的意愿言说，而是听从上帝的安排”[1]。从一定意义上来说，传说是前独白式的，它用共同的知识将交际情境中的参与者（说话者与听者）联系在一起，因此这种讲述的**作者身份的体裁形式**是民众“赞美”的匿名**合唱**言语。“正是在这里，在单纯的赞美领域形成了完整而低沉的个性形式”（5，84）——英雄人物的行动元形式。

童话的体裁内容并不追求知识的地位。但是，从交际策略上来说，童话的讲述和传说的讲述之间并不存在原则性的差距：它们都是创作的统一合唱形式。传说的内容具有可信度，但是并没有被证实。所以，英雄传说和童话故事的讲述者都不是事件的直接见证者，而是纯口头知识——文本知识——的承载者。这让人想到古代文化中人们对待魔法词汇的态度并非偶然。在魔法童话中还完整地保存着这样的词汇，不过不是作为被描绘的词汇出现。从另一方面来说，童话的“词汇，与所指相比，可以是虚假的，包含另外的含义”[2]。这种特殊性也仅仅说明人物（而非作者）的言语性质，但是，它已经能够证实童话出现的历史阶段晚于传说，距离神话索引型言语显然更为遥远。

就像普罗普所说，童话“在笑话的基础上”，“是故意的诗化虚构”[3]，与之相随的是“讲述者也相应地以游戏的态度对待童话世界”[4]。不过，童话作为与现实真实或多或少不相容的形式，作

---

1 关于《往年纪事》中的哈扎尔人。

2 *Смирнов И. П.* Олитературенное время. С. 66. 伊戈尔·巴甫洛维奇·斯米尔诺夫：《文学化的时间》，第 66 页。

3 *Пропп В. Л.* Русская сказка. С. 29, 40. 弗拉基米尔·雅科夫列维奇·普罗普：《俄罗斯童话》，第 29，40 页。

4 *Липовецкий М. Н.* Поэтика литературной сказки. С. 37. 马尔克·纳乌莫维奇·利波维茨基：《文学童话的诗学》，第 37 页。

为从神话到文学之间重要的文艺过渡形式发挥着重要作用。童话以其不可靠性，以及与此同时被提升的审美意义，强化了叙事的"双重世界"："被讲述的"人物世界与交际者世界是不一致的。这与更晚时候的作家–创作者形象类似，在艺术现实方面具有"参与的不在场性"（巴赫金），"童话故事的讲述者站在童话与现实世界的边缘，作为自己人任意地来往于两个世界之间，进而实现了它们的相互联系"[1]。

此外，童话的意义并不仅仅在于它是神话和文学之间的联系环节。别林斯基开启了将童话的体裁目的局限在娱乐性方面的传统。亚历山大·伊萨科维奇·尼基福罗夫追随普罗普，将童话界定为"口头故事，在民间以娱乐为目的的流传"[2]。这是文化原生态现象不必要的现代化，这一现象和传说一样，在最初之时实现了当时非常重要的统一集体受话人的交际目的。

"关于言语受话人的构想（作为讲述者或书写者感受到并想象到的对象）问题，"巴赫金写道："在文学史上有着重要意义。对于每一个时代来说……对于处于时代和流派边界的每一种文学体裁来说，其特征正是体现在这些文学作品中的受话者的独特概念，读者、听众、受众及人们的特别感受和理解。"（5，204）

传说、童话亦是如此，它们假定（并且这种假定在结构和主题上都得到了确定）受话者的立场是参与到人们的赞赏或指摘、哭诉或讥笑之中。比如，这些体裁形成的选题领域对一定的（在

---

1 *Липовецкий М. Н.* Поэтика литературной сказки. С. 36. 马尔克·纳乌莫维奇·利波维茨基：《文学童话的诗学》，第 36 页。顺便说一下，马尔克·纳乌莫维奇·利波维茨基认为，似乎"童话世界受到叙述者的支配"，叙述者是它的"创造者"（第 37 页）。这种关于民间口头创作文本的论述是错误的。

2 *Никифоров А. И.* Сказка, ее бытование и носители // О. И. Капица. Русская народная сказка. М.; Л., 1930. С. 7. 亚历山大·伊萨科维奇·尼基福罗夫：《童话及其流传与载体》，见奥莉加·叶罗尼莫夫娜·卡皮察：《俄罗斯民间童话》，莫斯科，列宁格勒，1930 年，第 7 页。

一定程度上是宽泛的）“自己人”的圈子有着共同的意义。这些体裁的口述文本从根本上来说形成了受话者，具有**再次生成**的权限，也就是说具有保存并传递集体知识（传话）给类似受话者的能力。在这些体裁中，错综复杂的叙事才刚刚萌芽。这种错综复杂性使得情节延缓，使得对于听众来说显而易见的结果和终曲公布于世的时间被拉伸。“受话者的构想”作为“整体讲述的本质要素”，在最初之时，对于传说和童话来说是一样的。

上文中所提到的最古老的叙事策略的特性总和体现在文学史诗，特别是长篇史诗中，同时还体现在一些抒情体裁中（颂歌、颂诗）。

如果讲到文学童话（例如，安东尼·波戈列利斯基的《黑母鸡》或者米哈伊尔·叶夫格拉福维奇·萨尔蒂科夫·谢德林的《童话》），那么，虽然它与民间口头作品有着明显的外在相同性（首先呈现出来的是人物世界的虚构性），但在此，“童话的体裁语义远没有被完全复原”[1]。不仅如此，这是出现在艺术创作更晚时期的现象，它形成于浪漫主义时期，从阶段上来说促成了后来更晚一些的体裁策略——喻言策略。

喻言

任何叙事讲述中都可以提炼出某种经验教训，但是，在原生文学叙事中有这样一类文本，对它们来说，教诲、教训是交际目的。

直到现在，喻言叙事策略也远没有失去其价值，甚至相反，在 20 世纪里它具有更明显的现实意义。在此我仅仅引用米哈伊尔·米哈伊洛维奇·普里什文的话作为佐证，他于 1952 年在日

1 *Липовецкий М. Н.* Поэтика литературной сказки. С. 154. 马尔克·纳乌莫维奇·利波维茨基：《文学童话的诗学》，第 154 页。

记中写道:“大家提到外表‘短小’但内容深刻的形式来源时都说其具有东方出处。还提到我创作风格的独特性，而我自己想的却是罗扎诺夫、叔本华、托尔斯泰和民间喻言、福音书，更确切地说，这种形式应该称为喻言。那么什么是喻言，它与寓言和童话的区别在哪里，这是需要思考的问题。”[1]

在普里什文的创作中（且不限于他的创作），喻言因素的确是非常重要的。但它通常是作为其他非常文学化的体裁构成中恒定不变的内核出现的。关于这种喻言性可以用巴赫金的话来描述:“当一种体裁渐渐地成为另一种体裁的要素时，它本身已经不再是体裁了。”有时候，我们与作家创作的文学喻言打交道，这里的体裁属性与文学童话的一样，已经从本质上发生了变化。

起初，喻言是文学素描，是大家都能理解的具有事件性质的显在例子，是对教诲进行口头表达的叙述案例，大多具有神圣色彩。在表达**教诲**的同时，这种言语体裁的本质特征是其**譬喻性**，这也能够显而易见地说明喻言与传说和童话相比出现得更晚。在这里，在被讲述的事件和“讲述事件”之间不存在可以计量的距离——时间上的（如传说中的）或空间上的（如童话中的），它们之间存在的是性质上、意义上能够引起更加积极（阐释）的接受距离。这种距离不是绝对的，从精神上来说是可以被克服的。

在文学学科中，对“喻言”这一术语的使用过于宽泛。比如，叶莲娜·康斯坦丁诺夫娜·罗莫达诺夫斯卡娅曾指出将喻言与其他传说或笑话的不同形式混淆在一起的不准确性。[2]《自然类

1 Пришвин о Розанове // Контекст-1990. М., 1990. С. 210.《普里什文论罗扎诺夫》，见《1990 年语境》，莫斯科，1990 年，第 210 页。

2 *Ромодановская Е. К.* Русская литература на пороге нового времени. Новосибирск, 1994. С. 98–99. 叶莲娜·康斯坦丁诺夫娜·罗莫达诺夫斯卡娅:《临近新时代的俄罗斯文学》，新西伯利亚，1994 年，第 98–99 页。

比书》(古罗斯文学的翻译文集)的非叙事结构也不允许将它们归为喻言。[1] 与此相同的是《旧约》中所罗门的箴言。

使用“喻言”这个词在经教会审订的标题翻译中并不能被认为是成功的。[2] 这里的陈述，在最初的时候被称为“要使人晓得智慧和训诲，分辨通达的言语”(《箴言》，1，2)，从其话语情态上来说是冥思：并非关于事件的讲述，而是关于应该怎么做的思考。我们有充分的理由将其归为格言体裁。它们中有时还存在某种假定的情形(“恶人若引诱你，你不可随从”,《箴言》，1，10)，不过，缺少对假定事件(事情)的描述。此外，“喻言”一词，根据弗拉基米尔·伊万诺维奇·达利的考证，源自“流出，发生”和“涌入”[3] 的意思，即发生和事情。当作为讲述(而不仅仅是教诲)事件的教诲案例的对象主题内容缺失时，话语就不是喻言式的。此外，所罗门的训诫不仅没有叙事性，同时也没有譬喻性：存在大量的比喻、排比和对偶等，但并不能创造出第二层意义，它们仅仅是在修辞上强化直接含义。

喻言，从这一术语的严格意义上来看，介于两种边界之间，尤里·约瑟福维奇·列文曾指出，有“小的”和“大的”喻言之分[4](实际上是非常小的和非常大的喻言)。一方面，它是格言式的、有教训意义的话——时而是格言警句，时而是从弱化的喻言文本中摘录出来的，时而是在叙事组成成分中不需要证实的话。另一方面，它是在情节和结构都更为复杂的细节上被展开的，与

---

1 *Ромодановская Е. К.* Русская литература на пороге нового времени. С. 100–101. 叶莲娜·康斯坦丁诺夫娜·罗莫达诺夫斯卡娅:《临近新时代的俄罗斯文学》，第 100–101 页。

2 作者对《圣经》中使用“喻言”这一术语来翻译所罗门的箴言是持保留态度的。下文中仅将与《圣经》相关的部分翻译成箴言。——译者注

3 原文中的俄语单词为 притечь，приточиться 和 приток。——译者注

4 *Левин Ю. И.* Структура евангельской притчи // Ю. И. Левин. Избранные труды. Поэтика. Семиотика. М., 1998. 尤里·约瑟福维奇·列文:《福音喻言的结构》，见《选集·诗学·符号学》，莫斯科，1998 年。

此同时被书写下来的喻言文本转变为辩护[1]、纪事，例如古罗斯关于阿格盖伊王的纪事[2]。

譬喻教诲式的讲述要称为喻言需要满足如下条件，即它需要具有哪怕是最起码的人物体系、情节和讲述结构。但是，这些结构应该是基础性的，它们保证了文本的高度浓缩性和完整性。通过增加人物，使人物的情节功能和性格复杂化，展开细节和言语结构等来拓展文本，喻言能够转变为文学体裁（首先是纪事和寓言）或者神圣传记（使徒传）。

被视为经典的是关于浪子回头的喻言（在欧洲文学史上几乎是最具能产性的喻言），还有基督耶稣所讲述的其他短小的叙事故事。它们被记录下来，与此同时保留了相应的（口头）交际事件的主要参数。

这样的喻言用非常个人的、具体的、随意选择的、吸引人的例子勾画了教义的某种广泛性特征。在《路加福音》中，为了证实这样一个思想，即“一个罪人悔改，在天上也要这样为他欢喜，较比为九十九个不用悔改的义人，欢喜更大”（《路加福音》，15，7），耶稣讲了三个不同的喻言：关于迷失的羔羊，关于失钱，关于浪子。所讲述事件在主题上的不同因其譬喻意义的统一性——教诲的交际事件统一性（“我告诉你们……在天上……”）——而消失。被讲述的事件具有假定性、虚拟性（像在童话中那样），但与此同时却追求绝对的真实性（像在传说中那样）。

喻言可信性的确立不是像英雄传说那样确立价值距离，而是相反，要消除距离。例如，为了让被讲述内容的细节显得凝练，

1 原文中使用的单词为 апологъ。——译者注

2 См.: *Ромодановская Е. К.* Повести о гордом царе в рукописной традиции XVII - XIX веков. Новосибирск, 1985. 参见叶莲娜·康斯坦丁诺夫娜·罗莫达诺夫斯卡娅:《17—19 世纪手写传统中的傲慢沙皇故事》，新西伯利亚，1985 年。

就要使用听众容易辨识的日常生活中的片段来吸引大家［“你们中间，谁有一百只羊，失去一只……”(《路加福音》，15，4)］；再如，浪子的父亲对仆人说：“把那上好的袍子快拿出来给他穿……把戒指戴在他指头上”(《路加福音》，15，22)。近东地区的听众都明白，这是父亲指定这个挥霍无度的浪子为自己的继承人的意思。[1]这似乎与当时的家庭情境相违背，但是符合近东的日常社会制度：传幼的习俗（即将财产传给最小的儿子，最小意味着会比其他人活得更久）。前文学的喻言整体上属于直接交流的情境，就像所罗门箴言中那样，情境仅仅是形式上以每章对儿子的呼语开篇。

喻言中关于世界的体裁图景是**命令式的**。在这里，人物在选择时遵循（或违背）的不是命运的预设性，而是某种**道德法则**，正是这种法则构成了喻言教诲的劝诲“智慧”。喻言拥有“不容置疑的开端，在此基础之上是人内在的平静幸福”[2]，换句话说，这是人类社会生活包罗万象的原始场景，在这里，人物带着自己的道德立场与价值的绝对性面对面。

喻言中人物的体裁形式是某种性情：不是个人的性格，而是生活立场的类型、**时代气质**（关于这一点，耶稣关于播种者的喻言便是一个很鲜明的例子）。性情的主体（某个无名者）处于“非此即彼的选择”（列文）情境中，而非处于实现其已经

---

1 试比较：法老“将自己的指环（权力魔法的化身）给约瑟(《圣经》神话中雅各和拉结的爱子，后来成了埃及宰相）戴上”（*Аверинцев С. С.* Иосиф Прекрасный // Мифы народов мира: Энциклопедия. Т. 1. С. 556. 谢尔盖 · 谢尔盖耶维奇 · 阿韦林采夫：《了不起的约瑟》，见《世界各民族的神话：百科全书》，第1卷，第556页）。

2 *Глинка Ф. Н.* Опыты аллегорий, или иносказательных описаний, в стихах и в прозе. М., 2009. С. 12. 费奥多尔·尼古拉耶维奇·格林卡：《用诗歌和散文进行寓言或寓言式描写的实验》，莫斯科，2009年，第12页。费奥多尔 · 尼古拉耶维奇 · 格林卡（1786—1880），俄国诗人，政论家，散文作家，军官，十二月党人。

被注定的命运的情境中。在关于浪子的喻言中，两个儿子在生活中做出抉择的行为是这一体裁恒定不变的原则。根据阿韦林采夫的观点，主要人物“不仅没有外貌特征，而且也没有‘性格’，作为封闭的心理特征的组合，在我们面前他们不是作为文学观察的客体，而是作为伦理选择的主体出现的”[1]。**选择**的道德责任和讲述者与听众对这一选择的价值态度，构成了喻言的语义内核，这可能会导向格言警句。但是，在这种简化中，逐渐发展为纪事体裁的叙事形式被打破了。

还有一种文学体裁，也是从喻言的“体裁胚芽”中发展出来的，那便是寓言。不过，寓言人物的划分是根据其突出的、类型化的性格（因此通常以具有象征面貌的动物形式出现）。它们的行为会在伦理层面，同时也在社会政治层面被评论，但这并不是人物的道德选择所决定的，而是由作为“艺术观察客体”（审美方面）的人物性格所决定的。喻言在近东成为书写形式，却保留了自己的体裁特性，它是位于文学体系之外的一个框架，这里，“中世纪的基督教作家试图向自己的基督教徒读者灌注自己直接的感受，关于个人参与世界之善和个人在世界之恶中的同罪性……这种客观的、静望的‘性格心理学’明显不适合这种‘超任务’”[2]。喻言中的“某个人”不仅是被想象出来的人物，与此同时，也是与现实中的人物完全对等的形象，他在自己个人经验的语境中接受教诲。

在讲述喻言的情境中，说话者的作者地位是权威**劝说**的负载者和源起人，他根据自己的交际目的组织了具有教育意义的劝说

1 *Аверинцев С. С.* Притча // Литературный энциклопедический словарь. М., 1987. С. 305. 谢尔盖·谢尔盖耶维奇·阿韦林采夫：《喻言》，见《文学百科全书词典》，莫斯科，1987 年，第 305 页。

2 *Аверинцев С. С.* Греческая литература и ближневосточная «словесность». С. 257. 谢尔盖 · 谢尔盖耶维奇 · 阿韦林采夫：《希腊文学与近东“文学”》，第 257 页。

（或者说服）话语。正是被画面化的劝说，而非对其事件的画面呈现构成了喻言讲述的对象主题内容。这与我们在稍后将要研究的笑话体裁不同，在笑话体裁中事件本身具有意义。

喻言话语中主体的言语面具是在限定时间里具有某种价值观的**单一独白言语的**演讲。巴赫金曾写道："在言语中能够感受到思想体系的完整性和严密组织性；言语努力追求单义性，并且首先追求在价值层面的单义性……言语中响起的是一个声音……它生活在准备好的、有区别的并且被评估为稳定的世界里。"（ЛКС，513）传说中的合唱言语还不具备这样的特点，因为其言语背后是意义系统，渗透了人物统一的思想，笑话具有首创意义的言语也不是这样的。喻言的言语不是被寻找的言语，用巴赫金的话来说，是"现成的"：权威的、具有教诲意义的，在独白式的命令中具有不容反驳性。

喻言将交际事件的参与者分为教诲者和被教诲者。这种划分具有等级性，它并不要求话语意识上的群体的（传说的情境）或对话的（笑话的情境）对等。喻言类型的言语行为是一种纯独白，目标明确地从一个人的意识指向另外一个人的意识。至于人物的心智和言语活动，在此通常仅仅出现在间接的言语形式中（尽管在结构上可以呈现为直接引语）。

作为喻言的受话者，其接受的权限可以说是**具有调节性的**。听众对待喻言内容的态度在这里并不能像对待笑话内容那样自由，同时也不像对待传说内容那样被动，而是一种积极接受的立场。喻言不满足于可生成的受纳，和自己的转义一道要求得到阐释，同时也要求用某种有用的教训来吸引受话者——仅仅为了自己。前者可以由喻言的讲述者本人来完成，尽管在很多情况下他会寄希望于接受者（耶稣不急于解释自己的喻言，通常是在门徒的请求下才会解释）。不过，如何将喻言中记录下来的包罗万象的经验正常运用于个人的生活实践之中，是需要听众自己去实现的。

对于喻言来说，最根本的转义是一种将接受方的意识激活的机制：这一体裁的叙事复杂性在于，需要去仔细弄清楚在被展开意义的叙事总和的背后尚未清晰的思想。但是受话者的内在积极性仍旧是被限定的，喻言话语并不要求对通告的信息采取自由放任的态度。如果怀疑关于浪子的喻言中父亲行为的正确性，那么这一交际情境的教诲意义就立刻被破坏了。

喻言的交际策略在历史和文学方面是多产的。上文中提到的基础特性主要可以在中世纪文学的使徒传中找到，同时也可以在一系列文学体裁中找到。带有特定体裁结构且具有调节性的言语实践是纪事故事形成的文化土壤，这里的纪事故事是作为叙事诗合乎规范的体裁构成之一来理解的，而后来出现的不规范的体裁是短篇小说；这种言语实践在形成戏剧典范体裁——悲剧，特别是喜剧[1]的过程中也发挥了决定性作用。喻言在抒情话语的典范体裁之一——寓言的根源中以更为直观的形式表现了出来。

笑话

上文中所论述的作为简短的原生文学叙事的喻言与笑话之间有不少共同之处：简练的情境，紧凑的情节，简洁、严谨的结构，特征与描述的非展开性，强调某些似乎是拼装的细节的重要性，语言表达的简短与精确等。它们生成的源头也很相似，都是体裁形成中的“小行星”，产生于文化基础书写语境中偏口语色

1 亚历山大·尼古拉耶维奇·奥斯特洛夫斯基的许多喜剧以箴言（谚语、俗语、格言）作标题并非巧合，而西梅翁·波洛茨基的《浪子喻言喜剧》则是俄国戏剧的开篇之作。西梅翁·波洛茨基（1629—1680），俄国文化活动家，宗教作家，神学家，诗人，剧作家，翻译。他还是沙皇阿列克谢·米哈伊洛维奇几个孩子的老师。

彩的部分：对于喻言来说是宗教教诲与相应的神圣书写的语境；对于笑话来说是政治化的宏大历史编纂语境。在古希腊罗马，历史人物的官方生平传记参考资料中总会附上关于这些人物的笑话列表。

作为证实的例子，我们可以列举大量关于马其顿国王亚历山大的笑话，它们记录了“非官方生活方式”的产生，实现了“新个人主义的榜样”。[1] 其中一个最广为人知的故事是这样的，亚历山大似乎是走到躺在地上的犬儒派哲学家第欧根尼面前问可不可以为他做点什么。“请稍微走开一点，别挡到我的太阳。”第欧根尼回答说。亚历山大离开时似乎对自己身边的人说了一句话：“如果我不是亚历山大，我真希望能成为第欧根尼。”

随后，笑话（和另外一种小行星体裁喻言一样）逐渐脱离了它生成的语境，被应用在其他交际条件里，“被接入不同的文本中，这些文本既属于口头创作又属于书面创作（不同的——作者注）的领域”[2]。但是，我们完全不需要像叶菲姆·库尔干诺夫所做的那样，将笑话看作“某种次级体裁”，认为它“不具有自己的体裁空间，不可以单独发挥作用，也不可以仅仅作为笑话而存在”[3]。两个非常熟悉的人之间简短的、并没有什么实质内容的聊天会变成新笑话的讲述，这样的场景非常自然。

在笑话这一体裁的整个历史中最为著名的笑话收集者是拜

---

1 *Аверинцев С. С.* Плутарх и аитичная биография. М., 1973. С. 163. 谢尔盖·谢尔盖耶维奇·阿韦林采夫：《普鲁塔克与古希腊罗马传记》，莫斯科，1973 年，第 163 页。

2 *Курганов Е.* Анекдот как жанр. СПб., 1997. С. 25. 叶菲姆·库尔干诺夫：《作为体裁的笑话》，圣彼得堡，1997 年，第 25 页。叶菲姆·库尔干诺夫（1957— ），俄罗斯作家，斯拉夫学家，俄罗斯文学黄金时代的文学逸事专家。

3 同上。

占庭宫廷历史学家恺撒利亚人普洛科皮乌斯[1]（6 世纪）和意大利文艺复兴时期的活动家波焦·布拉乔利尼[2]（15 世纪）。前者在致力于撰写奠基性专著《查士丁尼皇帝征战史》的同时，悄悄地进行着“君士坦丁堡宫廷丑闻纪事，收录了这些悄悄传到查士丁尼亲信那儿去的最为恶毒的反政权笑话和谣言”[3]。查士丁尼的形象便明显地被一分为二：“表面的”和“里面的”。“在官方的记载中，他是亲民的睿智国王，基督教强国的伟大建设者，而在《秘史》中他是暴虐狂，是深入骨髓的魔鬼，他将坏人聚拢在自己身边，并且娶最放荡的女子为妻。”[4] 官方历史编纂的“这种里面”被称为“anecdota”[5]，即不得公布于众的意思。

过了大约一千年，布拉乔利尼身为罗马教廷的秘书，秘密地记录下了奇异的、通常是他偷听到的来访者的讲述。许多收录在《妙语录》中的笔记都包含了他生活的那个时代名人私人生活中好笑的内容。不过，被文学化加工过的妙语（facetia——笑话、俏皮话）明显受到在意大利存在近百年的短篇小说体裁的影响，并且成为现代意义上城市笑话的雏形。

在俄罗斯，1764 年，彼得·谢苗诺夫以《理性、智慧之士》为名出版了“收录古代与当代名人志士的良言、理性思考、快速

---

1 普洛科皮乌斯（约 499—约 565），又译普罗柯比，拜占庭史学家，著有《秘史》《查士丁尼皇帝征战史》等。

2 波焦·布拉乔利尼（1380—1459），意大利学者，文学家，哲学家，政治家，文艺复兴时期人文主义者，1453—1458 年间任佛罗伦萨共和国执政官。

3 *Аверинцев С. С.* Византийская литература // История всемирной литературы: в 9 т. Т. 2. М., 1984. С. 345. 谢尔盖·谢尔盖耶维奇·阿韦林采夫:《拜占庭文学》，见《世界文学史》(共 9 卷)，第 2 卷，莫斯科，1984 年，第 345 页。

4 同上。

5 原文为希腊语，俄语单词 анекдот 正是这个词的俄化产物。——译者注

的回答、有礼貌的玩笑和愉快的奇遇”的书。这个副标题完全符合笑话这一术语最初的含义，塞缪尔·约翰逊的《英语词典》如此定义这一术语：关于官方人物私人生活暂时还未公布于世的秘而不宣的故事。[1] 普希金也是如此理解这一口头交流的体裁的，他本人在《席间闲谈》[2] 和《叶甫盖尼·奥涅金》中收集了同时代著名人物的奇异故事：

寻觅历史上的故实陈迹；
但是昔日的奇闻轶事，
从罗慕路斯直到如今，
他却如数家珍无所不知。[3]

在 19 世纪 30 年代时，笑话在俄罗斯文学中占据着演讲（非文学）体裁中十分明确的地位。根据尼古拉·费奥多罗维奇·科尚斯基的释义，它是“没有偏好地”讲述“过去发生的事情”。“笑话的内容是聪明的话语或者不同寻常的行为。它的目的是解释性格，呈现某种美德（有时是缺点）的特征，告知奇异的事情”[4]。

当代通用的对笑话一词的解释是玩笑、嘲弄、虚构的滑稽场景，参与其中的不仅有历史上的真实人物，还有虚构人物。用这

1 См.: Cuddon, J. A. *The Penguin Dictionary of Literary Terms and Literary Theory*. London, 1999. P. 39. 参见约翰·库顿：《企鹅版文学术语与文学理论词典》，伦敦，1999 年，第 39 页。约翰·库顿（1928—1996），英国作家，词典编纂家。

2 原文为 *Table-talk*。——译者注

3 普希金：《普希金文集 叶甫盖尼·奥涅金》，冯春译，上海：上海译文出版社，1991 年，第 8 页。

4 *Кошанский Н. Ф.* Частная реторика. СПб., 1832. С. 59, 65. 尼古拉·费奥多罗维奇·科尚斯基：《部类修辞学》，圣彼得堡，1832 年，第 59，65 页。尼古拉·费奥多罗维奇·科尚斯基（1781—1831），19 世纪俄国著名语文学家，翻译家，皇村学校教授，曾是普希金的老师。

种解释来阐明该体裁的恒定结构也并不是完全正确的。当代市井口头创作的这些现象的出现及流传都显著地受到喜剧文学的反向影响。[1]这样一来，作为本文的研究对象，笑话从其阶段性上来说更为古老，属于文学前的状态，它在文学体裁生成中起着特殊且非常重要的作用。

因为没有对笑话叙事的文学前和“文学后”的性质进行区分，库尔干诺夫误判了笑话的生成。根据这位第一个用俄语撰写关于笑话这一文化现象专著的专家的观点，“笑话在体裁上的固定化产生于缓慢地、逐渐地从整个体裁综合体分裂出来的过程中，它们之间根本性的区别并不总是能够被清晰地感受到。甚至可以说，笑话起初出现并且存在于特殊的体裁场域，这一场域的构成要素中明显不同的有寓言、简短故事、喻言和题诗等。”[2]库尔干诺夫在没有根据的情况下推断说，“笑话吸收了……寓言的路线，因此笑话是寓言的侧生嫩芽”[3]。关于恺撒利亚的普洛科皮乌斯的笑话就不能这样去评价了，阿韦林采夫曾指出，最初几个世纪里的拜占庭文学中不存在这样的“体裁场域”。至于题诗，作为查士丁尼时期居于首位的抒情体裁，它具有精致的文体性质，从本质上区别于新时期的笑话题诗，也有别于普希金时代欧洲诗歌中的笑话题诗。

---

1 叶莲娜·雅科夫列夫娜·什梅廖娃和阿列克谢·德米特里耶维奇·什梅廖夫认为，“熟悉的交流”这种口头体裁的俄罗斯文化形式出现于20世纪20—30年代，他们相当准确地将其定义为“关于**虚构**事件的短篇口头搞笑故事，带有意外的机智结局，其中，俄语母语者熟知的**本土人物**（包括文学的——作者注）发挥着作用”（*Шмелева Е. Я.*, *Шмелев А. Д.* Русский анекдот. С. 20. 叶莲娜·雅科夫列夫娜·什梅廖娃，阿列克谢·德米特里耶维奇·什梅廖夫:《俄罗斯笑话》，第20页）。

2 *Курганов Е.* Анекдот как жанр. С. 39. 叶菲姆·库尔干诺夫:《作为体裁的笑话》，第39页。

3 同上，第42页。

我们来举两个例子作为最初理解的笑话体裁的通常样本，它们都出自普希金的《席间闲谈》，性质不同，但从体裁方面来说又具有统一性。

波将金（公爵）常常陷入忧郁之中。他整天整夜地一个人待着，不允许任何人进入房间，自己也完全不做任何事情。有一天，他又处于这种状态，积压的很多文件都急切需要他表态，但是谁都不敢向他报告。有一位名叫别图什科夫的年轻军官听到了事情的原委，自告奋勇要拿着文件提呈给公爵签字。所有人都非常乐意地将文件交给他，并且迫不及待地等着接下来要发生的事情。别图什科夫带着文件径直走入书房。波将金穿着睡袍坐在那儿，打着赤脚，头发凌乱，咬着指甲在沉思。别图什科夫勇敢地向他解释是怎么一回事，然后将文件放在他面前。波将金沉默着拿起羽毛笔，一个文件接一个文件地签署起来。别图什科夫行了鞠躬礼而后离去，带着郑重其事的表情来到前厅："都签了！……"所有人都朝他冲了过来，仔细地看了看：所有的文件真的都签好了。大家都对别图什科夫表示祝贺："好样的！没说的！"不过，有个人仔细看了看签名——这是怎么回事？所有文件上签的并不是波将金公爵的名字，取而代之的是：别图什科夫，别图什科夫，别图什科夫……

有一天，杰尔维格喊雷列耶夫去寻花问柳。雷列耶夫回答说："我是已婚人士了。"杰尔维格说："那又怎么样，难道因为你家里已经有了厨房，你就不能去餐馆吃一顿饭了？"

这种笑话是对"历史人物生平中不为人知的私密一面的讲

述”[1]。它所引起的不仅是嘲笑，还可能是赞叹或者惊讶；它可能是臆测、谣言或流言蜚语，不过它总是涉及现实中的个体——如果不是历史名人（显贵的、著名的、广为人知的），那么总归是经历过此类事情的具体的人。在《别尔金小说集》（出版人的注解中曾如此写道：“接下来原有一段趣闻，我们认为它属多余，故没有刊载；不过，我们要请读者相信，那段趣闻不具任何有损于伊凡·彼得罗维奇·别尔金之名声的性质。”）和《黑桃皇后》（伯爵夫人上百次地对孙子讲自己的笑话）中，普希金正是使用了“笑话”的这一含义。

语言艺术在其发展过程中具备了创作个性鲜明的形象的能力。不过，这种艺术在经典小说时期才完全发展成熟。在文学进化的最初阶段，人物起初是非常粗线条的，远不是个性鲜明的，在这一点上他们与童话或喻言中的人物相似。正是通过笑话，人的个性逐渐进入言语文化范围，而后便进入了与这一言语文化范围邻近的文学之中。不过这暂时还不是创造出来的个性，而是借用的个性：直接从生活中拿过来的。为了让笑话广为流传，需要让不寻常故事的讲述者和听众对人物的鲜明特征很熟悉，或者起码很了解。

正因为此，“过往的笑话”是保存在奥涅金的记忆中的，根据事情的本质来说，它们是死气沉沉的，就像是收集的蝴蝶标本，因为已经失去了理解它们所需的与“我们当下”还没有结束的流动现实“亲密接触的区域”（巴赫金）。（在这里，我转述了巴赫金对小说形象的界定，其历史根源也在文化的笑话层面上被发现。）我们所讨论的体裁的性质是这样的，根据库尔干诺夫公

---

1 *Петровский М.* Анекдот // Литературная энциклопедия: Словарь литературных терминов: в 2 т. Т. 1. М.; Л., 1925. Стлб. 52. 米哈伊尔·彼得罗夫斯基：《笑话》，见《文学百科全书：文学术语词典》（共2卷），第1卷，莫斯科，列宁格勒，1925年，第52栏。

平的注解，它作为文化现象所具有的生命力，“只有在它被讲述出来之后的情境中”[1]才能完全呈现出来。

经典的笑话所关注的通常是个体而非类型化的人的性格中独一无二的呈现——这一现象从阶段上来说，比喻言的产生要晚很多。但是，它也具有古老的出身。古希腊罗马时期保存下来了不少关于著名哲学家、将领、演说家和诗人等生活中有意思的事情的记载。在希腊演说术中，精巧地口头讲述这类事情的技能（хрия）[2]是需要专门培养的。巧妙而有意思的讲述技巧至今仍是这一体裁的结构性特征之一，不能被成功讲述的笑话无法达到体裁上的效果。与此同时，对传说、童话或喻言不太成功的讲述会破坏，但不会毁坏这些讲述在体裁上的独特性。

此外，在笑话的生命周期中，讲述者的高超技艺比可信度更为重要。为了留下滑稽可笑的印象，它拥有“体裁上的权力”，即荒诞地歪曲或夸大。但与此同时，经典笑话的内容（与同时代的《妙语集》不同）也追求可信度。“笑话可能是不可信的、奇怪的、不同寻常的，不过它对可信度的追求却是毫不动摇的……它看起来是多么地充满幻想色彩。”[3]然而这仅仅是讲述者的目标。听众相应的反应则是惊讶，也就是说，对讲述者所讲内容真实性的怀疑以及不完全接受，会因为讲述者想要达到的“让听众感兴趣”的效果而得以平衡。

笑话的效果并不一定是滑稽可笑的。在这一体裁中占据上风的滑稽性（在传说和喻言中都不能达到这种效果，在某些特定的童话里可能会有这种效果）是主要效果，它是自相矛盾效果的结果，库尔干诺夫成功地将其界定为“绽露，剥离现实，摆脱礼仪

1 *Курганов Е.* Анекдот как жанр. С. 8. 叶菲姆·库尔干诺夫:《作为体裁的笑话》，第 8 页。

2 其古希腊语表述为 χρεία。——译者注

3 同 1，第 10 页。

的桎梏”[1]。

讲述笑话的体裁情境不要求言语主体掌握真实的信息；笑话所对应的对象–意义内容的特征是主体性的观点，但也是值得关注的**观点**（特别是在关于政治活动家的笑话里更为明显）。这种体裁地位不仅是杜撰出来的（使人受辱的或者是为人辩护的）笑话故事所固有的，也是那些非杜撰的笑话故事所固有的。哪怕的确是真实存在的事情，它们也是作为传言或谣言来流传的，也就是说属于讲述的情境本身，而非传说中那种远距离地进行价值层面讲述的情境。

笑话是文学历史中的第一个言语体裁，它将个人的意见、独一无二的观点、新奇的言语变成了文化财富。具有笑话色彩的故事的价值不在于其真实性或见证本身的启发性，也不在于思想的深刻性，而在于它那不引人注目的非正式性和可供选择性（对公共意见来说）。文化发展到一定阶段时，笑话的这些特性会激发人们集中、收集并出版原不应被发表的内容。这种体裁的动机将在新时期文学的形成中发挥极为重要的作用。

笑话式的讲述所表现的不一定是某种可笑的，但一定是某种新奇的（令人好奇的、有意思的、出人意料的、可疑的、无先例的）说明世界**偶然性**（意外）的图景，这一图景用自己“狂欢式”的里外反转和不寻常的不可预见性推翻、歪曲、亵渎人类关系的礼仪规定性。笑话用自身的相对主义废除了伦理或政治的权威性。它所认可的世界秩序并非事实上所存在的那样，从笑话的角度来看，生活是**偶然事件的游戏**，是不可预言的偶合情况，是个体主动性的相互作用。因为笑话掌握着个人生活中复杂的、从历史上来说属于边界的情境，在这里，世界是主体意志碰撞的游戏舞台，人物是不可预测的偶合情况中自我确定的主体。

---

1 *Курганов Е.* Анекдот как жанр. С. 25. 叶菲姆·库尔干诺夫:《作为体裁的笑话》，第 25 页。

在笑话中，人物体裁形式的呈现是作为存在的某种意外事件的个人**性格**，而非某种人物行为的类型。[1]笑话事件在于里外反转的性格自我发现，这种性格原本隐藏在大家都熟知的历史活动家的角色面具之下。稍晚些时候的口头短小幽默作品，如关于恰巴耶夫、施基尔里茨以及关于国家领导人的作品，已经不属于发现某种意料之外的个性特征，而是使用已经准备好的性格，这是由艺术或民间看法创造出来的性格，是通过系列作品来放大被虚构的自我表现。

性格的复杂呈现是在偶然性的世界里个体冒险行为的结果——随机应变者的行为，或者相反，是破坏威信的，仅仅是有点古怪的、傻瓜式的，经常是轻慢的行为。笑话具有狂欢、亵渎的特征，巴赫金将其与短篇小说最初的形式联系在一起，将其作为"'禁忌'的破坏，侮辱，文学上的亵渎和威胁。在短篇小说中，'不同寻常'之处在于破坏禁忌，在于亵渎神灵。短篇小说是黑暗的体裁，使逝去的太阳受侮辱"（5，41）。

笑话成功的根本与其说在于内容，不如说取决于讲述者的技巧，表现在它**翻转结尾**（随着观点的转变而突然改变的结尾）的具有决定性的结构作用上。正是对这种翻转的期待构成了笑话的情节，讲述者应该从结构、语气和修辞等方面精心准备翻转并且有效地去实现它。

笑话的言语是个体话语，因为没有先例而让人觉得新奇，时刻准备着用意义或发音进入游戏的状态。笑话容易被压缩（喻言则可能变成格言警句）的体裁边界是搞笑格言，即保存在文化记忆中的俏皮话（或者是里外颠倒的俏皮话：蠢话、不合时宜的话、错误、失言等），在这里，言辞是去仪式化的，并且为个人

---

1 关于一些民族"典型代表"的后期小说属于民间口头创作后文学现象。但是，这里主人公的体裁形式是个体性，不仅具有个人特征，还具有民族特征。

所涂改。

笑话的言语面具是直接引语和对话中偶然出现的情景词的修辞。人物的对话（按照叙事史诗来组织的，而非戏剧化的）在此通常起到情节构成的作用。与此同时，笑话文本本身（如词汇的选择）在一定程度上取决于讲述的对话情境，它以直接的方式指向讲述者所追求、组织的相应反应。预先让听众了解笑话的内容无论对于讲述者还是听众来说都是不被容许的：这会摧毁体裁的交际情境。所以，笑话是不可以对自己讲述的，与此类似，从根本上来说，喻言的内容是可以与个人生活选择的场景相联系的。

作为言语行为的笑话需要讲述者与听众有着共同的视野，交际时要相互信任，还需要相互发生作用的认识层面非等级（非权力的）的平等相配。因此，交际主体与跟它有权力关系的对话者之间（上级跟下属讲笑话）本身就变成了某种具有笑话色彩的情境。

笑话的听众所必须具有的接受特征是，某种并非被规定的权限，要有所谓的幽默感，可以抛下现实“强制的严肃性”（巴赫金）。笑话所假定的个体意识之间的互选性要求受话者具有个人意见，同时也要有共同创作的个人游戏立场。笑话不是要使听众入－迷，克服他们内在的独特性（传说、童话和喻言都实现了这一点），而是要把听众逗乐，为受话者提供对待所讲内容的内在自由态度。

听众在投入到笑话所呈现的现实中里外反转的一面时，会移向新的价值意义立场：他们克服了世界上习以为常的标准定位框架，并且获得了内在的自由。对这一言语体裁来说，时常出现的笑的净化正在于此，笑的净化的体裁构成作用最大限度地使笑话向文学艺术体裁靠近。

在19世纪的俄罗斯文学中，笑话在某段时间里（20—50年代）的确获得了完全意义上的文学体裁地位。我们可以将伊万·费奥多罗维奇·戈尔布诺夫[1]视作这一体裁的经典作家，他新奇的“场景”(“来自民间日常”“来自商人日常”“来自市井生活”等)，还有部分“对白”和“模仿古代的书写”都是契诃夫早期创作的某种预兆。《仅仅是偶然事件》(1855)是戈尔布诺夫最早发表的作品之一，其标题意味深长。它拒绝了笑话最初的简洁性，保留了该体裁策略的恒量，特别是偶然对话言语诗学。戈尔布诺夫创造了具有随笔真实性的有趣文本，在有些情况下，这些作品接近戏剧剧本，还有一些则接近短篇小说体裁。不过在这些小场景中，好笑的情境与插话具有独立意义，并不追求譬喻。

随后，笑话这种类型被轻松喜剧和短篇小说(使用这一术语严格的体裁意义)从文学中排挤出去，回归到原初的简洁性，并且成为市井民间口头创作的先导体裁。

笑话在文学体裁系统形成中最主要的历史作用在于：它在任何情境中都注意到可能性的存在，“完全是另外一种具体的价值意义世界图景，在事物与价值之间有着完全异样的边界和异样的相邻之物。正是这种感受构成了世界的小说认知、小说构成和小说言语的背景。这种关于异样的可能性包含了异样语言的可能性、异样的语调和评价，以及异样的时空规模和相互关系的可能性”(5，134-135)。从根本上来说，这种“异样的可能性”不存在于传说中，也不存在于喻言中，它首次在为传记提供了土壤的笑话中被开发出来。传记是从关于一个人的系列笑话发展而来的。笑话也为中篇小说这一文学体裁提供了土壤，又通过所谓的中介，为长篇小说和短篇小说提供了土壤。

---

1 伊万·费奥多罗维奇·戈尔布诺夫(1831—1896)，俄国散文作家，说书人，演员。其作品主要表现19世纪后半叶城市资产阶级和农民的生活。

第五章

作为原生小说叙事的传记

希腊语中的“生平”一词在俄语里获得了宽泛的意义，不仅指作为一定言语体裁的**传记**，而且还指应该被记录下来的某人生活中的真实故事。[1] 所以我将使用该词的俄语仿造词，因为我们将要谈论的正是传记话语的体裁属性。

古希腊罗马的生平，与我们前文所研究的口述体裁不同，是书面的、文学艺术之外的体裁。据阿韦林采夫证实，“它的出现，完全源于（就像雕塑对应体一样——希腊肖像雕像）城邦生活方式的危机……解除了精神生活的个人主义趋势。”[2] 这一体裁脱离了“希罗多德–修昔底德的宏伟的历史编纂学类型”[3]。因此，传记最初被看作“浅薄的并且不足以为敬的体裁”[4]，它源自**笑话**的

1 试比较：例如，尤里·日瓦戈在日记中写道：“也许每本传记的组成与在其中遇到的角色一样，也需要一种秘密的未知力量的参与……”

2 *Аверинцев С. С.* Плутарх и античная биография. С. 161. 谢尔盖·谢尔盖耶维奇·阿韦林采夫：《普鲁塔克与古希腊罗马传记》，第 161 页。

3 同上，第 188 页。

4 同上，第 160 页。

出身也从很大程度上解释了这一点。

不过，笑话不是传记产生的唯一体裁源头。还有两种起着极为重要作用的、更为古老的口头叙事形式，它们也与笑话类似，而且一直伴随着“宏伟的历史编纂学”：其一是**英雄传说**，它的叙事策略是“人物的完全外现”，以隆重的“墓志铭和追悼词”形式呈现（ВЛЭ，282–289）；其二是具有教导意义的**喻言**。

“走过一生的人被专门构建的新形象”（ВЛЭ，281），这是话语的所指内容，它如此复杂，建构者需要掌握基础的叙事策略的**相互补充性**，这些策略是更早的时候为了了解个人生活的各个方面才形成的。在传记中，“人物形象是多层的，由不同方面构成。这个形象分为内核和外壳、外在和内部”（ВЛЭ，286）。不同叙述策略之间的结构型动态关系成为生平传记体裁在其所有主要恒定形态中的“内在度量”[1]。

在古希腊罗马时期，应运而生的关于个人传记的兴趣在一些体裁形式上开始实现。下面我们所要论述的不是笼统的传记，而是作为长篇小说体裁最重要预兆之一的传记，是作为特殊的原生文学叙事体裁的传记。奥西普·埃米利耶维奇·曼德尔施塔姆曾有根有据地将小说创作界定为“对单独个体命运产生兴趣的艺术”（作为具有个性的个体，而非作为民间英雄或者代表性例子），并且他接着证实说：“小说的度量是人的生平。个人的生活还不是生平，并且不能给小说带来骨干脊梁”；“没有生平的人无法成为小说的主题主干”。[2]

---

1 纳坦·达维多维奇·塔马尔琴科研究得出的小说体裁不变基础特征的范畴。（См.: *Тамарченко Н. Д.* Русский классический роман XIX века: Проблемы поэтики и типологии жанра. Красноярск, 1988; М., 1997. 参见纳坦·达维多维奇·塔马尔琴科：《19 世纪俄罗斯古典小说：体裁的诗学和类型学问题》，克拉斯诺亚尔斯克，1988 年；莫斯科，1997 年）。

2 *Мандельштам О. Э.* Слово и культура. М., 1987. С. 72–75. 奥西普·埃米利耶维奇·曼德尔施塔姆：《语言与文化》，莫斯科，1987 年，第 72–75 页。

传记的体裁生成在普鲁塔克的创作中，以及在塔西佗的《阿古利可拉传》中曾以这一术语专业的、原生小说意义层面上的意思出现过。普鲁塔克是出现在1—2世纪之交的《平行传记》[1]的作者。在他们之前，许多前辈的文本都没有流传下来，不过我们有理由推测，正如保留下来的普鲁塔克之前的古希腊罗马传记，它们与普鲁塔克的传记相比有着异样的体裁属性。一方面，它们是非叙事的生平资料（“客观记载”这一体裁也在当代文艺中流传）；另一方面，它们是非常专业的演讲体裁：颂歌和诘难。在这些体裁中，叙事从根本上变形为施为方，因为实现了“对材料的筛选，不仅删除了情绪上不谐和的，同时也有情绪上看起来是中性的材料”[2]。

被称为“古希腊罗马传记主义两极”的颂歌和诘难，“不仅相互远离”[3]，还有相互补充的趋势，这一点普鲁塔克做到了，他赋予传记以创新性的“道德心理草图”[4]结构。

在这一体裁传统最为著名的继承者中，我们可以列举出薄伽丘（《但丁传》）、瓦萨里、伏尔泰（《查理十二史》）、茨威格、莫洛亚、亨利希·曼和亨利·特罗亚等。在俄罗斯文学中可以提到的有古罗斯关于尤利安·拉扎列夫的纪事、彼得·安德烈耶维奇·维亚泽姆斯基的《冯维辛》、伊万·阿列克谢耶维奇·布宁的《托尔斯泰的解放》、尤里·尼古拉耶维奇·蒂尼亚诺夫的《普希金》，还有“名人传记”[5]系列中的作品。不过，不容忽视的是，与后来明显受到文学影响的笑话一样，文学的传记体裁在

---

1 对应中译本为《希腊罗马名人传》。

2 *Аверинцев С. С.* Плутарх и античная биография. С. 121. 谢尔盖·谢尔盖耶维奇·阿韦林采夫：《普鲁塔克与古希腊罗马传记》，第121页。

3 同上，第168–169页。

4 同上，第126页。

5 俄罗斯的“名人传记”（Жизнь замечательных людей）系列，由高尔基提议开创，是目前俄罗斯最权威、最畅销的名人传记图书。——译者注

19—20世纪也因为小说的创作实验而从根本上变得丰富起来。我们关注的仅仅是它在这一文学实验之前的早期状态。

一方面，辱骂是传记最为古老的体裁源头之一，直接从笑话之中发展而来。因此，关于伯里克利的揭露式的荒诞传记，由萨索斯人斯忒新勃罗托斯[1]编纂，将雅典的民主领袖描绘成“逗趣笑话的英雄和秘密的恶棍”，它证实了“古希腊罗马传记的体裁惯性，首先是在‘谣言’的基础上发展起来的”[2]。另一方面，在颂诗中则明显能看出喻言的开端，它夸赞某人的生活方式具有教育意义，将这样的人物作为被模仿的对象。此外，传记资料将自己的人物仅仅界定为论元，是实现历史场景中自上赋予其角色的完成者。

传记的主人公可以是也可以不是角色行为的主体（论元），就像在传说中那样；或者是伦理选择的主体，就像在喻言中那样；或者是个体自我揭露的主体，就像在笑话中那样。所有这些特征对于传记主人公来说都是可能的。在预告关于德摩斯梯尼和西塞罗的平行传记时，普鲁塔克说，他将观察他们的“行为”（传说的权限）、他们的“性情”（喻言的权限）和他们的“与生俱来的特性”（笑话的权限）。不过所有这些特征同时又是辅助性的。最为重要的一点，传记的体裁人物需要的是个体生活日常意义展开的承载者，也就是**自我实现**的主体。

这种体裁人物的地位在《平行传记》中还处于形成过程之中。因此，亚历山大和恺撒的传记中包含了传统的“伟大的统治者形象，位于他们身后的是命运……与他们完全相反，作为对独揽大权危险可能性的提醒，作者塑造了迪米特里厄斯和安东尼的形象”[3]。关于后者，即对个体生活独自进行创造的人，普鲁塔克

1 斯忒新勃罗托斯（公元前5世纪前后），古希腊时期的诡辩家，传记作家。
2 *Аверинцев С. С.* Плутарх и античная биография. С. 170. 谢尔盖·谢尔盖耶维奇·阿韦林采夫：《普鲁塔克与古希腊罗马传记》，第170页。
3 同上，第187页。

曾这样说:“这个人让自己变得如此伟大，以至于其他人都认为他应当享有更好的命运，比他想给自己的更好。”

关于传记的双子因素，普鲁塔克在前言中曾给出三种平行的解释：或者是两个人物气质相同，或者是他们的历史角色相同，再或者是他们所遇到的生活场景（也就是事件的游戏）相似。这三个要素都源自相应的喻言、传说和笑话的叙事策略。在每一对人物生平的比较对照表中，普鲁塔克都给出了人物之间不同的特征，而这些特征实际上是人物个人外貌的素描。

作为自我实现主体的人是一个**个体**；他既不归属于来自命运的对其角色的预设，也不归属于偶然抽签，更不归属于典型的气质类型。个体作为叙事兴趣的客体由在世界上的“我”的非官方存在的个体**经验**所界定。与此同时（与性格、类型和论元相反），个体的生命无法拥有独立的意义，他既不能在命中注定的必须的世界里，也不能在命令准则的世界里，还不能在偶然性的相对世界里。百分之百的传记只有在普遍的个体间的相对性（“我”与“他人”）的**或然**世界里才会成为可能。人们开始在普鲁塔克的帝王传记中察觉到这种世界图景的萌芽，而后，它在现实主义时期的古典小说中被完全呈现出来，在这里，具有独一无二生活经验的“逐渐形成中的人的形象”消失在了“历史现实的宽广区域里”（ЭТС，203）。

无论是笑话还是喻言，在其动态事件和进程的连续性中都不在意历史现实（喻言的世界是静态的，笑话的世界则是混沌的）。或然的历史图景从它的本质来说要求形成和发展，因为，正如幼芽里的叶子一样，生命的每个时刻在此都包含着其后每个时刻中或大或小的或然性。接下来所出现的现实的某种或另外一种前景都归因为个体实现还是背离自己的生活方案的行为。个体的生活传记将世界看作生活自我确定主体的形成和发展的“经验”（ЭТС，203）。

用一个传记情节来呈现作为主人公的完整个体的或然世界图景是不够的。根据曼德尔施塔姆公允的见解，“使徒传虽然情节设置非常精细，但还算不上小说，因为其中缺少对人物命运的非宗教的世俗兴趣，只勾画了总的思想。”[1] 中世纪的传记体裁继承了颂歌传统，以展开的形式先实现了喻言的体裁策略，这一点就决定了无法将其作为原生小说传记来考察。

普鲁塔克这位古希腊罗马作家，对城邦生活中发达的口头交流文化有着深深的眷恋之情，以创造性的立场拒绝演讲的职业主义，他的创作催生了新型的交际策略，在文化环境中获得了对等的回应，并且形成了新的体裁（保留了原来的名称）。“普鲁塔克用自己另类的、更为开放的语调来**跟读者聊起传记的主人公**，正因为此他似乎给自己提出了必须要做的任务，即不仅是讲述，同时也是解释”[2]，用曼德尔施塔姆的话来说，这便催生了“心理论证艺术”。

在“传记”纯信息资料性质的复现知识的模态里是缺少解释的，同样，在包含信念的颂诗或诘难模态中也是如此。生平传记作为新的独立体裁，其叙事模态将被讲述的生活作为某种个体意义得以实现的生活来**理解**。用阿韦林采夫的话来说，普鲁塔克与众不同的地方在于“对现实中的人持有鲜活的、没有偏见的好奇”，随之而来的是，“他从生活的老师这一立场不断转向生活的反映者和**讲述者**的立场”[3]。其目的不在于发掘某人传记的社会意识形态价值（记录下知识或者强加某种见解），而是深入到传记的特殊意义之中，讲述作者本人对这一意义的理解。这样一来，肯定会出现“作者与读者相互信任且无拘无束的交谈语气”，

---

1 *Мандельштам О. Э.* Слово и культура. С. 72. 奥西普 · 埃米利耶维奇 · 曼德尔施塔姆:《语言与文化》，第 72 页。

2 *Аверинцев С. С.* Плутарх и античная биография. С. 135. 谢尔盖 · 谢尔盖耶维奇 · 阿韦林采夫:《普鲁塔克与古希腊罗马传记》，第 135 页。

3 同上，第 76 页。

产生“鲜活的声音、看得见的手势，以及讲述者直接在场等错觉”。[1]非常具有代表性的一点就是普鲁塔克将自己的读者称为“听众们”。

不过，传记言语的对话性不会催生与笑话话语中同源的要素。传记作者的言语面具是对话性的，首先是面向自己的传主（这里没有笑话色彩），面向传主在世界上的价值意义立场。这就要求**双声词**诗学，呈现双重的生活意义（被描写的和正在记录的）。这种诗学在经典小说中慢慢发展起来并得到确立，其基础是折射出来的非个人的直接引语，包括“隐藏的、半隐藏的他人言语的各种形式等”（5，331）。

与政治活动家的宣传传记不同（这里是故事的叙事策略），同时也有别于使徒传（这里是喻言的叙事策略），这里的话语实现着传记自身的叙事策略，即吸引受话者接受对待人物的特殊态度，这是因他们之间不存在价值距离所确定的态度。这里没有同“某个人”的喻言规范化一样的自我验证，因为传记的主题内容完全是别具一格的。但是，传说或笑话的接受是有代表性的价值划分，即将受话者区别于人物的价值划分是不对等的：主体、客体和原小说交际事件的受话者是意义设定的平等主体，他们之间确立了价值意义的对等关系。

传记具有“信任他人的话”的接受意图，这是笑话所不要求的，不过，它没有“虔敬的接受”和“学徒的态度”，这两者是传说或喻言的“权威言语”（5，332）才要求的。对于传记叙事本身来说，“典型的言语交际场景”（5，191）是不同生活经历者的某种统一的情境，他们“自由地表示同意”，随后“克服距离上的遥远而慢慢接近（但不会融合）”（5，364）。

换句话说，传记话语，而后是小说话语集中化的受话者应该

---

1 *Аверинцев С. С.* Плутарх и античная биография. С. 259. 谢尔盖·谢尔盖耶维奇·阿韦林采夫：《普鲁塔克与古希腊罗马传记》，第 259 页。

具有陌生化辨识的投射权限：在他者身上认知自我，在自我身上认知他者。他应该不是听话地顺从教诲自己的睿智内容（喻言），也不是带着崇敬和虔诚旁观人物（传说）或是带着宽容看待人物（笑话），而是能够将别人活在世上的存在经验投射在自己的生活经验之上，同时也可以或然地将自己的生活立场投射在别人生活立场的个体经验基础之上。

传记之所以是直接的原生小说叙事还有另外一个重要原因，那就是它不追求喻言或笑话的简练性，它所推广的叙事策略是**收集**个人生活和日常的细节。经典小说将这种收集变成文学上的**情节延缓**，为的是尽可能详尽地让读者进入人物的合乎意义的想象生活之中。

传记话语的体裁策略

长篇小说与传记之间的根本区别，既不在于对小说人物的想象性（还常常是虚构性）描写，也不在于对历史人物的真实描写。与长篇小说不同，传记的书写事实属性从本质上弱化了讲述的叙事意图（情节化）和“引人入胜的活动力”，根据曼德尔施塔姆的观点，正是这种活动力将长篇小说与使徒传区别开来。

根据海登·怀特的说法，“对意图（情节化[1]）的建构是建立在赋予历史意义的基础之上的”[2]。叙事讲述的意图在于使事件序列保有紧张感，能够引起某种“被作品的节奏催生”[3]的接受预

1 原文为 emplotment。——译者注

2 White, H. *Metahistory: The Historical Imagination in Nineteenth-Century Europe*. P. 7. 海登·怀特：《元史学：十九世纪欧洲的历史想象》，第 7 页。

3 *Рикёр П.* Время и рассказ. Т. 2. С. 30. 保罗·利科：《时间与叙事》，第 2 卷，第 30 页。

期。在阅读“名人生平传记”系列时，读者总的来说是了解这些人物的，所以他们的接受预期不是让事件序列保有紧张感，而主要是人物生活具体细节的收集。此外，这些细节的意义会因为追溯生平最初时段的视角而被弱化，因为大家已经知道人物的结局了。例如，“在阅读时，如果忽视了重要的事情：谈论的是契诃夫——一个伟大的人并且是一个伟大的作家，那么，关于契诃夫不幸童年的讲述，听起来似乎太伤感，太忧伤了。”[1] 不过，对众所周知的事情进行解释的意图仍旧存在。

这种意图的实现需要读者鉴别出传记作家的叙事策略。在上一章中我们主要考察的叙事策略将现代传记话语归于不明显的体裁变体。为了归纳这些细化（以契诃夫的传记为例）的特征，我仅聚焦于体裁策略的实指方面：世界图景和与之相应的人物形式。它们是传记的主导方面：与某种或另外一种策略相符合，现实生活中的一些事实会被描绘成前景，被放大，而另一些事实则会被隐去，与整个社会生活的日常背景融合在一起。

传说将具有非叙事性特征的神话进行英雄传说式的叙事化，事件性被赋予了神话传说的仪式负载体，即它是作为先例被讲述的——在一系列类型场景中首次出现，在接下来的文本里则是作为接受这种先例的新英雄论元。神话传说的传记雏形是：“某种生活形式，某种状态下理想的形象……是对这种状态的要求进行汇总……逝者的理想化与形象本身融合在一起。”（ВЛЭ，286–287）在喻言中，生活立场的道德主体（通常是没有姓名的“某个人”且有别于英雄事迹主体——流芳百世者）处于所呈现出来的两者择其一的选择情境中，而不是在单一的实现个人命运的必要性中。

这两种关于人在历史语境中叙事认识的不同策略同时混杂在

---

1 *Громов М. П.* Книга о Чехове. М., 1989. С. 37. 米哈伊尔·彼得罗维奇·格罗莫夫：《关于契诃夫的传记》，莫斯科，1989 年，第 37 页。

福音书对基督耶稣的生平记载中，在这里，仅仅发生了需要发生的事情，但与此同时，发生的事情并不是命中注定的，而是自由选择的结果，它们对于所有基督徒来说是生活行为的喻言榜样。使徒传指向这种先例，不过每一位圣徒在自己的个人环境中、在自己的道德选择上都是自由的，他们每次都是作为个别的、没有先例的人物责任感的主体而存在的。

类似的叙事策略可以在非常世俗化的传记中实现。例如，格奥尔吉·彼得罗维奇·别尔德尼科夫[1]关于契诃夫的传记，作者本人将其界定为“作家的精神传记”（3），也就是说，从本质上看来是世俗内容的使徒传。像圣徒一样，契诃夫成为普通人无尽生活的不眠参与者：“契诃夫还活着，他和我们一起战斗”（499）。整个叙事结构的特征在于易逝的“面孔”和非易逝的“圣容”的对立：“过了几十年，直到……真正的契诃夫的面貌开始逐渐显现出来”（495）。

别尔德尼科夫不自觉地使自己的创作与使徒传的规范相符，在最初的时候便宣布未来作家原初的民主“虔诚”，“他从小就了解贫困、屈辱，为一口粮食而奔忙”（7）。作家传记动人的结局是历史人物与其历史使命的结合，这表现在契诃夫“被历史本身所证实”的“深刻的历史洞察力”（489）上。

与此同时，“契诃夫的思想和创作探寻之路非常具有启发意义”（499）。这与喻言策略的可资借鉴的宗旨相符，同时也与主流意识形态的集体主义标准相符，从契诃夫创作遗产中可以得出这样的论断：“一个人值得获取比个人的、自私狭隘的幸福更伟大的事物”，以及“比托尔斯泰诗意化的家庭幸福”（492）更为

---

1 *Бердников Г.* А. П. Чехов. Идейные и творческие искания. М., 1984. Страницы данного издания указываются в скобках после цитаты. 格奥尔吉·彼得罗维奇·别尔德尼科夫：《安东·巴甫洛维奇·契诃夫：思想与创作的探索》，莫斯科，1984年。该版本的页码标注在引用后的括号中。

重要的事物。换句话说，契诃夫的作家立场被毫无根据地与他一些作品中人物的立场（如《醋栗》中的伊万·伊万内奇）等同起来了。

别尔德尼科夫的总结中也明显混杂了英雄传说和喻言的叙事策略：“在作家创作的发展过程中，人类个体的自由思想通过历史必要性和由此产生的公民职责等概念而得以丰富”（493）。间接地阐明作家之路的双重性策略的证明也很容易在论点中被读出来：“伟大的作家将道德问题提出来，并在自己的创作中加以解决，很容易就被转变为政治语言了”（499）。

传说和笑话叙事策略的相互补充性虽然不是那么显而易见，却具有能产性。传说和笑话模棱两可的结合从根源上说源自集体无意识原型的神话成分，进而在“英雄冒险”传记的体裁策略中实现。（ЭСТ，135）关于著名冒险家的流行故事的“内在标准”是这样的，这些冒险家的生活（不是杜撰的，只是缺少权威真实性）充满了许多让人怀疑的复杂细节，这些细节构成了笑话性质的叙事意图。

作为实现类似叙事策略的例子，在契诃夫传记研究中，我们可以列举萨韦利·先杰罗维奇的研究[1]。在这里，引用他本人关于契诃夫一篇短篇小说的话来说，就是“无法区别两种观点……它们在某种立体层面上融合在一起，将幼稚和老练结合起来了”（188）。

先杰罗维奇从生平传记的角度来研究契诃夫的创作，几乎是侦探式地在寻找“他天才的内核”（138），以此来解释两个起决定性作用的生活秘密：具有神话传说先例性的生活秘密（迷恋关

---

1 *Сендерович С.* Чехов - с глазу на глаз: История одной одержимости А. П. Чехова. СПб., 1994. Страницы данного издания указываются в скобках после цитаты. 萨韦利·先杰罗维奇：《与契诃夫面对面：一个迷恋的故事》，圣彼得堡，1994 年。该版本的页码标注在引用后的括号中。

于英勇的叶戈里与蛇和少女的奇迹文化综合体）和具有笑话性、偶然性的生活秘密（倒转圣乔治使徒传中与一个“富有的犹太女孩”尤多西娅·伊萨科夫娜·埃弗罗斯不幸的爱情经历）。这样一来，传记就变得非常有趣，尽管缺乏说服力。

例如，在讲到短篇小说《在故乡》时，先杰罗维奇写道：“在这里，问题的关键在于，乔治没有来救少女。他不在场。”（259）为什么他应该在呢？传记作家在这里说的是对常胜将军圣乔治出现先例不容置疑性笑话式的翻转。但是将“无边无际的平原”仅仅比作“绿色怪兽”和“吞没她的生活”的怪兽，这对于期待圣徒救星是远远不够的。传记作家经常做出这样的判断，“所有情境与原初形象相比是有偏移的”（191），例如，“很难在故事中发现圣乔治的情节”（232）。**推测**契诃夫对圣乔治原初形象的迷恋（笑话常常引用假定的特征）在这些判断里已经被作为**公理**，它未被证实却是可信的，就像任何英雄传说中的认知一样。不过在此，这种认知是根据笑话模型来组织的——对作为现实的可能性进行周密的思考、预测和研究，“虽然不知道答案，但是我们所有人都应该（?！）提出一个问题：这个故事难道没有完全可靠的意图？”（194）

拥有自己叙事策略的传记，就像前面我们已经说到的那样，诞生于普鲁塔克笔下。《平行传记》中的人物都是有着个人生活“激情”（按照亚里士多德的说法）的承载者（ВЛЭ，291）。这种“隐德来希”[1]并不指向来自命运的对人物预先确定的角色，也不指向偶然的占卜或典型的时代精神，而是作为现代意义上**个人**的原型。普鲁塔克还没有完全构建出个人传记的体裁[2]，但是，他

1 隐德来希是亚里士多德用语，指每一事物所要达到的目的，亦即不包含潜能的现实。——译者注

2 试比较：“普鲁塔克的传记时间——……是揭示性格的时间，而不是一个人的形成和成长的时间”（ВЛЭ，291）。

已经用喻言对比平行主义的原则使关于个体性格的笑话策略复杂化了。他创建了个人传记的萌芽性质——在或然的生活空间中使个体参与的经历叙事化。

亚历山大·巴甫洛维奇·丘达科夫关于叙事策略的传记随笔正是如此。[1]它指向直接且敏锐地感受到“形成和成长的时间”（巴赫金）的年轻受话者，促进了在契诃夫生平传记中被强化的个性形成时期内容的扩充，而其创作成熟时期则明显被挤占：“道路的中间阶段”仅仅在全书173页中的第132页才写到。对生活环境非常细致的描写在这里并没有像米哈伊尔·彼得罗维奇·格罗莫夫的作品那样，后者的作品中充满了天命论思想（古希腊罗马传记的属性），似乎“契诃夫生而是为了成为作家，并且这种天命以不同寻常的、谜一般的亮光照亮了他的家人和家族”[2]。相反，丘达科夫用习以为常的词语谈论关于“契诃夫意外的精神自由，他独立于通常意见之外的不受制约性，以及让人觉得是与生俱来的生成日常文化修养的内在尊严感”，他补充说，“这是后来形成的”。（57）

这种人物传记的主人公慢慢成长，并且在或然的世界里形成，“在闷热的铺子与大海之间，在中学走廊和无边无际的草原之间，在公家官场规则与自由农场主的生活习惯之间”（54），使读者获得了“两种不会汇聚到一起的轨道”（49）的印象。生活道路横截面的论据总是具有双重性的，例如：“中篇小说是在1887年春天，他回家乡南部草原之后构思而成的（或者说这次旅行就是为了小说而想出来的）。”（108）甚至最为大型的

---

1 *Чудаков А. П.* Антон Павлович Чехов: Книга для учащихся. М., 1987. Страницы данного издания указываются в скобках после цитаты. 亚历山大·巴甫洛维奇·丘达科夫：《安东·巴甫洛维奇·契诃夫：教科书》，莫斯科，1987年。该版本的页码标注在引用后的括号中。

2 *Громов М. П.* Книга о Чехове. С. 30. 米哈伊尔·彼得罗维奇·格罗莫夫：《关于契诃夫的传记》，第30页。

传记事件，萨哈林岛（库页岛）旅行的论据也具有双重性：既是偶然的（“似乎是突然的、意料之外的”），同时又是强制的（“需要磨炼下自己”）（125）。

丘达科夫书里的契诃夫和契诃夫短篇小说中的人物类似，同时是喻言人物（奋不顾身劳动的人，相信永生）和笑话中的人物（有着游戏般的性格和气质，不承认永生的怀疑主义者[1]）。在这种模棱两可中，他“似乎允许两种相反决定并存的可能性”（172），也就是说以存在主义的观点存在于或然的世界里：“世界现实在他的接受和想象中，作为相反的力量运动和碰撞的场域，并且，正是在这里，首先，他看到了复杂性，人的理性无法完全企及的复杂性。”（173）

这种世界图景防止了命令式的教诲，但是要求个人孜孜不倦地从两种或几种继续生活的可能性中进行选择，要求其在历史中的每一个例行的重要时刻负责任地做出自我决定。现在我将列举最具代表性的推论：“从非常非常小的时候起，契诃夫便关注日常……后来契诃夫展示出如何不断地跟非精神层面打交道的能力，缺少内在的反抗……整个精神世界被物质的日常世界所代替。这种情形契诃夫不是靠观察才明白的，而是依照他个人自我定位的经验，从内心里意识到，感受到了。”（21-22）从这一方面来说，传记作家允许自己使用非常少见的单义性解释：“契诃夫的主要性格特点之一在于，任何教训对他来说都不是白白发生的。”（58）我们所举的这一论断将契诃夫看作喻言世界观的客体，在笑话般偶然的“不停息且不间断的存在中流动”（113）。

1 在丘达科夫看来，梅利霍沃庄园式的“土地所有者和地主的游戏”在契诃夫的许多短篇小说中都存在，颇为好笑。“庄园很小，森林里都是‘小幼苗’，池塘在一俄里半之外的卢卡河旁几俄尺处，似乎像玩具，在高水位的普肖尔河之后的利森卡河则像是海湾”（137）。

我并不会坚持说这种叙事策略对传记话语来说是最好的，但无论如何，它既与传记体裁生成的最初动机对等，同时又与契诃夫本人艺术创作的叙事策略相符，契诃夫短篇小说的主人公（参见下一章）总是在笑话和喻言之间平衡生活的构成。

第六章

作为后长篇小说叙事的短篇小说

从严格的专业术语层面来看，“短篇小说”并不是指任意的短篇幅文学书写的叙事形式，而是指从体裁策略上来说完全固定的形式（有时候不是那么短）。与通常的固有认识相悖，短篇小说与中篇小说[1]的区别并不在于篇幅，而在于它“小说化的”、不合乎典范的诗学化，它并不是由文本组织的外在标准确定的，而是取决于作为文学艺术整体的散文式讲述的“内在尺度”（塔马尔琴科）。

短篇小说是一种相对较晚才形成[2]的体裁，在小说的出现推

---

1 См.: *Тамарченко Н. Д.* Русская повесть Серебряного века (Проблемы поэтики сюжета и жанра). М., 2007. 参见纳坦·达维多维奇·塔马尔琴科:《白银时代的俄罗斯中篇小说（情节和体裁的诗学问题）》，莫斯科，2007年。

2 “短篇小说”这一术语出现在克谢诺丰特·波列沃依的书评《癫病：米哈伊尔·波戈金的中篇小说》中（《莫斯科电报》，1829年，第28部分，第15期），他最早建立起文学散文中体裁定量差异的传统范式（长篇小说–中篇小说–短篇小说），后来这一范式因维萨里昂·格里戈里耶维奇·别林斯基的文章《1847年俄国文学一瞥》而得到巩固。

动整个文学体裁系统发生根本性变革之后才产生。短篇小说与本质上属于书写文化现象的长篇小说不同，其区别不仅仅在于篇幅，首要一点，还在于其指向性，它指向口头（直接的）交流，这也说明了它最初的体裁标记的动机。奥列斯特·米哈伊尔洛维奇·索莫夫在 1930 年将自己于 1926 年创作的“笑话”《奇怪的决斗》作为“短篇小说”重新出版时，在原来的文本中加入了讲述者的形象和讲述的情境。

短篇小说的口述性——与笑话不同——是体裁的文学假定性，具有“特别的讲述色调”[1]，它使得这种讲述与中篇小说在形成时期的典范体裁相近。这种假定性与其说表现在叙述言语方式上，不如说体现在特殊的叙事策略上，这种策略将短篇小说与前面研究过的原生文学叙事——喻言和笑话——联系在一起，尽管在体裁上是不同的，但是它们的产生和流传都在于本质上的口述性。

短篇小说作为次要的言语体裁，策略特征有二：一是将注意力集中在“一个角色”[2]上；二是长篇小说般的主题宽度，这一点源自传记传统，它允许将个体个人生活的任何一方面都变成文学关注的对象。其中也包括单独个体参与的规模宏大的社会历史事件，例如，巴别尔的《骑兵军》系列短篇小说中所呈现的。短篇小说这一体裁，因为其中心单一，同时又存在“背景”的潜在宽度，通常都具有系列化的内在引力（布尔加科夫的《年轻医生手记》、肖洛

---

1 См.: *Локс К.* Рассказ // Литературная энциклопедия: Словарь литературных терминов. Т. 1. 参见康斯坦丁·洛克斯:《短篇小说》，见《文学百科全书：文学术语词典》，第 1 卷。

2 试比较：以下是契诃夫的作者反思，“创短篇小说时，首先要设法构思好框架：从众多的主角和配角中选出一个角色……把这个角色置于背景中并且只描写他，还要突出他，而其余的就像小硬币一样散布在背景上，最终得到某种类似穹苍的东西——一个大的月亮，周围有很多很小的星星。”（письмо А. С. Суворину от 27. 10. 1888. 1888 年 10 月 27 日给阿列克谢·谢尔盖耶维奇·苏沃林的一封信）

霍夫的《顿河故事》、舒克申的《乡村居民》以及诸如此类的许多作品）。

除了小说方面的所有主体特征，短篇小说还保留了属于童话、喻言和笑话的目标，即指向的受众是听众，而非读者。当然，就像任何新时期体裁系统的作品一样，短篇小说拥有书写文本，并且读时要求的认真度可能不比读长篇小说低。而且，口头性的体裁策略形成了“文学时间和空间组织的强化类型；要求……情节结构整体向心的集中性”[1]。人物体系与文本结构的向心性（而不是完全不确定的根据事件或单词数量这种方式）决定了短篇小说的相对精短。

对口语的仿制是文学最普遍的特征，却是短篇小说体裁的次要特征。不过，短篇小说因其本质策略、仿口述性、非文学化以及与读者近距离交流等特征，首先要求口语的或者至少是中性的言辞与句法，不同类型的书面语修辞仅仅是在引用别人的话语时使用。

但是短篇小说体裁构成的最为重要的特征是完全相反的体裁思维意向——喻言与笑话的相互补充，这构成了体裁的**内在度量**。正是这种内在度量使得短篇小说向长篇小说靠近，同时又从根本上将自己与典范的中篇小说和故事区分开来。首先，这种相互补充是体裁世界图景的相互补充：命令式的（喻言）和相对偶然性的（笑话）；其次，是人物的体裁地位的相互补充：“典型”生活立场中重要伦理选择的主体和个体自我实现的主体；最后，是体裁修辞上的补充：具有深刻譬喻性的喻言权威话语，同时，还有偶然的具有内在对话性的笑话话语。

---

1 *Скобелев В. П.* Поэтика рассказа. Воронеж, 1982. С. 59. 弗拉季斯拉夫·彼德罗维奇·斯科别列夫:《短篇小说的诗学》，沃罗涅日，1982 年，第 59 页。作者只是将引用的定义扩展到了短篇小说和故事，但是正如已经提到并将在下面指出的那样，他接受这些混为一谈的体裁与文学现实并不相符的事实。

这种在作者与读者之间的相互补充形成了一种交际关系，它提供给“读者选择的开放场景，将所有讲述过的内容作为奇怪的、悖论式的事情来进行‘笑话般’的解释抑或将其接受为暂时脱离公知法则的喻言式的例子来理解”[1]。短篇小说的叙事意图不是将受话者引向新式中篇小说的紧张情节或者道德说教，而是引向某种程度的自我确定（根据讲述交际情境中的参与者的相互理解程度）。

在俄罗斯文学中，短篇小说这一体裁出现于1820—1830年间，具有决定性作用的是《由亚历山大·普希金出版的已故伊凡·彼得罗维奇·别尔金小说集》[2]（1830），一部分人认为此作品是中篇小说，另一部分人则将其理解为新式小说。

假托别尔金创作的文本，从根本上来说是带着容易被辨识的喻言策略的中篇小说，理解这种喻言的钥匙是《驿站长》中的民间木版画。与此同时，它们是具有笑话性质的口头讲述的记录（类似言归于好的别列斯托夫和穆罗姆斯基相互交流的故事），所以很多人都将其当作新式中篇小说来研究。完全对立的体裁典范的非教条主义一体化由真正的作者——系列的建构者——来实现，在这个系列的框架下故事获得了“双重的审美完整性：别尔金试图赋予转述的笑话以具有教育意义的、单义的严肃性……而真正的作者则用调皮的幽默抹掉‘前辈’指点着的手指。这样一来，没有先例的原创叙事形式就体现了系列的艺术构思”[3]。

《别尔金小说集》不是一个单纯求和的系列而是集成的系列，

---

1 *Тамарченко Н. Д.* Русская повесть Серебряного века. С. 40. 纳坦·达维多维奇·塔马尔琴科：《白银时代的俄罗斯中篇小说》，第40页。

2 此书在俄罗斯文学史中常被简称为《别尔金小说集》，本书中也采用此种叫法。——译者注

3 *Хализев В. Е., Шешунова С. В.* Цикл А. С. Пушкина «Повести Белкина». М., 1989. С.42–43. 瓦连京·叶夫根耶维奇·哈利泽夫，斯韦特兰娜·弗谢沃洛多夫娜·舍舒诺娃：《亚历山大·谢尔盖耶维奇·普希金的〈别尔金小说集〉系列》，莫斯科，1989年，第42–43页。

是一个艺术整体，这便弱化了各个部分的独立性，将它们变成了某种意义上的章节。它还不是完全意义上的短篇小说，但已经是某种“原生短篇小说”了，它被连接在一起成为长篇小说类型[1]的集成整体。就像研究者已经不止一次地指出的那样，别尔金这本书的结构与《当代英雄》非常相似。在这部作品中，“已经”是长篇小说和“还是”半中篇–半新式小说系列之间的边界并不是根本性的。意义重大的是《别尔金小说集》的创作时间与普希金完成第一部俄罗斯经典长篇小说（几乎一致的结尾情节对奥涅金和别列斯托夫来说具有完全相反的意义）的时间几乎是一致的。

普希金创造的“无先例的原创叙事形式”的内在方式原来是笑话与喻言的叠加，它们的体裁策略形成了独一无二的对位，他将这一系列的诗学贯穿到整部作品之中。在这种矛盾的协调中，人物系统和关于浪子回头的喻言情节也起了很重要的作用，这一喻言对非典范的个体冒险行为的评价比教条的正统性要高。从体裁方面来说，在我们面前的确是有着双重声音的文本，它提供了使读者可以将其当作中篇小说同时又是新式小说来阅读的可能性。

为了实现这种可能性，需要让相互补充的体裁拥有某些共同性，尽管它们是相互矛盾的。对于上文考察的原生文学叙事形式诗学来说，共同性包括：情节的紧凑性与情境的容量相匹配，结构严谨简洁，特征和描写不展开，强调少数并且似乎是被放大的细节的作用，简短精准的语言表达，等等。所有这些，按照大家的共识，都是别尔金故事文体的特征。例如，“惜墨如金的细节，没有展开的描写，性格的封闭性……人物行为心理动机的缺失”，

1 См.: *Дарвин М. Н., Тюпа В. И.* Циклизация в творчестве Пушкина. Новосибирск, 2001. 参见米哈伊尔·尼古拉耶维奇·达尔文，瓦列里·伊戈列维奇·秋帕：《普希金作品中的循环化现象》，新西伯利亚，2001年。

还有“口头的语调”[1]，这些都是喻言和笑话的根本属性。托尔斯泰曾指出的“对事件本身的兴趣”是它们共同的效果，根据这一点，普希金的故事集，从经典现实主义的立场来看，在某种程度上是“没有被加工发挥的”[2]。

笑话在自己的边界里凝聚在俏皮话中（参见《射击》：“……老弟，看来你的手是举不到瓶子那样高了。”[3]或者《村姑小姐》：“我们为什么要照英国人的方式去破产呢？还是让我们按俄国人的法子吃饱肚子吧。”[4]），而喻言则凝聚在格言警句中（参见《驿站长》：“今天还披着缎子和天鹅绒，一转眼，第二天就和穷光蛋一道去扫马路了。”[5]或者《村姑小姐》：“随你的便，路是大家走的。”[6]）。但是，与此同时，喻言的言语是专横的、具有教益意义的，其格言性不容置疑（参见《棺材匠》：“难道棺材匠就是刽子手的兄弟？”[7]）；笑话的言语是主动的、对话性的，因偶然性和无先例性而好笑（参见《村姑小姐》：“她的幸福不要你来烦神。”[8]）。

喻言使用人们日常生活中包罗万象的、具有原始模型的场景，创造了命令式的世界图景，在这里，人物是在某种道德法则前进行伦理选择的主体。《浪子回头》中的喻言人物就是如此。笑话则

---

1 *Попова И. Л.* Смех и слезы в «Повестях Белкина» // А. С. Пушкин. Повести Белкина. М., 1989. С. 503, 509. 伊琳娜·利沃夫娜·波波娃：《〈别尔金小说集〉中的笑与泪》，见《亚历山大·谢尔盖耶维奇·普希金：别尔金小说集》，莫斯科，1989 年，第 503，509 页。

2 *Толстой Л. Н.* О литературе. М., 1955. С. 18. 列夫·尼古拉耶维奇·托尔斯泰：《论文学》，莫斯科，1955 年，第 18 页。

3 普希金：《暴风雪——普希金中短篇小说选》，刘文飞译，兰州：敦煌文艺出版社，2014 年，第 12 页。

4 同上，第 45 页。

5 同上，第 42 页。

6 同上，第 50 页。

7 同上，第 31 页。

8 同上，第 59 页。

使用个人生活中私人的、从历史上来说是边缘的场景，创造了冒险式的世界图景，这一场景是作为主体意志相互碰撞和相互作用的竞技场而出现的。别尔金正是这样的笑话主人公。（在出版人的第一个注解中我们看到："接下来原有一段趣闻，我们认为它属多余，故没有刊载；不过，我们要请读者相信，那段趣闻不具任何有损于伊凡·彼得罗维奇·别尔金之名声的性质。"[1]）别尔金和浪子都是该系列中情节之外的人物。围绕着作品中的虚构现实，这两个人物形象仍旧停留在文学情节的边缘上，前者完全属于民族历史生活，后者则完全属于民族历史之外的普通生活。

在类似情节的边界范围内，喻言的主人公（弗拉基米尔发展了"浪子"的轨迹图——逃离和悔恨返途）变成了笑话的主人公（迷路的未婚夫与被大雪掩盖的小村子里的农夫之间的对话），而偶然婚礼的主人公（布尔明）变成了喻言的主人公，讲起"命定的事是躲不开的"[2]的故事。在这里，典型的喻言人物（西尔维奥或萨姆逊·维林严肃地推行某种对生活的监管方式）与典型的笑话主人公（手里托着装满樱桃的帽子的B伯爵、假装生病的明斯基）是面对面的。《棺材匠》《村姑小姐》情节的笑话性明显地呈现了喻言象征符号（通过这些故事的题词来实现），而西尔维奥将自己想象为良心遭受折磨的喻言主人公（"我把你交给你的良心了"[3]）实际上成了关于打死蚊子的神枪手的笑话（"您在发笑，伯爵夫人？上帝作证，这是真的。"[4]）。可以看出，弗拉基米尔寻找证婚人的行为也具有笑话性，这些证婚人是所谓的从事"和平职业的人"，如"蓄着胡须、脚蹬马靴的土地丈量员施米特"，"40岁的退伍骑兵少尉"（骑兵少尉这样的官衔对年轻人来说是非常

---

1 普希金:《暴风雪——普希金中短篇小说选》，第3页。
2 同上，第22页。
3 同上，第15页。
4 同上，第13页。

体面的，对成熟男子来说却不是），还有一位是16岁的无名骠骑兵。此外，弗拉基米尔本人计划与玛莎实施的正是“浪子”回归喻言中的方案。

甚至在一句话里我们也能发现俏皮话的偶然性言语（弱化的笑话）与谚语的专横性言语（弱化的喻言）的感染错合：“活人没有鞋子也能行，死人没有棺材可就不行哩”[1]，等等。笑话与喻言的相互渗透也可以在非常个人化的细节上被呈现出来，如《暴风雪》里提到的玛丽娅·加夫里洛夫娜双亲的盛装：睡帽和睡衣（普罗霍洛夫的长袍、明斯基的长袍和红色小圆帽与此类似）。这与那些在描写德国“图画”过程中两次重复的细节相吻合；不过在普希金的意识里，这些是作为玩笑性的特征出现的。[2]

总之，一方面，喻言思维的体裁策略使普希金得以将历史现实与包罗万象的普遍价值连接在一起。（参见浪子回头喻言的结尾场景：“那些出征时几乎还是少年的军官们，已在战争的空气中成长了起来……每当听到**祖国**这个字眼，一颗俄国人的心脏会跳动得多么激烈啊！相见的泪水是多么地甜蜜！……对于君主而言，那又是怎样的时辰啊！”[3]）另一方面，作为体裁策略的笑话性则将全民族的、历史存在的“大”时间与个人的、隐秘的日常生活的“小”时间联系在一起。（参见“在当时的俄国军官中，有谁会意识不到，俄国的妇女就是给予他们的最好、最珍贵的奖赏呢？……”[4]）

短篇小说的体裁属性正是在这种相互补充之中被用于19世纪30—40年代的创作尝试中的。比如，在屠格涅夫的随笔集

---

1 普希金：《暴风雪——普希金中短篇小说选》，第29页。

2 试比较：“我们并不满足于——普希金在创作《别尔金小说集》那一年写道——看到名人们戴着睡帽穿着睡袍，我们想跟着他们进入卧室还有其他地方”（《文学报》，1830年，第5期）。

3 同1，第23页。

4 同上。

《猎人笔记》中，有一篇《幽会》是某种对闪烁着幽默的《村姑小姐》的感伤戏仿（屠格涅夫的女主人公的名字也叫阿库尼娜，这就是丽莎为自己起的名字，而男主人公正是年轻贵族的“仆从”，这是阿列克谢努力扮演的角色）。在这里，两种体裁相互感染错合的效果比在普希金那里要简单很多。不管是女主人公还是男主人公，都很容易辨识：她是关于来自民间不幸女孩的小说中的典型人物；他则是笑话中不太聪明的仆人的典型形象，在他猴子般扭捏的举止中能够看出贵族行为的雏形。短篇小说的情节场景由两个典型的但来自不同体裁的主人公的相互作用创建而成。而环绕周围的自然图景，带着随笔细节和可辨识性的描写，并没有为标准的完结留下位置：既没有为中篇小说也没有为新式小说的完结留下空间。

但是，认为在《猎人笔记》中短篇小说才最终成为独立的体裁的观点并不符合事实。相应的术语在这一时期的确已经深入到文学评论和书刊出版的日常通用语之中，但它仅仅用来表示短小的特征，以此将短篇小说与中篇小说区分开来。中篇小说在现实主义形成的条件下充满了细节并且在篇幅上得到了扩充。屠格涅夫的《猎人笔记》与描写飞禽走兽的随笔的区别在很大程度上不是结构上的，而是审美上的。正是这种艺术整体性的特征促使别林斯基将屠格涅夫非常经典的随笔，如《霍尔与卡里内奇》，命名为“短篇小说”。

在自然流派实践中形成的随笔这一“自由体裁”，其特征是不复杂的叙事结构（通常是重复性的），既缺少事件中笑话的例外性，也缺少事件中喻言的多义性。在一系列散文体裁中，别林斯基坚决地将随笔放在短篇小说和回忆录之间。随笔归属于文学作品这一事实是暂时性的，并且是自然流派文学意识特征的表现。后来，这一体裁在新闻评论领域扎下了根。从对象和主题层面来说，随笔接近新式小说形成早期的形态：它的注意力被不同寻常的、令人惊讶的品质、情境和事件所吸引。但是，随笔却不具有新式小说被开发的带着论元的情节，并且也没有把叙事的生活素材与冒险的笑话世界图景和存在意图进行对比。这里的存在是作为个人生活开始的自我显现。在这一体裁中被重塑的生活的经验主义图景带有文学书写中长篇小说的技巧，它们因为由叙事者的直接言语带入文本中的思考和评价而变得明亮起来。

在通常的“自然主义”随笔背景下，屠格涅夫系列的特殊性在于赋予了讲述者的想象以艺术形象的特性：屠格涅夫的猎人从作者直接言语的主体变成了人物之一，他是见证者，与观察到的生活事实存在关联。但是，在大多数情况下，这还不能促使随笔转变成完全意义上的、作为非常复杂的叙事构成的短篇小说。

阿尔贝特·瓦西里耶维奇·卢扎诺夫斯基曾错误地认为，“俄罗斯短篇小说在《猎人笔记》中达到了成熟期”，但他又在自己著作中的另外一处坚定地推翻了自己的结论：“《猎人笔记》中的绝大部分作品尚不具有能够全面反映现实的形象-情节结构。它们的情节-形象结构指向重建个人的性格，指向在作者看来值得关注的性格的某一方面。正因为此，在这个结构里需要讲述者，他用自己的观点和联想扩大了讲述的范围，将讲述提升到社会和人类层面……系列中单独的短篇小说还不具有坚实的情节结构，也缺少具有饱满情节冲突的情境。”[1]

对于成熟的短篇小说来说，恒定的新式小说诗学与中篇小说诗学相互补充的内在度量不要求它们之间达到必然的和谐平衡，就像普希金在《别尔金小说集》中所达到的那样。在这里，新式小说诗学源自笑话，中篇小说诗学则基于喻言传统。这些体裁意

1　*Лужановский А. В.* Вьделение жанра рассказа в русской литературе. Вильнюс, 1988. С. 124, 111. 阿尔贝特·瓦西里耶维奇·卢扎诺夫斯基：《区分俄罗斯文学短篇小说的体裁》，维尔纽斯，1988 年，第 124，111 页。

向之间的动态平衡非常多，在处于平衡时其中的一方会起到主导作用，另一方虽然处于亚核心地位，但也是不可消除的。这种动态的平衡在该体裁的框架里获得的是根本的结构性意义。

因此，在陀思妥耶夫斯基的短篇小说《普罗哈尔钦先生》（1846）中能够确定笑话起源的明显优势。在此，主人公与其他人物的戏剧性冲突在于世界图景的不可并容性，这对于冲突各方来说都具有现实意义。小职员的“兄弟”群体（以马尔克·伊凡诺维奇为首，他拥有准确的文学文体，“喜欢给听众施加影响”）生活在有序的世界里，在那里，任何人的行为都是可以预测的，并且可以被外人进行单义的界定与评价。与拿破仑形象相联系的个人中心主义，在这个世界上作为“不道德的诱惑”而不被允许。从体裁基础上来看这是一个喻言的世界。

谢苗·伊凡诺维奇·普罗哈尔钦先生（也是伊凡诺维奇）与“所有上帝之光”隔绝脱离，他秘密地存钱，生活在自己孤寂的世界里，还有他那带有笑话性质的让人难以理解的言语。他的世界从根本上来说是偶然的、不可预测的（“职位，现在有，可以后也可能没有”[1]；办公机关“今天需要，明天需要，可是到了后天，也许一下子就不需要了”[2]），他在这个世界上的生活立场也是如此（“我安分守己，今天安分，明天安分，可以后就不安分了，变得粗野无理了”[3]）。尽管这个世界让人感觉不到欢乐，但这是笑话的世界——偶然事件和任性倡议的世界。

得益于短篇小说体裁中的双重世界，读者可以看到两种真理。这两种真理并不在于将善与恶对立，或者将真理与迷失对立。它们在加剧的相对性中是平等的。其中一个真理是，“后

---

1 陀思妥耶夫斯基:《陀思妥耶夫斯基短篇小说选》，李鹤龄，刘驾超译，长沙：湖南文艺出版社，2001 年，第 39 页。

2 同上，第 38 页。

3 同上，第 40 页。

来奥克安诺夫说：只要他明白现在人人都生活艰难这个事实，他就会保护好自己的头脑，就不会搞恶作剧了，也就会认认真真地过日子了！”[1] 第二个真理在于，甚至这样一个微不足道的个体也是独立的，这样一个“普罗哈尔钦”的人，不愿意“随便地”生活，也不愿意去“该去的地方”。

与此同时，短篇小说的情节由两个中心事件组成，它们中的任何一个都不追求比另外一个更重要的地位。在普罗哈尔钦去世后，大家发现了他的秘密，这可以成为整个故事的中心事件。这样的话，另外一个中心事件——语言的交锋——便具有了笑话性。马尔克·伊凡诺维奇与谢苗·伊凡诺维奇对意识形态的争论，引起了孕育着新式小说的情节转变。关于普罗哈尔钦是什么样的人，“零”还是“拿破仑”，尽管在解释中有很多笑话成分，但在这两个“聋子”的对话中也显露出了争论的世界观依据。作为学者的马尔克·伊凡诺维奇意料之外的内在惊慌失措和同样意料之外的普罗哈尔钦内在的坚定执着，开始显露出来。但是“病态危机”突然打断了世界观的交锋，不允许这一交锋分娩出新式小说或释经学（中篇小说）的论元。而这恰恰是新体裁形成中非常重要的因素，这一新体裁是在后长篇小说时期由长篇小说的主导思想所产生的。

“意料之外的资本家”无意义的存钱行为和死亡丝毫没有破坏他所说实话的可信度。相反，在发现普罗哈尔钦的秘密之后，官场“亲兄弟”的世界开始解体，短篇小说以玩笑般的毫无意义的死者的话来结尾，他在自己死后的独白中证实了自己意识中本质的、偶然的、相对的世界图景：“我现在是死了，如果不是那样，我大概也就没有死。你听着，要是我不死，我爬起来，那会出现什么呢，啊？”[2] 不过，这一独白并不是现实中发生的，因此

1 陀思妥耶夫斯基：《陀思妥耶夫斯基短篇小说选》，第 41 页。
2 同上，第 49 页。

无法清楚地断言完结与解释的情境。

这样的结尾尽管是不可预见的，但它并不是新式小说的论元（仅仅是对不可能的论元幻想性可能的假设），也不是对中心情节事件的再思考，而是中篇小说所应有的属性。讲述者（“似乎听到了”）本人模仿着普罗哈尔钦总结性的话语，给已经去世的主人公一个短篇小说的结尾，并且以这种方式承认其真理的不可磨灭性。但是，尽管笑话世界观占主导地位，下属层面的喻言源头却不可消除地存在于短篇小说诗学中。作者不是在给读者推荐道德课程，而是明显流露出在文中没有说出的思想，即在意识（真理）之间另外一种对话关系的可能性——代替两种封闭在自己独白中的聋子一般的冲突。

陀思妥耶夫斯基早年的这一发现在其晚些时候的作品中发展为复调小说的体裁结构，这再一次证明了作为新时期非正统体裁的长篇小说和短篇小说深厚的历史渊源。其原生文学原型在早些时候的传记体裁研究中就已经显露出来。

当我们提到长篇小说盛行时期作为文学体裁的短篇小说时，**危机**时刻是作为主导结构形成的时刻被呈现出来的：生活不稳定的可能状态，以及各种两者择其　的可能性的动态平衡。别林斯基没有及时地捕捉到这一点。他固执地将陀思妥耶夫斯基的这部“短篇小说”（作家本人对这种体裁的确定是在 19 世纪 40 年代，并且也不经常碰到）称为“中篇小说”，作为评论家，他批评《普罗哈尔钦先生》这部作品不符合规范的诗学，将它（在某种程度上是一针见血）界定为更像是“某种真实但奇怪的、令人迷惑的事情，而不是诗学创作。在艺术中不应该存在任何的暗区和不明白之处”[1]。文学随后的发展剥夺了这一论题不容反驳的真

1　*Белинский В. Г.* Полн. Собр. соч. Т. X. СПб., 1914. С. 420. 维萨里昂·格里戈里耶维奇·别林斯基：《全集》（第 10 卷），圣彼得堡，1914 年，第 420 页。

理性。

大家所公认的短篇小说经典是契诃夫创作成熟时期的大部分叙事作品。

在契诃夫创作的早期，在安东沙·契洪特[1]的笔下出现了很多不同类型的"碎片"，它们模仿文学之外的文本性的不同形式（甚至还有申诉簿），或者模仿不同的长篇小说传统（例如，《父亲》是对陀思妥耶夫斯基长篇诗学的明显回应）。他还创作了完全合乎规范的新式小说（如《苦恼》），以及很多笑话舞台剧（作家创作的类似民间口头笑话的作品）和一些文学喻言（如《哥萨克》《无题》和《打赌》）。如果说后者证实的是托尔斯泰的影响（契诃夫随后将《哥萨克》从作品集里移除，因为它"实在太托尔斯泰式了"），那么前者会让人想起戈尔布诺夫的创作实验。戈尔布诺夫不仅是普通百姓生活"舞台剧"的作者，还是所谓的"短篇小说"的作者，其作品是具有笑话性质的详细叙述（如《熊》或《彼得王颂扬基督》）。

在契诃夫的创作中，笑话和喻言这两种体裁传统获得了最为有机的结合。在契诃夫早期文本表现出的小型叙事形式的多样性中，时不时也可以碰到短篇小说，而在具有转折性的1887年，在一些作品中，如《幸福》《亲吻》《瓦洛佳》和《男孩们》等，以及其他一系列作品中，完全形成了作为这种体裁真正历史顶峰的契诃夫短篇小说，并实现了"创造体裁"的意图，"这种体裁创造世界，而这个世界不是事先被规定的，不是被限制的、被命令的，也不限制生活'荒唐的'（从现有典范的角度来说）发展"（6，439）。

追求不同意向的相互补充是长篇小说时期非典范的"年幼"体裁的不变量，它明显地体现在短篇小说《幸福》中。小说中有

---

1 契诃夫早期笔名之一。——译者注

两个牧人——年轻的和年长的，他们属于两种不相容的世界图景。作家在文章结尾如此描写他们，牧人彼此“不再留意对方，各人生活在各自的世界里”[1]。

甚至读者所看到的主人公的姿势，都显示出个体在其存在环境中完全相反的定位。痴迷于寻宝的老牧人趴着，他的脸面向尘土飞扬的小路，面向那一片藏有宝藏的土地，并将这些宝藏称为“幸福”。而年轻的牧人山卡仰卧望着天空，他必然是作为天上之人超人类理性思考的主体出现的：“使他产生兴趣的倒不是幸福本身，那是他不需要的，也无法理解的，他觉得有趣的是人间幸福那种虚幻、离奇、类似神话的性质。”正是在他的脑子里回响起了所罗门的问题——关于个人奋斗的枉然：“人间的幸福对于这些每天都可能衰老得死掉的人究竟有什么用呢？”这个问题，似乎是环绕主人公周围的辽阔无边的草原风景提出的，它“凝滞不动和悄无声息的样子，使人感到时间的悠久和大自然对人的冷漠无情”，而在年轻牧人眼里，“古墓”是产生秩序感的地标。这篇短篇小说中所有的内容，连同山卡这个人物一起，以其全面性和包罗万象性让人感到对生活认识的喻言特征。

老牧人则持有另外一种世界图景。这个世界图景的构建中心是冒险的“地方，那儿有宝藏”：“在要塞里有个地方……在三块石头下面压着宝贝”，或者“那里的谷地像鹅掌一样，分出三条谷，就是中间那个谷”，等等。在这里，主基调是成功（或是不成功）和任性：“只要魔鬼起了意，就连石头都会吱吱叫”。老人开始讲自己的笑话，是关于日美尼亚巫师的：“我认识他有六十年了！自从赶走法国人的沙皇亚历山大给装在大车上从塔甘罗格运到莫斯科的那年起，我就认识他了。我们一块儿去迎接过去世

1　本部分契诃夫小说译文参考契诃夫：《契诃夫短篇小说全集　第20卷》，王燎，王福曾译，深圳：海天出版社，1999年；《契诃夫短篇小说精选》，朱宪生译，北京：北京燕山出版社，2017年。部分译文略有改动。

的沙皇，那时候大路通不到巴赫穆特，而是从叶萨乌洛普卡通到戈罗季谢，眼下的柯维里从前净是些大鸨的窠，每走一步就能碰到一个大鸨窠”。详细列举的细节与巫师的故事没有任何关系，但是从这些细节中形成了马赛克式的、复杂的生活图景。在这里，道路的方向发生了改变，人的命运充满了事件性，却变化无常（有时是已逝的沙皇将法国人赶到巴黎去了，而他自己却被从塔甘罗格运了出来），而且每走一步都有小男孩的“宝藏”——大鸨窠。这种动态的、富有笑话情境的（哈哈大笑的狗鱼、会说话的兔子等）、没有先例的世界图景如同辩论一般与合乎规律的、喻言般稳定的、命令般（但目前充满怀疑）被领会的世界图景相对立：“无论是这些世代繁衍的鸟儿慵懈的飞翔也好，无论是昼夜轮回中的早晨，还是这无边无际的草原，都看不出有任何的意义。”

作家会倾向于这些形成世界观的源头里的哪一种呢？乍看起来，是对幼稚的幻想和寻宝笑话的冒险所持有的喻言式的怀疑态度。但是，喻言思想立刻又获得了平行的反讽，这种反讽来自思考的羊儿们：“它们的思想纯粹来自辽阔的草原和天空的印象，来自白昼和黑夜的印象，枯燥而郁闷，这些思想大概重重地压在它们心上，使它们对一切都淡漠无情。”

在这篇短篇小说中，喻言式世界图景的组织中心是“远处那个像云朵一样的带着高耸的尖顶的萨乌尔墓”。从这样的高顶“可以看到像天空一般平坦无边的平原，看到地主的庄园，日耳曼人和莫洛勘派教徒的田庄。远视眼的卡尔梅克人甚至可以瞧见城市和道路上的火车”。尽收眼底的视角来自永恒的被抬升的千篇一律，以这种视角来看下面尘世多种多样的生活，是某种意义上的喻言世界观的高潮部分，但是在几乎就要达到高潮时被下一句话打断了：“只有从这儿，才可以看见世界上除了沉默的草原和古老的坟丘以外还有另外一种生活，那种生活跟地下埋藏着的幸福以及绵羊的思索是毫不相干的。”关于“另外一种生活”的个人自由想象是笑话所固有的特征，但对于喻言思维来说是非常陌生的特征。

契诃夫并不经常创作严格意义上的中篇小说（《决斗》《第六病室》《黑衣修士》和《姚内奇》），大多数相对被拖长的契诃夫作品，即习惯上被称为“中篇小说”的作品，从根本上来说是几个短篇小说的串联，由人物的、穿透主体的、结构关系的统一系统粘连在一起，这种串联比在系列框架中更为紧密。例如，《三年》或《我的生活》就是这样的作品。理解类似文本的体裁关键可以说是《语文教师》，事实上，它是由两个短篇小说构成的（第一部分名为《居民》写于1889年，后续则完成于1894年）。在这些结构基础之上的是对我们所考察的这个体裁来说非常重要的属性，即年轻的契诃夫创作长篇小说的动机，而长篇小说是相互之间有联系的短篇小说系列。这种构思在1898年的系列中部分地实现了（《套中人》《醋栗》和《关于爱情》）。

让我们来说一下“小型三部曲”，它不仅属于经典体裁，在元体裁中也经常出现：这些作品在短篇小说中还包含着短篇小说，这便使得这种体裁的叙事策略能够更完整地被界定。非常重要的一点是，系列周围的情境以显而易见的方式复制了屠格涅夫在体裁方面最初的也是尚不成熟的情境尝试（《三幅肖像》，1846）。

布尔金将别利科夫的故事讲得像笑话，但是《套中人》整体的语境赋予了这个故事喻言性质，听者也是这样理解的；奇木沙-喜马拉雅斯基的故事则相反，是作为喻言来讲述的，但是在《醋栗》的整体框架内明显具有笑话性。同时，两位猎人讲述者各自的肖像特征呈现了传统戏剧中的“狂欢的一对”，其中一个人的面貌让人产生了他们之间互补的想法。最后，关于阿列兴的短篇小说呈现了笑话源头与喻言源头不可分割的相互渗透性，极端地凸显了开放的问题，但同时又使其仍旧是一个问题——需要探讨爱情是“高尚的”还是“压根儿都不需要讨论”。第二个回答在偶然性的世界里作为个人冒险的“具有笑话性”的行为，同时又不太明显地追求着普遍意义的喻言总结的角色。对于这一体裁来说类似的转换都是非偶然的。

非常重要的是，**危机**体裁构成（对短篇小说来说是恒定的）的场景、逝去的平稳性、在或然世界中开放的生活行为的方式范围，都以布尔金以及伊万·伊万内奇在自己的故事中所讲述的为限，但是，在环绕的文本中这种情境立刻就重新开始了——在对讲述内容的接受和讨论中。阿列兴的故事与前面的故事的不同之处在于危机情节构成的不可消除性，这一危机构成了被圈定的和环绕情境的统一整体。

我们需要注意说话人之间的关系，这种关系是在作为交际行为的讲述过程中形成的。前两个文本内部的叙事是分开的（在布尔金讲完故事的第二天上午，“他们沉默着，似乎都在生彼此的气”；在伊万·伊万内奇的故事之后，这三个人“在客厅里各据一方，在三把圈椅上坐下，默不作声了”），只有第三个故事（阿列兴的故事）意料之外地将谈话者连接在了一起。问题在于，不管是布尔金还是伊万·伊万内奇都在讲自己的事情（“……仿佛他是为自己央求他的一样”），他们对作为回应的反应都是置若罔闻的（“哎，您这话已经离题了”）。讲完的人每次都平静地睡去，而听众听故事的欲望“没有被满足”，忍受着失眠的痛苦和“如潮涌般的各种思想”。与此同时，三部曲中前两个故事的讲述者都强烈地谴责自己的人物，而且果断远离他们的生活经验。

阿列兴的故事则是另外一回事，尽管也重复了前两个故事中的情境和主题（从卢加诺维奇身上很容易认出结了婚的别利科夫，而阿列兴本人的生活习惯也让人想起《醋栗》的主人公）。

第三个故事里的人物也是听众熟悉的，不管在前面的故事中讲过什么，谈话的内容（“开始聊关于爱情”）和“个人幸福的秘密”这一问题都是大家感兴趣的。在故事的最后，他们“欣赏着，同时惋惜这个生着善良聪明的眼睛、坦诚地对他们叙述往事的人真的在这儿，在这个大庄园里转来转去，像松鼠踩着轮子那样忙碌着，却不去干科学工作或者别的什么工作，从而使他的生活变得愉快些；他们想到他在包房里同她告别，吻她的脸和肩膀的时候，那个年轻女人的神情该多么悲伤。他们俩都在城里看到过她，布尔金甚至跟她相识，认为她长得很美”。随着无意中出现的相互作用的意识统一性，故事的内容在这些意识中得到了进一步发展，而他们之间过去的不和得到缓解，这在结尾为象征色彩的附带因素所强调。

在讲述故事的交际情境被契诃夫扩展开来的三合一的背后可以看到短篇小说本身深层的体裁策略。新式小说和中篇小说不仅具有文本组织的严格结构，同时也要求读者以单义的固定立场来接受：喻言不能被接受为笑话，笑话也不能被接受为喻言，因为这会导致讲述在内容上的错乱，导致交际事件无法实现。这样一来，短篇小说就不能编织出一定的接受策略；在这方面它依赖的是受话者的交际回应积极性。但是，短篇小说首先要求从受话者那里得到的是某种同作者意识一致的目标：不是顺从，不是复制，而是两种平等的、互不隶属的意识的根本共容。另外，短篇小说本身包含目标，将受话者自身的生活经验与人物的生活经验共容，因为短篇小说的体裁内容与长篇小说一样，在“与尚未完结的现在和未来的联系区间里”（ВЛЭ，480）展开。

与这一情况直接相关的是很早就被研究者发现的契诃夫式结尾的开放性。彼得·米哈伊洛维奇·比西利认为这一结构的特殊性是契诃夫作品“主要的”特性：“没有生活戏剧的‘收场’‘完结’和尾声。”[1] 成熟时期的契诃夫作品的尾声总是“既清晰又具有双重意义：清晰是因为真正的一极相对于非真正的一极来说总是正面的（参见《带小狗的女人》中古罗夫的‘两种生活’——作者注），但是，前者和后者的伦理理性内容都是充满问题的，而且不管是人物还是讲述者都无力解决这一问题。”[2] 解决问题的责任则落在了读者身上，他们用自己的伦理审美偏爱形成了生活的文本外心智空间。

作家为了整体的经典审美结局雅致地组织了所有必须的条件。但是，最终的、关于意义完结的最后一幕，作者还是留给了读者，他呼吁读者承担起交际、审美和道德的责任。从其通常的特征上看来，这让人想到苏格拉底的论辩法，因为契诃夫的最高任务是："激活读者的思想，用必须要解决的生活问题引起他们的不安。”[3]

在某种被允许的个人偏好的范围，契诃夫的诗学形成了可能的思想穿廊，却没有剥夺读者内在的独立性。读者的等级相应地被加入到作品的交际事件中，作为非口头的——认知的——文本组成部分。简言之，积极乐观的读者获得赋予契诃夫小说结局以正面意义的可能性，而消极悲观的读者则可能赋予同样的结局以负面意义。这便构成了契诃夫文本的代表性效果，似乎作者“单独与每一位读者都开诚布公地进行交谈”[4]。从这一层面来说，

---

1 *Бицилли П. М.* Творчество Чехова: Опыт стилистического анализа // П. М. Бицилли. Трагедия русской культуры. М., 2000. С. 205. 彼得·米哈伊洛维奇·比西利：《契诃夫的创作：修辞分析的经验》，见《俄罗斯文化的悲剧》，莫斯科，2000 年，第 205 页。

2 *Страда В.* Антон Чехов // История русской литературы: XX век: Серебряный век. М., 1995. С. 62. 维托里奥·斯特拉达：《安东·契诃夫》，见《俄罗斯文学史：二十世纪–白银时代》，莫斯科，1995 年，第 62 页。

3 *Линков В. Я.* Художественный мир прозы А. П. Чехова. М., 1982. С. 34. 弗拉基米尔·雅科夫列维奇·林科夫：《安东·巴甫洛维奇·契诃夫散文的艺术世界》，莫斯科，1982 年，第 34 页。

4 *Страда В.* Антон Чехов. С. 49. 维托里奥·斯特拉达：《安东·契诃夫》，第 49 页。

契诃夫创作研究最高水平的研究者们在阐释同一篇文章的情绪意志基调时的不同是多么重要。

文学讲述的这种特殊性是如此明晰地呈现在契诃夫的创作实践中，其生成却早于契诃夫的创作，早在《别尔金小说集》中，那些故事就是以唤起读者参阅自己个人的想象而结束的。开放的结局，不是艺术整体的非完结性，而是讲述意图的非完结性，这是短篇小说的结构体裁特性，在其自身的不确定性中也蕴含着足够固定的意义潜质。在年轻时创作的戏剧作品《没有父亲的人》中，契诃夫借人物格拉戈列耶夫之口讨论“现代不确定性的体现者”，关于“俄罗斯的小说家”，他“感觉到这种不确定性”，“不知道怎么立足”。[1] 成熟时期的契诃夫则并不是“不知道”，他认为，对自己来说是不可能实现对生活的界定的，每一个主体应该自己确定其存在主义式的选择。这并不是契诃夫的特殊立场，在短篇小说中他所实现的作家身份的体裁形式正是如此。在这种情况下，我们看到了作者创作意志与体裁意志的幸运吻合——历史形成的叙事策略。

在屠格涅夫的散文诗中（参见关于叙事抒情诗的一章）我们也可以看到超短的短篇小说（《玛莎》《白菜汤》《“绞死他！”》《海上航行》和《呜——啊……呜——啊！》等），它们开创了对俄罗斯文学来说也是非常重要的超短叙事形式的传统。布宁的《短篇小说》和《遥远的》（1930）系列使这一传统得到根本性的强化。

超短的短篇小说，通常不是弱化而是强化了这一体裁特性的浓缩度。作为例子，我们来分析一下扎米亚京的景物描写作品《龙》（1918）。

1 *Чехов А. П.* ПСС и П. Соч.: в 30 т. Т. 11. М., 1974–1983. С. 16. 契诃夫：《作品和书信全集》（共 30 卷），第 11 卷，莫斯科，1974—1983 年，第 16 页。

天寒地冻，彼得堡在燃烧，在发出梦呓。显然，雾幕后面那些看不见的黄色和红色的圆柱、尖屋顶、灰白色的铁栅栏都踮起脚尖吃力地走着，脚下发出咯吱咯吱和沙沙沙的声音。一轮患热病的、前所未有的冰太阳悬在雾中——它上下左右全是雾——像一只鸽子盘旋在一座着火的房屋上空。龙人们从梦魇的雾世界里钻出来，出现在人间世界，他们口里吐出雾气，这雾气在雾世界里便是能听见的话语；然而在这里，仅仅是一团团白雾而已；他们忽而浮现，忽而又沉没在雾中。那边有一辆电车，轧轧响着从人间世界驶向全然不明的去处。

一条龙挎着步枪，暂时停留在电车平台上，驶往全然不明的去处。鸭舌帽压在鼻子上，假如没有两只耳朵，那顶帽子一定会吞没龙的脑袋，可是两只招风耳朵托住了它。军大衣拖到地上，袖子耷拉着，靴尖朝上跷起——里面是空空的。雾里有一个小洞：是嘴巴。

这已是在奔驰着的下界了，所以在这里龙嘴里吐出团团寒雾便成了可见可闻的话语：

"……我押着他走：一副知识分子嘴脸，叫人瞧着就讨厌。这狗杂种还嘴硬，你信吗？还嘴硬！"

"后来呢——押到了？"

"押到了：没转手就直接送他升入天国了。用的是刺刀。"

雾里的小洞合上了，只剩下空帽子、空靴子、空的军大衣。电车轧轧响着从这个世界疾驰而去。

蓦然间，从两只空袖筒里长出两只红通通的龙爪子来。空的军大衣蹲在地上——龙爪子捧着一个灰色的、冰凉的、由寒雾物化而成的小东西。

"我的妈呀！小麻雀冻僵了，啊？你瞧瞧这

事儿！”

龙把帽子朝脑后一推——雾里便出现了两只眼睛——从梦魇世界通到人间世界的两道小缝。

龙使出浑身气力朝红爪子上哈气，显然这是在对小麻雀说话，但这是在梦魇世界里说的，所以听不见。电车轧轧响着。

“这小畜牲多可怜啊：好像动弹了一下，是吗？还没动？还没动？它肯定会缓过来的，真的……你瞧这事儿！”

龙使出浑身气力朝红爪子上哈气，步枪撂在地上。然后就在命运之神指定的那一瞬间、空间的那一个点上，小麻雀蹬了一下腿，又蹬了一下，便从红色龙上噗地飞起，飞向那全然不明的去处。

龙咧开嘴，雾腾腾、喘吁吁的嘴巴一直咧到耳根。帽子慢慢落下来，遮住了通到人间世界的两道小缝，被两只招风耳朵托住。这位送人升入天国的向导从地上拾起步枪。

电车轧轧地磨着牙，从人的世界驶向全然不明的去处。[1]

我们首先需要指出的是被讲述内容结构上的双重世界：相互渗透的“人”的世界和“梦魇”的世界，这与我们作为例子的短篇小说的笑话和喻言源头的相互渗透非常相似。关于正在发生事情的荒诞性笑话，关于没有面孔、没有担当的革命制造者的笑话——他残忍地消灭一种“小畜生”（知识分子），又动情地关心另外一种“小畜生”（小麻雀）——转变为末世论的喻言，也即关于“龙人”毁灭性降临的非偶然性（“为了我们的恶”，就像古

---

1 译文参考叶夫根尼·伊万诺维奇·扎米亚京：《我们》，顾亚玲等译，北京：作家出版社，1997 年，第 240–242 页。

罗斯书籍中所表述的那样)。

“奔驰”着的世界里有“前所未有的冰太阳”，从多少个世纪的准则上移开“驶向全然不明的去处”的城市，这样的世界呈现的是没有先例的、相对的、偶然的世界图景。但是，故事中心的小事件——冻僵的小麻雀复活——发生在“命运之神指定的那一瞬间、空间的那一个点上”，这很明显地证实了另外一个命令式的世界图景。在第一个图景的框架内，太阳在世界秩序中失去了其通常的地位——它“像一只鸽子盘旋”，“上下左右”；在第二幅世界图景的框架内，“天国”完全保留了自己的等级位置。此外，这一上层的位点本身也具有双重意义：对于人来说它是死亡的区域，对于小鸟来说它是生命的区域(自由飞翔)。

微型小说的主要活动人物是“雾里的小洞……空帽子、空靴子、空的军大衣”。这完全可以等同于喻言中的“某个人”，同时与笑话中内在自由的(不确定的)人物也相同，这样的人物的冒险行为是不可预测的。杀死其中一个而拯救另外一个——这是“龙”的任性，但与此同时，这是主人公反省的道德选择的两种情境，并且这两个事件中的任何一个都无法实现比另外一个更为重要的意义，尽管它们能控制文本的叙事结构，而非文学外的思考。

这里被描写内容的语言也与世界图景一样具有双重意义：在其中一个维度里言语行为在发挥作用，而在另外一个维度里则是“一团团白雾”。描述的语言也具有双重意义。在文中两次出现的“天国”(类似于在讨论龙的“暂时存在”或者是“注定的命运”)是现成的、权威的、“强制的”(巴赫金)语言例子。但是，这句“这位送人升入天国的向导从地上拾起步枪”完全是偶然的，在语境之外是不具有意义的。这句话不是个人的直接引语，而是双声部的讲述，戏仿人物的讽刺话语，既如讽刺般可笑又如悲剧般严肃。该短篇小说的标题——龙——从意义层面上来说也非常随机：既能听出常见的作者睿智的隐喻发明，同时还有见证了所发生事情的非人性时的恐惧。

文章的结尾句凸显了短篇小说开放性结尾的特征，为读者移除了单义阅读的交际场景，鼓动了其接受的理性积极性。在一定程度上，扎米亚京的短篇小说可以被理解为由注定灭亡但暂时还在说话的“知识分子”的眼睛看到的对革命日常的玩笑般速写。但与此同时，它又可以被理解为对病态危机（“在燃烧，在发出梦呓”）进行清洗的希望表达，希望在灾难般即将来临的“未知”之中、在生与死之间形成道德上的正面选择。

自19世纪以来，民族性格的危机与政治危机（前者的后果），曾经震撼并且正在震撼着文明国家的文化，引起了已知的长篇小说体裁的危机。激进的变革要求长篇小说进行传记叙事。但是对于完全形成于契诃夫创作中的短篇小说来说，“悠长的20世纪”的危机性反而为它创造了良好的土壤。

第七章

抒情话语的施为性和抒情体裁的生成

为了将抒情诗歌体裁[1]作为已知的体系，而非历史上偶然的杂乱堆积来考察，按照科兹洛夫的观点，需要“理解这种文学类型在人的言语活动中占据着什么样的位置”[2]。换句话说，有必要对抒情文本进行所谓的话语分析，以阐明它们的交际策略，这些交际策略就存在于主体、客体和受话者的集成定位之中。

从历史诗学的角度来看，有一种观点是毋庸置疑的，即抒情话语形成于魔法话语的土壤之中，从咒语发展而来（与宗教祈祷话语相同）。早在狄德罗的时候，他就将抒情诗歌称为“有韵律的魔法”。诺瓦利斯[3]痴迷地钻研并且公开声称抒情诗具有魔法

---

1 抒情诗当然也可以是散文式的，下一章会对此进行阐述。

2 *Козлов В. И.* Архитектоника мира лирического произведения. С. 3. 弗拉基米尔·伊万诺维奇·科兹洛夫:《抒情作品世界的建筑树》，第 3 页。

3 诺瓦利斯（1772—1801），德国浪漫主义诗人，在当时的德国文坛被誉为“浪漫主义之王”，抒情诗代表作有《夜之赞歌》（或《夜颂》，1800）、《圣歌》（1799）等。诺瓦利斯还写过长篇小说《亨利希·冯·奥夫特丁根》，书中以蓝花作为浪漫主义的憧憬的象征，因此他也被称为“蓝花诗人”。

性质。根据曼德尔施塔姆的观点，诗人“将声音投向心灵的构造（读者的——作者注），以其固有的自鸣得意，在他人心理的穹顶下追寻着自己的变迁。他注意到良好的声音效果所产生的声响的增加，并将这一估算称为魔法”[1]。现在，“诗歌与魔法的传统联系”[2]，以及抒情诗歌与“语言的魔法功能”[3]之间的联系等在文学研究中已被广泛关注。

首先，抒情话语具有的魔法属性的过往史保证了它相对于其他文学书写而言具有无法消除的自治性；其次，它非常明显地追求专业容量和集成性（按照帕斯捷尔纳克的公式来说就是“一个词中凝结了许多词”）；最后，它同时还具有抒情诗歌最突出的诗歌性。重复的根本性作用，被提高的韵律规整性，修饰语、转喻、拟人、文本的异位构词和诗节组织的密集性等，所有这些都是原始意象深层的语言编辑合成实践（如符咒、咒语），是“具有可怕力量的巫师的语言”[4]等的遗迹。从这里产生了“口头的魔法”，按照弗里德里希的观点，就是“服务于迷惑的效果，将世界打破，使其粉碎。黑暗、不和谐音成为抒情暗示的前提”[5]。

---

1 *Мандельштам О. М.* Слово и культура. С. 48–49. 奥西普 · 埃米利耶维奇 · 曼德尔施塔姆:《语言与文化》，第 48–49 页。译文参考曼德尔施塔姆:《时代的喧嚣》，刘文飞译，兰州：敦煌文艺出版社，2013 年，第 98 页。

2 *Фридрих Г.* Структура современной лирики. М., 2010. С. 33. 胡戈 · 弗里德里希:《现代抒情诗的结构》，莫斯科，2010 年，第 33 页。译文参考胡戈 · 弗里德里希:《现代诗歌的结构：19 世纪中期至 20 世纪中期的抒情诗》，李双志译，南京：译林出版社，2010 年，第 37 页。

3 См.: *Гаспаров М. Л.* Введение // Лирика: генезис и эволюция. М., 2007. 参见米哈伊尔 · 列昂诺维奇 · 加斯帕罗夫:《引言》，见《抒情诗：生成与演变》，莫斯科，2007 年。

4 *Афанасьев А. Н.* Поэтические воззрения славян на природу: в 3 т. Т. 1. М., 1994. С. 44. 亚历山大 · 尼古拉耶维奇 · 阿法纳西耶夫:《斯拉夫人的自然诗学观》（共 3 卷），第 1 卷，1994 年，第 44 页。

5 同 2，第 34 页。译文参考《现代诗歌的结构：19 世纪中期至 20 世纪中期的抒情诗》，第 39 页。

因娜·杰拉尔多夫娜·马秋申娜坚持将古代北欧吟唱诗人的诗歌归为魔法咒语。在考察其生成过程时，她提出，从扎根于咒语魔法的形式崇拜萌芽开始，直到在人类歌唱形式中超越这种崇拜，进化成抒情诗，吟唱诗人在人类歌唱中的“魔法的‘效果’让位于抒情诗歌的审美效能”。[1] 我想指出非常重要的一点，即诗歌形式的典范化有着极大的神幻思维与魔法活动[2] 的先例性。马秋申娜得出结论，“古代北欧吟唱诗人的诗歌从类型上来说接近文学的发展阶段，在古希腊罗马文化的前文学形成阶段和宗教出现之前的魔法形式统一的阶段，还同时存在着哭泣、秽语、情色等作品形式，它们是哀歌、讽刺作品和爱情抒情诗的源头。”[3]

费赖登贝格一直关注文学书写生成的这一阶段，在阐释古希腊抒情诗时她指出，它“非常接近神谕”，作为“前文学体裁”，其言语主体在某种程度上仍旧是魔法师、祭司和萨满：“原始思维时的诗人接近……巫师和预言家……这种早期的抒情‘自我’的特殊之处在于抒情诗人从根本上来说是‘阿波罗的化身’，他与自己所描绘的神话诗学现实是不可分割的”。[4]

---

1 *Матюшина И. Г.* Становление лирики в средневековой Европе // Лирика: генезис и эволюция. С. 88, 86. 因娜·杰拉尔多夫娜·马秋申娜:《中世纪欧洲抒情诗的形成》，见《抒情诗：生成与演变》，第 88，86 页。

2 试比较:“神话是对某个事件形成的历史性判断，该事件的存在一劳永逸地证明了某种对魔法行为的支持。有时，神话只不过是一种魔法圣礼的固定方式，起源于在一些重大事件中展示这种圣礼的第一个人”（*Малиновский Б.* Магия, наука и религия // Магический кристалл. М., 1992. С. 94. 布罗尼斯拉夫·马利诺夫斯基:《魔法、科学与宗教》，见《魔法结晶》，莫斯科，1992 年，第 94 页）。

3 同 1，第 87 页。

4 *Фрейденберг О. М.* Происхождение греческой лирики // Лирика: генезис и эволюция. С. 398–400. 奥莉加·米哈伊洛芙娜·费赖登贝格:《希腊抒情诗的起源》，见《抒情诗：生成与演变》，第 398–400 页。

在文化原始模型的深处，就像伊利亚·特奥多罗维奇·卡萨文说的那样，魔法“表达了人积极创造的能力”。对于现代人来说，魔法是“边界经验的模型”，从这一点来说，魔法“被任何一个创作主体所经历和接受，这一主体对自己的本体性进行构思，为了从日常现实中获得经验以及随后的改变与丰富”。比如，“语言创作不再是萨满崇拜的天赋特权，而是变成了文学，保留了自己基础的魔法组成部分。”[1]

魔法言语是纯粹的施为行为。因此，施为性理论可以帮助我们加深对抒情体裁和抒情话语的整体理解。

按照奥斯汀的观点，那些“不可能是真实的或虚假的”讲述具有施为性，“如果有人说出类似的讲述……那他不仅仅是在说话，还是在做某些事情”。[2] 这种交际行为——与叙事呈现相反——是言语的**自动呈现**，因为施为话语的主体不是事件行为的见证者，也不是关于行为的讲述者，而是行动者。

对于文学研究来说，语言学感兴趣的寓言中存在特殊的施为动词现象并不是最为重要的，最具意义的是特别的言语体裁在文化中的功能化。施为体裁，是**用语言表达**的直接**行为**的体裁，实现了改变（重新“转型”）交流的交际情境本身。属于此类的有誓言和诅咒、命令和请求、抱怨、祝福、欢迎、允许、许诺、感谢、遗嘱等。

施为是说话最为古老的形式，由具有创造性和实现性的言语

---

1 *Касавин И. Т.* Миграция. Креативностъ. Текст. Проблемы неклассической теории познания. СПб., 1998. С. 139, 159, 161. 伊利亚·特奥多罗维奇·卡萨文:《迁移·创造力·文本：非经典认识理论问题》，圣彼得堡，1998 年，第 139，159，161 页。

2 *Остин Дж.* Перформативные высказывания // Остин Дж. Три способа пролить чернила. СПб., 2006. С. 264. 约翰·奥斯汀:《语言行为陈述》，见《挥洒墨水的三种方法》，圣彼得堡，2006 年，第 264 页。

魔法力量促成。“文化的施为内核”[1]建立在关于魔法话语的**本体论**可能性的原始思维认识之上，这种魔法话语赋予物体、生物和关系以社会存在的特性。由此根源生长出咒语（对客体的）、誓言（对自我施为的咒语）、诅咒 / 祝福（对他者的施为）与祈祷（主体间的咒语，在“我”与“超我”之间建立联系）等。这种话语实践进化的“分岔处”需要言语体裁生成图景，其中，也包括抒情体裁。

比起叙事性，关于讲述的施为性研究还远远不足，因此，在思考施为性时，我们会定位于叙事学的范畴，它所取得的成就可以让我们在其中找到研究言语事件施为性问题的出发点。首先需要指出的是叙事的基础认知结构与施为的基础认知结构的根本区别。如果讲述的是具有人的**经验**（回忆、见证）的结构，那么作为施为的讲述，就具有更加古老的原始模型的**启示**结构（恍然大悟、推测和臆测）。“抒情诗的内核……恍然大悟，在这里人们获得自己的形式和诗歌意识，还有世界。在这恍然大悟中抒情的‘我’发现了自我。”[2]

与叙事相反，施为代表着存在于世上的事件经验，是作为言

1 试比较：“法律关系是语言行为陈述的延续，被赋予了权利和义务……文化的施为核心伴随着改编——语言运用的艺术……即场景动作”（*Проскурин С. Г.* К вопросу о тематической сети языка и культуры. Древние перформативы, космос и римское право // Критика и семиотика. Вып. 15. Новосибирск-Москва, 2011. С. 27. 谢尔盖·格奥尔吉耶维奇·普罗斯库林：《关于语言和文化主题系统的问题：古代施为句、宇宙与罗马法律》，见《批评与符号学》，第 15 分册，新西伯利亚–莫斯科，2011 年，第 27 页）。对印欧法律词汇的词源分析表明，具有施为性质的最古老的“场景动作”是液体祭祀，也就是神奇的祭酒（См.: *Бенвенист Э.* Словарь индоевропейских социальных терминов. М., 1995. С. 360. 参见埃米尔·本维尼斯特：《印欧社会术语词典》，莫斯科，1995 年，第 360 页）。

2 *Козлов В. И.* Архитектоника мира лирического произведения. С. 187. 弗拉基米尔·伊万诺维奇·科兹洛夫：《抒情作品世界的建筑树》，第 187 页。

语行为主体的自动呈现。这其中包括抒情的施为，它始终是个体的**自我实现**（这是魔法文化所不具备的），但它并不是自主交际。

主体“阐明内在状态的”[1]自主交际是一种心智事件，其过程是将意识内容从“内在言语”（维果茨基、任金和沃洛希诺夫）的隐含语言翻译成主体间交流的显性（共同交际）语言。任何一种思想的形成，其思维过程本身都是这样一种翻译，这种翻译实现了“理解的反射资源”[2]。例如，日记记录具有自主交际性，它可以获得抒情话语的地位（普里什文的尝试），但是为了获得这种地位，它在创造“纯粹自我经历的……错觉”（1，230）的同时，应该转向他人的接受可能性。不同于跟随世界一起进入见证角色的叙事者，抒情的“施为行动者”带着对话片段与世界打交道，这自古以来就是神话仪式中的咒语所发挥的作用。

也正是因为这样，抒情言语获得了特殊的“元自主交际”地位，因为思想产生的心智事件与该思想对于外在受话者的解说的交际事件不符。在这种情况下，讲述的所指与交际方面的距离不是时空的（不是叙事的），而是**艺术结构的**距离——在内在和外在的存在方面的距离。

总结一下上述内容，我们可以确定的是，**抒情诗歌的施为性**吸收了“主体性”和“对话性”，将其作为“抒情类文学的基础范畴”[3]的特性。

我们在研究叙事经验时，当然不应机械地将已经稳定下来的

---

1 *Лотман Ю. М.* О двух моделях коммуникации в системе культуры // Труды по знаковым системам, VI. Тарту, 1973. С. 228. 尤里·米哈伊洛维奇·洛特曼：《论文化系统中的两种交流模式》，见《标志系统的作品之六》，塔尔图，1973 年，第 228 页。

2 См.: *Автономова Н. С.* Познание и перевод. Опыты философии языка. М., 2008. 参见纳塔利娅·谢尔盖耶夫娜·阿夫托诺莫娃：《认识与翻译：哲学语言实验》，莫斯科，2008 年。

3 См.: *Миннуллин О. Р.* Энтелехия лирики. Донецк, 2012. 参见奥列格·拉米利耶维奇·明努林：《抒情诗的隐德来希》，顿涅茨克，2012 年。

叙事理解直接转用在从话语分析的角度来看尚未得到足够研究的文学书写领域。叙事性在抒情诗歌中也存在，但是次要的现象，而且也不是与生俱来的现象。至于“纯粹的”（非叙事性的）抒情诗歌，已经被成功地运用到史诗分析中的习以为常的叙事范畴，我们需要从根本上重新思考，以便能够将其运用于艺术实践的施为领域。于是，从根本上来说，不能将抒情主人公的概念与史诗体裁中的主人公或讲述者的概念等同起来，而抒情情节更不是将故事在叙事的情节链条中展开。

用巴赫金的话来说，抒情诗歌中的艺术整体，“除去空间表达和人物全面阐述的所有要素，在整个外在世界里既不局部化也不限制人物……既不规定也不限定完整而明晰的情节主人公自己的生活活动；最后，抒情诗歌并不追求具有完整性格的主人公”（1，230）。

其中，时空体的概念在抒情诗歌中往往会被错误地移用到空间–时间参数的轮廓上。艺术整体性在此方面的问题曾被巴赫金在叙事讲述材料的基础上揭示出来。在这里，讲述的组织——按照保罗·利科的观点——使意图变得情节化[1]。叙事情节将地点、时间和行动（人物整体的行为）集成为一个统一体。情节作为经验的单位从根本上来说具有时空体性质。这样一来，作为非叙事的抒情启示（结构上有秩序但不了解作为整体结构单位的情节）常常被剥夺了时间或空间的定位。与此同时，生硬地将其归为虚假的“时空体”的其他参数之一，可能会引起研究的臆断行为。

如果事件性和视角[2]是叙事话语的基础特征，那么，通过不

---

1 См.: *Рикёр П.* Время и рассказ. Т. 1. С. 186 и др. 参见保罗·利科:《时间与叙事》，第1卷，第186页等。

2 См.: *Шмид В.* Нарратология; см. также: Событие и событийность / под ред. В. Марковича и В. Шмида. СПб., 2010. 参见沃尔夫·施密德:《叙事学》；另见弗拉基米尔·马尔科维奇，沃尔夫·施密德:《事件与事件性》，圣彼得堡，2010年。

断地对照，我们可以发现施为书写的构成属性。

其中，与叙事者视角相符的是施为讲述的交际指向矢量。施为性矢量可以是**呼吁性的**（直接指向受话者的转换言语行为）、**声明性的**（指向由讲述所形成的交际客体）或**冥思性的**（指向说话者的主体）。在第二种情况下，从与言语主体的关系来说是外在的存在（“非我”）向被询问者和提问者、被唤醒者和唤醒别人者讲述；而在第三种情况下，这样的受话者是“我内心的另外一个人”（在“我”潜在的另外一种定位面前的自我确定）。

从严格意义上来说，艺术抒情诗不存在纯粹的呼吁式（直接与读者对话）。诗歌形式的评论“宣传品”才是如此。同时，我们也必须区分用诗歌形式写成的个人书信和带有书信形式的文学文本。在这种情况下，直接的指向性是抒情体裁的书信（书写）的假定性。

与宗教话语、书信话语和宣传话语有所不同，在拥有直接引语呼语形式的抒情诗歌中，需要将受话者（在某种程度上假定的对象）形象与接受者（读者）形象分开。后者是真实交际（艺术）事件的参与者，在他面前发生的是尝试直接交流的假定交际事件。未来主义者越轨行为的抒情诗歌是给自己的受话者以“社会趣味的一记耳光”（马雅可夫斯基的《给您》《拿着》“我呼喊一块砖头”[1]以及诸如此类的作品或文字），但它拥有支持其越轨性的接受者。

“第二人称”形式的抒情诗歌带有在“我”和“你”两极之间的价值张力，可以被视为一些体裁形成的变形形式，我们将在下文中对此进行分析。这样一来，书信作为假定的体裁形式（与十四行诗的典范形式不同而具有自由性），其下隐藏着不同体裁传统的恒定结构。经尼古拉·奥斯托洛波夫证实，在书信中，“所有种类都混合在一起，因此书信所使用的语调是与其内容相符合

1 组诗《我！》中第四首里的句子。

的语调；而其内容可以是作家所想象的一切，或简言之，其内容是一个人可以写给另一个人的任何内容”[1]。其中，书信可以是教导的（既包含颂扬又包含抨击色彩）、闲情逸致的、伤感的等（详见下文）。

抒情话语的声明性和冥思性矢量就这样组成了体裁的变形（类型），但不是基础的（恒定的）体裁划分。与此同时，冥思性矢量从历史形成角度来说要更晚一些。抒情体裁发展的共同趋势在于冥思抒情风格的发展，并且它最终占据了主导地位。这种抒情风格用黑格尔的话来说是与“主观性”相符合的。

在研究叙事实践时，我们首先碰到的问题是讲述所指剧情的**事件性**范畴，它同交际的“讲述事件本身”（ВЛЭ，403）有着根本的区别。在转向施为话语时，研究者需要将作为直接言语行为交际事件的**暗示性**与组成叙事的这一基础特点进行范畴比较。

我们不能将暗示性归于情绪化的“感染”或者催眠暗示。拉丁语 suggestio 意思是“提示”，suggerens 则翻译成“提示性的”（问题）。抒情诗与音乐类似，用托马斯·特宁的话来说，是“不可模仿，但可以暗示（*suggestive*）的，如果可以这样表述的话”[2]。根据亚历山大·叶夫根尼耶维奇·马霍夫的观点，“这样一来，在这些音乐理论话语中，艺术作品的新长篇小说模型诞生了，作为对‘不可描述’的自由探索，创作者和接受者共同参与其中。”[3]

---

1 Словарь древней и новой поэзии, составленный Николаем Остолоповым. СПб., 1821. Ч. 1. С. 400. 尼古拉·奥斯托洛波夫：《古诗与新诗词典》，第 1 部分，圣彼得堡，1821 年，第 400 页。

2 Цит. по: *Махов А. Е.* Формирование теории лирики как литературного рода (к вопросу о роли музыкальных аналогий в истории поэтики) // Литературоведческий журнал, 2008, № 23. С. 92. 转引自亚历山大·叶夫根尼耶维奇·马霍夫：《抒情诗理论作为文学类的形成：关于音乐类比在诗学历史中的作用问题》，载《文学期刊》，2008 年，第 23 期，第 92 页。

3 同上，第 93 页。

施为暗示能够吸引受话者参与到现实的交际事件中来，叙事则不仅使受话者与讲述事件保持一定距离，并且也将受话者与讲述者的形象拉开一定距离。仅仅作为“讲述事件”的参与者，听众无法将自己与讲述者结合在一起，而与抒情主人公的结合是可以的，甚至是被呼唤去这样做的：“我在别人感情激动的声音中寻找自己，将自己变成别人的歌唱声音，在其中寻找靠近自己内心不安的可靠方法。”（1，231）

对抒情诗歌的对等接受（文学的而非回忆录–传记的）不是在划清界限，而是在连接接受者和施为者的立场，这是内心回应式的谈论，是在**完成**（其意思之一是**表演**[1]）推荐的文本：

那么，我要说，请原谅我……
请悄悄地、悄悄地给我念它……[2]（曼德尔施塔姆）

当然，抒情语言与史诗语言不同，它是自主交际的语言，与日记语言相似。句法和语义上的特殊性使它在一定程度上与维果茨基和任金研究的非话语的内在结构[3]接近。但与日记话语不同，抒情话语指向别人，指向他们的内在言语，这与舞者进入跳舞状态类似，舞者会用自己的肢体运动召唤周围的人参与到他的热情奋发中来。在这里，自主交际语言已经是作为异质（暗示）语言来发挥作用了。

如果叙事原初的条件是讲述所指的“能够赋予事件以规模性

1 原文为 performance。——译者注
2 曼杰什坦姆：《曼杰什坦姆诗全集》，汪剑钊译，北京：东方出版社，2008 年，第 243 页。（此处译名从所引中译本，后同，本书采用“曼德尔施塔姆”的译法。）
3 См.: *Выготский Л. С.* Мышление и речь. Т. 2. С. 295–360; *Жинкин Н. И.* Язык—речь—творчество. С. 104–167. 参见列夫·谢苗诺维奇·维果茨基：《思维与言语全集》，第 2 卷，第 295–360 页；尼古拉·伊万诺维奇·任金：《语言–言语–创作》，第 104–167 页。

的世界图景”[1]的存在，那么施为的类似假定性便是说话者所指的**价值体系**。抒情语言继承了仪式魔法语言的本体功能，并且作为“世界构成”（吉尔什曼）的成分出现，而非作为叙事语言对世界的见证。抒情施为行为像命令式一般给作为交际事件的抒情共情参与者以共同的价值视界。在史诗话语中，主人公的视界任何时候都不与周围——叙事的世界图景——相符。抒情的“我”的视界（将主体与受话者连接成暗示的“我们”）由讲述自己形成，并且不会因为外在的修正而改变，因为它与这个对讲述来说非常具有现实意义的世界价值**结构**相符，这个世界“与神话诗学现实是不可分割的”（费赖登贝格）。正如雅各布森所说的那样，抒情关注力的任何客体“不过就是一个附属物、附件，对于第一人称现在时来说是处于次要地位的方案”[2]。

与叙事不同，在抒情施为中，我们不是在划分说话者和被吸引者，而是同心智整体事件打交道。在这里，对于抒情主体来说，**自我现实化**行为很重要，而从接受者的角度来说，重要的是与抒情主体一起进行的**自我身份认同**行为，接受者在其中认出自己，与抒情话语的倡导者一起加入团结一致的合唱中，就像是跟着某位领唱者一样。韦谢洛夫斯基经过仔细研究后发现，自古以来，抒情诗歌合唱属性的确立具有毋庸置疑的历史必然性。在抒情诗歌中，“作者的权威就是**合唱的**权威。对抒情的迷恋主要是**对合唱的迷恋**”；“只有相信合唱支持的可能性，抒情才是鲜活的”，没有这种信任“抒情便开始解体”。（1，231，粗体字为巴赫金所标）

对抒情文本的艺术接受使我们瞬间沉浸在文化的神话根源

1 *Лотман Ю. М.* Структура художественного текста. С. 283. 尤里・米哈伊洛维奇・洛特曼:《艺术文本的结构》，第 283 页。

2 *Якобсон Р.* Работы по поэтике. М., 1987. С. 327. 罗曼・雅各布森:《诗学作品》，莫斯科，1987 年，第 327 页。

的历史深处，在那里，“我们不知道还有什么事物比合唱更古老，合唱具有融为一体的公共多元性，而此时还没有分化出独唱的源头”[1]。在抒情诗歌中，“我”是“我们”的提喻（借代）。关于抒情性的“感觉到自己本身”，按抒情散文作家普里什文的说法，“对所有人来说都有意义，因为正是由我们本人组成了‘所有人’”[2]。抒情诗歌与魔法划分的边界在于替换施为语言的念咒主体地位：从非社会性的萨满“我”转向社会性的独唱者“我”，将许多人的一致性通过个体表达出来，这种表达可以被合唱所证实，而魔法的神秘之处是无法被证实的。

在起源方面，任何人类的交流，就像谢尔盖·格奥尔吉耶维奇·普罗斯库林所写的那样，“与施为核实的对话形式有关。施为只有通过仪式上句子的重复才可以被核实”，这种重复是“相互关系的公式”，“源头上是与宗教预见呼语的协议”。[3] 在抒情诗歌中，重复占据着独一无二的地位，它源自施为实践的源头，并且是抒情施为行为见证的特殊资源，它已经不再是幼稚的–现实主义的（魔法的），而是“想象中的完结”[4]。在现代抒情诗歌中（以自由诗和抒情散文的形式）魔法的口头性残迹渐渐消亡，但是这并没有消除它的根本属性：抒情话语是**具有合唱意义的施为**，也就是具有巨大暗示潜力的施为。

语言活动的修辞特质以独特的方式平行于情节意图的叙事概

1 *Фрейденберг О. М.* Поэтика сюжета и жанра. С.149. 奥莉加·米哈伊洛芙娜·费赖登贝格：《情节与体裁的诗学》，第 149 页。

2 Дневники Пришвина. Публикация Л. Рязановой // Вопросы литературы, 1996, № 5. С. 96.《普里什文日记：列昂尼德·梁赞诺夫出版》，莉莉娅·梁赞诺娃整理，载《文学问题》，1996 年，第 5 期，第 96 页。

3 *Проскурин С. Г.* К вопросу о тематической сети языка и культуры. С. 28–29. 谢尔盖·格奥尔吉耶维奇·普罗斯库林：《关于语言和文化主题系统的问题》，第 28–29 页。

4 *Фридрих Г.* Структура современной лирики. С. 29. 胡戈·弗里德里希：《现代抒情诗的结构》，第 29 页。

念，它是为了思考叙事的接受方而引入的概念。这一概念与印度诗歌的“民族性”相似——“μ 小组”[1] 的学者们成功地对之进行了界定。它是“接受者情绪激昂的状态，这种状态的产生是由于作用于接受者的”[2] 文本。作为将交际参加者连接起来的某种形式上的伦理命令，它在文学书写方面具有悄悄地传播到受话者那里的情绪反应（用巴赫金的话来说是“对经历的经历”）的审美特性。

对抒情体裁类型划分的恒定处理方法要求揭示最低数量的“结构因素”（蒂尼亚诺夫），这些结构因素是抒情话语变体在其存在的全部时期里的根本属性——从原抒情、艺术前、言语体裁的萌芽直到现代。换句话说，研究者需要用历史诗学和遗传学观点对文学书写形式进行研究，这些要素的背后，根据弗谢沃洛德·阿列克谢耶维奇·格列赫尼奥夫的公式，“是体裁的世界观，而非单独的诗歌个性”[3]。

没有被消除的抒情诗歌特征，也就是蒂尼亚诺夫所说的结构特征，可以帮助研究者划分清楚抒情诗歌的恒量，而要做到这一点，需要承认抒情话语的以下施为策略维度：

价值结构，作为看待世界的抒情启示时空轮廓的**价值结构**；

自我现实化方法，也就是说抒情主体作为“追求……内在指向性的‘我’”（1，230）的立场类型；

暗示的精神气质，即在抒情中呈现自己是接受者的统一合唱的审美情态。

---

1 即列日学派，由比利时列日大学的教授组成，包括雅克·杜布瓦、弗朗西斯·埃德林、让–马里·克林肯伯格、菲利普·门吉、弗朗索瓦·皮雷和阿德兰·特里农等。

2 *Дюбуа Ж. и др*. Общая риторика. М., 1986. С. 264. 雅克·杜布瓦等:《普通演说术》，莫斯科，1986 年，第 264 页。

3 *Грехнев В. А.* Мир пушкинской лирики. Н. Новгород, 1994. С. 49. 弗谢沃洛德·阿列克谢耶维奇·格列赫尼奥夫:《普希金抒情诗的世界》，下诺夫哥罗德，1994 年，第 49 页。

上文中所列举的几点，就像三角形的每一条边，是同一个事物不可分割且不会融合的方面：抒情话语的一种或者另外一种体裁策略。这种（施为）策略的基础由一种或者另外一种（恒定不变的）类型的接受价值体系构成，这一类型历史地形成于最为重要的（构成体系的）抒情体裁的生成过程中。

赞美与谩骂属于对人类言语文化来说具有合唱意义的基本施为。与巴赫金的观点相符，赞美与谩骂“构成了最为古老且主要的人类语言形象（严肃的和讽刺的神话故事）储备、语调和手势储备（个人化的、富有表情的语调和手势的副振动）不会消亡的真正原因，决定了描绘与表达的主要方式”（5，84）。

或许，被禁止的施为（禁忌）和被激励的施为（命令）更加古老，不过它们的暗示–合唱潜力不足以供给抒情诗歌。命令和禁止的受话者无法把自己与该话语的主体视为同一。相反，在自主交际的禁止或者命令中，个体本身不得不分为两个不能等同的级别。破坏禁忌或者命令的情况出现在叙事的基础中而非施为的基础中。此外，人们推测，禁忌作为价值系统其源头是谩骂，而价值的激励系统则孕育了赞美。

除了赞美和谩骂之外，在原始人的生活中同样重要的，毋庸置疑，是**威胁**、使人焦虑和吓阻等施为，还有与之相反的使人宁**静**、和解等施为。在我看来，它们在抒情体裁的生成中发挥着非常重要的作用。最后，值得持续关注的施为是**抱怨**（哭诉、哀悼）和**愿望**（爱情呼唤、祈祷、非规定的意愿表达）。

我们所给出的原生文学施为的范围是抒情诗歌“体裁萌芽”（巴赫金）的范围。从赞美的古老言语体裁能够非常明显地看出传统之线指向颂诗，谩骂指向抒情贬词，哀悼仪式发展为哀歌，使人宁静与恐惧的施为发展为田园诗和谣曲。在我看来，揭示出抒情诗歌典范体裁所继承的恒定施为策略，可以解释这些体裁在典范诗学被破坏的长篇小说时期接下来的命运。

颂诗 贬词

赞美与谩骂的价值观接受体系有着**垂直的**轮廓，在它的基础上可以看出世界之树最古老的原始意象，这是三层的世界结构。魔法誓言用其赞美的言语将被赞美者从普通人的“中间世界”（地球）提升到高等生物的“上层世界”（天国）。相反，魔法誓言用其谩骂的言语贬低受话者，将他贬至“下层世界”（地狱）的阴间范围内。在这两种情况下，说话者的言语行为是**狂热的**，因为萨满–巫师离开“中间世界”边界的能力说明了语言的魔法行为。

古希腊人的抑扬格谩骂诗歌“直接产生于民间节日的讥笑和下流话……对话性质的交流，粗野的谩骂，嘲笑，不合乎礼节，诅咒死去，老去与腐朽的形象”等，这是阿尔基罗库斯的抑扬格与古希腊赞美抒情诗模板的不同之处，赞美抒情诗“具有假定性，还带有偏离现实的风格”（5，19）。为了将原生抒情的“下流话”变成抒情的**“贬词”**（讽刺、寓言、嘲讽短诗），需要进行交际向量的更替——从呼吁式讲述（揭露受话者）到声明式讲述（揭露抒情客体）。如果直接的下流话要求诅咒的仪式般现实，那么抒情诗人同时也是揭露者，他狂热地贬低第三人称，为自己的接受者提供与之认同的暗示，在价值上不接受抒情客体被漫画式放大的特性。

相反，在魔法赞美中成长起来的赞美颂歌（更为古老且直接的赞扬吹嘘的合唱形式）要晚于 cpinicius [1]，它使得接受者沉浸在被歌颂客体具有的正面价值的狂热体验之中。欧洲诗歌的这一颂扬传统的主要体裁途径是**颂诗**。在这一从仪式性到艺术性的转变过程中，言语行为的受话者变成了狂热关系的客体，而以前的

1 古希腊语为 ἐπινίκιον，指颂扬在全希腊体育赛事中获胜者的合唱形式，在其荣归故里时为他歌唱。——译者注

合唱者则变成了抒情赞扬的公开接受者。关于从受话者地位向狂热客体地位的状态转变，有不少情况都通过标题反映出来，例如,《颂诗——关于作者感恩女王 1750 年 8 月 27 日在萨尔斯克村庄给予他最高赦免》(罗蒙诺索夫)。需要指出的是，对领袖的赞扬在最初的时候是一种感谢行为 (在南斯拉夫语言中“赞扬”这个单词直到现在仍然意味着“感谢”)。

与此同时，甚至是相对较晚才出现的古典主义颂诗在自己的体裁记忆中也保留了狂热“爆发”的结构，英勇地冲到了“上层世界”。布瓦洛是这样讲述这一点的：

颂诗追求向上，远处的高山峭壁，
在那儿，充满了敢作敢为和英勇，
它平等地与诸神们说话。

罗蒙诺索夫著名的颂诗《攻克霍亭颂》是这样开篇的：

迷恋神志的狂欢，
奔向崇峻的高山。[1]

随后则到达了跨越世界等级范围的边界：

上天的大门打开了，
在黑压压的军人上方突然扩大，
闪耀着突然燃烧的面孔，
用血清洗的宝剑

1 葛新生:《罗蒙诺索夫》，北京：中国少年儿童出版社，2003 年，第 102 页。一译“突然的狂欢会使人心醉，会把人推向高高的峰巅”，参见马·西佐夫:《罗蒙诺索夫》，徐桂芬等译，北京：新华出版社，1984 年，第 209 页。

追逐着敌人，英雄出现了。

在作为严整讲述的颂诗语境中，这完全不是关于事件的通告，也不是叙事，而是一种本身的质朴在语言中的纯粹显现——颂诗施为的建构结构，**垂直式启发**的建构结构（“大门打开了”“英雄出现了”）。

颂诗放大形象性的体裁论据在于诗人的狂热动机，这一形象源自祭司——神圣颂歌的保护者。格里戈里·亚历山德罗维奇·古科夫斯基在自己那个时代曾简要介绍过诗人恒定不变的颂诗动机，“诗人的亢奋状态：他被推崇至天空，用思想穿透了天空，现在和过去都在他面前展开，他的精神飞跃至帕尔纳索斯山，等等，在一篇作品中会出现多次”[1]。

按照亚历山大·彼得罗维奇·苏马罗科夫的话来说，颂诗作者的体裁形象要求“骄傲的精神，智慧飞舞……从一种思想飞奔向另外一种思想”。同人民说话的歌唱者的狂热形象“拥有重要的思想，伟大的精神”，用“宇宙的军号”穿透鼓膜，激发了在颂诗中被接受的言语的“无序抒情”，表达并唤醒了读者-听众[2]传统的颂诗“亢奋”。颂诗雄辩的、亢奋的施为效果——从古希腊罗马的颂诗到苏联文学——围绕着“强大、雄伟、非人间性质的人间权力”[3]而产生在暗示的接受者团体之中。被颂扬的领袖也拥有“上层世界”居民（天民）的价值地位，这对原始人来说具有相似的重要性。

---

1 *Гуковский Г. А.* Ранние работы по истории русской поэзии XVIII века. М., 2001. С. 47. 格里戈里·亚历山德罗维奇·古科夫斯基:《18世纪俄罗斯诗歌史的早期作品》，莫斯科，2001年，第47页。

2 试比较：颂诗“与其说活在书里，不如说活在正式庆典的仪式里”（*Гуковский Г. А.* Очерки по истории русской литературы XVIII века. М.-Л., 1936. С. 13. 格里戈里·亚历山德罗维奇·古科夫斯基:《18世纪俄罗斯文学史论文集》，莫斯科-列宁格勒，1936年，第13页）。

3 同上，第14页。

被呈现的颂诗“遗传学”形成了体裁的恒定建构结构。按照撰写最新教材中抒情体裁章节的金娜·马哈茂多夫娜·穆罕默多娃的界定，颂诗“将个别事件与神话、史诗的过去、包罗万象的时空体以及永恒相对比”[1]，也就是说其特征是时间之上的建构。还需要补充的是，像我们已经提到的那样，体裁思维具有垂直的方向性。在说起颂诗时，我们可以说它是**永恒的高处**（上升、建功、高峰）的垂直-时间之上的建构，其后隐藏着被克服的价值负面因素，以及贬词所具有的**混乱底层结构**（堕落、失误、泥潭）。颂诗诗学的典范标记指向非经验主义的“上层世界”的超现实（形式）。

不管是在颂诗中，还是在贬词中，抒情主体的自我现实化都是在高处和底层的相对性这一价值轴线上完成的，并且具有**监管性质**，而且常出现在施为命名中：“每一个物品，”巴赫金写道，“拥有两个名称——崇高的和低微的”；可以说，赞美和谩骂“是关于同一个世界的两种语言”。（5，63）颂诗或者讽刺诗中的“我”是充当角色的被规定的“我”，具有现成的、预先给定的价值立场。要知道，为了赞美或谩骂的效果必须要有“完成的并且被限定的思维系统”；赞美或谩骂的言语“追求单义性……在这里实现着直线的评价……在这里只有一种声音在发声……它生活在现成的、稳定的被划分过和评价过的世界里”。（ЛКС，513）颂诗和贬词——与传奇叙事诗不同——不会使用疑问语气（哪怕在文中会碰到“修辞问题”）；赞美和谩骂对任何事情都不会提出问题——它们确切地认定某种正面价值，推翻负面价值。

颂诗组成体裁的狂热情态即**歌颂英雄业绩**。英雄的气质——这是**合法性**的气质——将个人的“我”与某种超个人的规定结合

1　Теория литературных жанров / под ред. Н. Д. Тамарченко. М., 2011. С. 168. 纳坦·达维多维奇·塔马尔琴科：《文学体裁理论》，莫斯科，2011年，第168页。

在一起的立场，具有“传染性”的暗示能量，表现了被震撼的接受者对建功立业的渴望。接受者形象（赞美的客体）所扮演的就是这种结合的聚合模型，它能引起**亢奋**的暗示。当然，并不是随意的“亢奋”，而是在“中间世界”日常中出现的并且发出欣喜、感叹，高举至世界秩序巅峰的亢奋。

贬词的**讽刺**气质源自同样的接受价值体系。需要说明的是，在这种情况下，它是从相反的方面在抒情“愤怒”（反欣喜）中呈现出来的。**愤怒**的暗示激发了日常现象的不体面性和损失性，以及相对于最新规定来说不合法的现象。

在颂诗中，抒情客体（人物）的英雄化常常通过故事的叙事方法（类似寓言中的讽刺化是喻言叙事方法一样）来实现。但是，叙事性并非这些体裁恒定不变的特征。赞美叙事化的传统早在颂歌阶段就已经形成，颂歌[1]“根据自身的宗教内容和崇拜演唱的逻辑，在古希腊人那里以及大多数其他文化中也具有三部分的结构：命名，讲述，祈祷……在命名中包含了对神的称呼，列举神的伟大迹象；在讲述中则呈现作为伟大例证的神话；在祈祷中则呼吁神对祈祷者施恩”[2]。在这里，叙事被两种施为框限起来，被界定为“文本中的文本”，这种文本并没有消解（就像在寓言中一样）艺术整体的文学性质。

广泛使用的根据主题特征（“庆典”“精神”）或权威发起人的名字（“品达”“贺拉斯”“阿那克里翁”）来划分不同颂诗形式的方法，遵循的是经验主义总结的集群原则，所以有时会远离英雄赞美的恒量。阿那克里翁颂诗的生成就是这样，它呈现的是体裁传统上完全不同的另外一条线，这将是我们后面要讲的内容。

---

1 本书中颂歌对应的术语为 гимн。——译者注

2 *Гаспаров М. Л.* Строение эпиникия // Поэтика древнегреческой литературы. М., 1981. С. 291. 米哈伊尔·列昂诺维奇·加斯帕罗夫：《合唱曲的构造》，见《古希腊文学的诗学》，莫斯科，1981 年，第 291 页。

颂诗真正的恒量分支是由贺拉斯确立的诗歌纪念碑体裁传统。在《我建起了一座纪念碑》[1]中，赞美的施为话语改变了自己的交际矢量，从显露到冥思（转向抒情主人公本人），但与此同时，它保留了英雄概念化的“我”（达到了超个人的认定边界，并且在此之后获得了永生和“颂扬之辞”），还保留了价值基础的垂直结构（贺拉斯认为虚拟的纪念碑高过“国王的金字塔”，在普希金那里，则高过了“亚历山大石柱”）。

我们所说的抒情话语的遗传性，在某种程度上来说是对抒情进行体裁分析的基础[2]，在这里，“艺术世界的每一个特征都在历史前景中呈现”[3]。或许，非经典抒情思维的发展进程只有使用这种方法才能解释清楚：

> 我被赋予这肉体——如此完善，
> 如此唯我独具，我拿它怎么办？[4]

曼德尔施塔姆的抒情主人公这奇怪的疑问可以解释为诗歌嵌入了冥思颂诗（诗歌纪念碑）文学体裁行列之中。在我们面前是突然出现的观察–启示（无法辨认的花纹），抒情主人公从“世界（中间的）的牢狱”中升华（自己亲手培养的“花朵”）至“永恒的玻璃”（上层世界）并且永远地“刻”在那里。但是任何纪

---

1 原文为拉丁语 *Exegi monumentum*。——译者注

2 Подробнее см.: *Козлов В. И.* Использовать при прочтении: О жанровом анализе лирического произведения // Вопросы литературы, 2011, № 1. 详见弗拉基米尔·伊万诺维奇·科兹洛夫:《阅读时使用：抒情诗作品的体裁分析》，载《文学问题》，2001年，第1期。

3 *Козлов В. И.* Архитектоника мира лирического произведения. С. 150. 弗拉基米尔·伊万诺维奇·科兹洛夫:《抒情作品世界的建筑树》，第150页。

4 阿赫玛托娃等:《俄罗斯白银时代诗选》，汪剑钊译，济南：山东文艺出版社，2018年，第553页。

念碑——不管是石头的、青铜的或语言的——都拒绝肉体性，而用更为结实的拟像来置换它，这样做是为了让“我”的其他部分也能够参与到“永恒”中来（贺拉斯：“我最好的部分是能够回避葬礼的”；普希金：“不，我是不会死去的”）。这里就产生了出人意料的问题，这个问题也是曼德尔施塔姆文本的开篇，这篇文本带有不是那么明显却足够固定的体裁性。曼德尔施塔姆的抒情主人公在这里所感受到的不是永生的希望（不会引起怀疑的永生），而是不想为了永生而与肉体分离的心情。

曼德尔施塔姆的另外一首诗《我们生活着，却飘忽无国》正相反，明显属于抒情贬词的体裁传统。但是这里，在历史前景中，用体裁分析的方法也能发现非常有意思且重要的细节。

从散文角度来说，此诗并不是完全明确地表达“感觉不到脚下的国家”，毫无疑问，它具有换喻的意思：因为恐惧或兴奋而感觉不到腿的存在（这种自我感受的双重感情从政治上来说非常重要）。但是在贬词体裁原始性的语境中，它意味着某种更大的事物：在我们之下不存在下层世界（死者国度），也就是说我们正居住在这样的世界里。从这里产生的主题有：坟墓的沉默，肥大的蠕虫，沉重感，光天化日之下堂而皇之的污浊的欢呼式开端，“细脖子的半人”（死者？），到最后，被伤害的肉体（“这个钉鼠蹊，那个钉前额，这个钉眉头，那个钉眼睛”）。抒情贬词在传统的途径中被神话化，获得了艺术的深度。

田园诗　谣曲

宁静和恐惧的施为价值接受体系所具有的与其说是规定性，不如说是先例性。在这里，所有重复的、符合习惯的生活方式都是正面的，而所有偶然的、没有写入日常习俗稳定性的都是负面的。这种价值体系依靠一种与上文中所考察的完全不同，并且应该是更为古老的原始意象结构：将"自己的"和"他人的"两极化，习惯于自己的而害怕他人的。安慰话语的交际策略具有**向心性**，因为宁静的社会情境从根本上来说是封闭在自己世界的边界里的。[1]安慰小孩子的时候，我们会拥抱他，压缩并实现保护的边界，将他放在和解圈的中心。相反，恐惧话语的交际策略具有**离心性**，危险的情境被疏散开，自己世界的边界对于其他人来说具有威胁的渗透力。

田园诗这一体裁的谱系渊源在于宁静的施为，而**谣曲**体裁则是恐惧的施为。这两者——与颂诗和贬词相反——的艺术整体结构轮廓一点儿也不符合"世界之树"的垂直线。在价值上，它们可以由不同世界的平行相对性来解释："小的"（近的、自己的）与"大的"（远的、别人的）。在这里，我们可以猜出作为艺术思维原型的**圈**：在篝火-炉火前的光亮、温暖的圈，后者则是家庭的圈（"有时候我想用家庭的圈 / 来框住生活……"）。但是，田园诗施为的关键性恒定因素在这里是和解之圈的封闭，正如在谣曲中是它的断开与被闯入。

田园诗的价值体系建立在祖先们的家神崇拜的魔法仪式基础之上（例如，当代越南文化鲜活的组成部分）。或许，最为古老的宁静施为获得了诗歌的形式，这便是摇篮曲。阿那克里翁式颂诗——热爱生活老去的和解之歌，正是传统的关键一环，它在从民间神话体裁萌芽发展为新时期田园诗的过程中发挥着重要作用。作为原生田园诗施为的捍卫咒语，其体裁根源可以在比如普希金的诗歌《致家神》中找到：

---

1 试比较：安静——"房子里被墙围起来的地方"［*Даль В. И.* Толковый словарь живого великорусского языка: в 4 т. Т. 3. СПб., 1996. С. 242. 弗拉基米尔·伊万诺维奇·达利：《现代俄语详解大辞典》（共 4 卷），第 3 卷，圣彼得堡，1996 年，第 242 页］。

你这宁静处所的无形的保护人，
我向你祈祷，我善良的家神，
请保佑村庄、森林和我野趣的花园，
保佑我的朴素的家庭！[1]

“田园诗”这一术语来自希腊语“图案”（和解的）。古希腊罗马牧歌以及后来对田园曲的模仿都构成了这一传统的环节。所有这些田园诗曲（概括叙事田园诗的术语）的特征都是关于普通民众生活在等级之外的“家乡的山谷和房屋”（巴赫金）世界里的典范故事的存在。但是，与颂诗一样，田园诗中的叙事成分对于抒情体裁来说并不具有恒定性。此处需要听听奥斯托洛波夫很久很久以前的观点：“田园诗曲区别于田园诗的地方在于，前者在很大程度上包含了行为，正如上文中已经说过的那样，它可以有戏剧和史诗的形式，也就是说，它存在于谈话或者讲述中……田园诗可能包含行动，也可能不包含行动。”[2]

“带有行动”的田园诗或带有对日常生活图景的互动叙事施为性的呈现维度，呈现了日常生活的绝对价值和自足性。这种宁静的确定就像存在的特权，体现了田园诗中“我”的自我实现化。这种自我实现化的非规定结构可以被称为**“相互的”**，它将抒情的“我”定位于狂热的重复，或将其作为大多数生活先例现象之一。

在“内在的时间成为诗人们内心的秘密”[3]的后传统主义时期，最晚出现的田园诗经常具有施为性的冥思向度，指向自我拷

---

1 普希金：《普希金全集》（第1卷　抒情诗卷1），刘文飞主编、译，石家庄：河北教育出版社，1999年，第105页。

2 Словарь древней и новой поэзии, составленный Николаем Остолоповым. Ч. 1. С. 305. 尼古拉·奥斯托洛波夫：《古诗与新诗词典》，第1部分，第305页。

3 *Фридрих Г.* Структура современной лирики. С. 29. 胡戈·弗里德里希：《现代抒情诗的结构》，第29页。

问以及田园诗情态中对日常生活的主体性感受。正如迪娜·马赫穆多夫娜·马格梅多娃所指出的那样，田园诗图景“变成了创作者内在世界的一部分和诗歌反射的对象”[1]。例如：

只有在世界上才存在，这多荫的
打瞌睡的槭树组成的天幕。
只有在世界上才存在，如光线般
像孩子一样沉思的目光。
只有在世界上才存在，如毛绒般
戴在头上的帽子。
只有在世界上才存在，这纯粹的
朝左梳的发型。

我们所列举的阿法纳西·阿法纳西耶维奇·费特的诗，很明显地勾画出了田园诗思维的向心性结构，这种田园诗思维缩小了围绕着生活日常现实的宁静的同心圈。但这并不是田园诗曲常规的宁静。诗歌是通过田园诗的集中性自我拷问活动来组织的。“只有在世界上才存在”说的并不是小世界的本体论封闭性，而是主体性的封闭，是对周围有意的弱化。在我们面前的是一种特殊的咒语：停止吧，瞬间，你是如此之美！但是，这里并不是浮士德对已经得到的和雕塑般沉寂的永恒的反应。田园诗般的反应所渴望的是生活中同一种情景永无止境的重复（试比较布尔加科夫长篇小说中大师被赋予的“宁静”）。

情景在田园诗中的相互性（重复性）对于英雄业绩的事件性来说是陌生的，不过，在这两种情况下，整体的体裁建构并不能让一去不复返的流动时间具有现实意义。田园诗的时空体，根据

1 Теория литературных жанров / под ред. Н. Д. Тамарченко. С. 185. 纳坦·达维多维奇·塔马尔琴科：《文学体裁理论》，第 185 页。

巴赫金建立在史诗（叙事的）材料基础上的研究成果，具有**周期循环性**和类似圈性，既指空间方面，又指时间方面。而重复性，对情境、行为、言语、细节等仪式般的接受能够起到安慰作用（小孩子特别能感觉到这一点）。田园诗周期循环的封闭时间“削弱并淡化了个体生活之间以及同一种生活不同阶段之间的所有时间边界”（ВЛЭ，374）。例如，在阿那克里翁的颂诗中后者更明显地被表现出来。通过与生机勃勃的圈形空间封闭性相结合，时间的周期循环构成了**永恒重复的**、具有安慰功能的循环的体裁建构结构。

艺术讲述的田园诗情态不在于将个人存在与世界秩序的超个体规定连接在一起，而在于将其与确定不移的客观事实联系在一起。田园诗与英雄业绩有着不同的标准：英雄业绩的美是独特性（功勋）的美，而田园诗的美是自然的、日常的，且是一贯不变的。田园诗主体的创作立场在**先例的**自我现实中实现：我是这样的人，和其他人一样，和我圈里的所有人一样，至少，像所有人一样。田园诗暗示的体裁气质，是**身份认同**气质，并且显而易见，是最为古老的“合唱”气质。

谣曲通常被当作叙事（情节–讲述的）体裁来研究，与此同时，还可以将它归入诗体讲述的抒情类型。在我看来，谣曲明显的叙事性在其浪漫式繁盛时期仍旧是体裁在具体历史阶段形变的集群特征，而不是作为整体上的抒情诗歌以及谣曲分支方面的恒定性质，这一分支从其遗传学方面来说源自恐惧信号、威胁的施为性、召唤邪恶鬼灵的施咒言语，还有世界建构仪式[1]的倒置。一方面，在恐惧和施咒的最初言语体裁与历史叙事诗体裁之间存在有联系的一环；另一方面，在原始的民间迷信中，有对美人

1 См.: *Евзлин М.* Космогония и ритуал. М., 1993. С.134–140. 参见米哈伊尔·叶夫兹林:《宇宙进化论与宗教仪式》，莫斯科，1993年，第134–140页。

鱼、水怪、林妖以及诸如此类的“不洁”的迷信，还有对孩子们讲的“恐怖故事”之中也存在联系。

根据马格梅多娃成功的表述，“仪式对话从亵渎神灵的空间运动到神秘中心，而后消灭混沌，重建世界秩序以及这里的现实与神圣中心的关系。谣曲的对话，在重复仪式问答结构的同时，走向了相反的一面：从已经建构的世界秩序走向对它的破坏，而神圣中心的角色或属于坟墓，或属于英雄死亡的任何地方。”[1] 这种坟墓之地是一种分界标，是进入另外一个世界（陌生且恐怖的世界）的“正门”，是在出席和缺席之间的不稳定的边界。

对于作为抒情体裁的谣曲来说，真正的恒量是**边界情境**的结构——“存在于……所有日常对立面相互转换的边界”[2] 的情境。谣曲的抒情启示是个人同时参与到两个世界中的启示：明亮的和黑暗的，活的和死的，日常平静的“此岸世界”和令人恐惧的神秘的“彼岸世界”。人们广为熟知的丘特切夫的诗句可以作为对纯粹的抒情（非叙事的）历史叙事诗的精妙解释：

> 哦，我未卜先知的灵魂；
> 哦，我充满惶恐的心田；
> 象处在两个世界的门槛，
> 你是这样快地跳动不停！
> 你，是两个世界的居民……[3]

---

1 Теория литературных жанров / под ред. Н. Д. Тамарченко. С. 217. 纳坦·达维多维奇·塔马尔琴科：《文学体裁理论》，第 217 页。

2 *Гиршман М. М.* Воспоминание и память в поэтическом слове // Школа теоретической поэтики. М., 2010. С. 44. 米哈伊尔·莫伊谢耶维奇·吉尔什曼：《诗词中的回忆与记忆》，见《理论诗学流派》，莫斯科，2010 年，第 44 页。

3 丘特切夫：《丘特切夫抒情诗选》，陈先元，朱宪生译，桂林：漓江出版社，1986 年，第 173 页。

在保留了与田园诗共同的结构的同时，谣曲既将“自己的”与“别人的”世界进行平行比较，也展开了它们相互作用的反-田园诗的灾难图景。与此同时，自然的价值地位——在田园诗中通常是白天的，而在谣曲中通常是夜晚的——对于这两种体裁来说是完全相反的。在具有叙事性的浪漫主义谣曲中存在的灾难性呈现在被想象出来的（幻想的）、与人为发起情节相反的超自然的情节形式中：不是英雄到访死者的国度带来新的复活-回归，而是来自彼岸世界的外来者进入了日常生活，并且这种生活之中随后会有灾难发生。

此外，有时候“这两个世界的交往具有摧毁意义，对‘此岸的’人物……和‘来自那里’[1]的人物都是如此”，而谣曲中“客人”的魔鬼性却完全不是体裁的恒量。普希金的《预言家》是典型的关于彼岸世界之人入侵的谣曲，但是在这部作品中，对于人类的（预言之前）“我”来说，是神圣的开端带有灾难性的后果（“挖出了我那颤抖的心脏……按照我的意志去行事吧”[2]）。

在关于死去的未婚夫或未婚妻、淹死人的恶毒美人鱼，还有魔鬼般的自然力量等诸如此类的传统浪漫主义情节之后隐藏的是对谣曲恒定不变的抒情主体**灾难性的**——与先例完全相反的——自我现实化，在这里（与在寓言中一样），抒情主体位于元讲述的立场。这里所说的并不是共同的合唱生活的灾难性。谣曲世界的超自然力量在偏好方面具有选择性。在选择牺牲对象的同时，它让存在的主体相互疏远，并且破坏人物田园诗般与生俱来的共同性（参见歌德的《魔王》）。

谣曲抒情主体的灾难性自我现实化是对不可避免的终结的启

1 *Гиршман М. М.* Воспоминание и память в поэтическом слове. С. 215. 米哈伊尔·莫伊谢耶维奇·吉尔什曼:《诗词中的回忆与记忆》，第215页。

2 普希金:《普希金抒情诗全集》，高莽编译，杭州：浙江文艺出版社，1994年，第809页。

示，个体存在的消亡是命中注定的，但与此同时，它也是关于个体特殊性、牺牲价值和注定灭亡的“我”的自足（在田园诗中日常存在的世界是自给自足的，而非单独的个体）的启示。不过，这种自我现实化的叙事形式是次要的。丘特切夫冥思性的谣曲没有相应的情节也完全可行。

牺牲的体裁气质符合审美经历的悲剧性情态。**悲剧性**的“我”，因为自身具有过多的双重性，在自身结合了生与死的开始，从内心来说就超出了将其纳入世界秩序中的自身角色边界。也正因为此，它以命中注定的方式从世界秩序中掉落出来（就像念着祷文从咒语圆圈中走出来的霍玛·勃鲁特[1]）。谣曲的暗示性与亚里士多德所说的恐惧具有净化性相近（带着其净化功能的笑与讽刺并行）。

在很长一段时期里，悲剧因素的藏身之处只剩下戏剧了。而浪漫主义叙事谣曲是悲剧因素进入到抒情中的突破，成为谣曲体裁的典范。这一特色鲜明的体裁史前史，就像其接下来的后浪漫主义进化一样，几乎没有被研究过。至于这两方面中的第二个，我想指出的是科兹洛夫和奥克萨纳·谢尔盖耶夫娜·米罗什尼琴科成果显著的研究[2]，他们具有说服力地指出帕斯捷尔纳克的长篇小说《日瓦戈医生》中的诗歌具有谣曲性质，如《在基督受难周》《春天的泥泞路》《童话》《八月》《圣诞星》《神迹》和《客西马尼园》等（我还想往这个队伍中增加一篇《哈姆雷特》）。我想说的是，比如，诗歌《童话》有着远远不是童话般的而是谣曲

---

1 果戈理魔幻中篇小说《维》中的哲学生，为百人长死去的女儿读了三个晚上的祷文，后被妖精害死。——译者注

2 См.: *Козлов В. И., Мирошниченко О. С.* Жанровое мышление поэта Юрия Живаго // Новый филологический вестник, 2012, № 4 (23). 参见弗拉基米尔·伊万诺维奇·科兹洛夫，奥克萨纳·谢尔盖耶夫娜·米罗什尼琴科:《诗人尤里·日瓦戈的体裁思考》，载《新语文学学报》，2012 年，第 4（23）期。

的结尾。基督耶稣神人的双重性——尽管有基督教式克服死亡的积极前景——与谣曲思维还是有着深层次的一致性的。对福音书情节的谣曲般的艺术加工强调了命中注定是牺牲品的悲剧命运。

尽管指向的是历史的叙事场域，但与颂诗不同，谣曲并没有将历史时间升华为永恒。与田园诗相似，谣曲的时间是延续的现在（“现在与永远”），在丘特切夫谣曲的冥思中体现的正是这种在白天与黑夜之间的时间。不仅田园诗中家的位点（作为永恒重复的构造基础），还有谣曲中在生命与死亡之间的坟墓特征位点，都消除了时间一去不复返的线性：在田园诗中活着的不会死去，而在谣曲中死去的（存在的混沌，按照丘特切夫的描写在世界秩序框架下方“移动”）的确与活着的共存。在这些体裁的结构中起主导作用的是超出时间的空间联系和关系，这一点彻底将它们与哀歌区别开来，在哀歌中，时间的一去不复返是抒情启示的决定性要素。

哀歌　唯理诗

根据已有定论的观点，“哀歌非常敏锐地关注到存在的时间因素”[1]，它“聚焦于对于单个人来说不可复返、不可逆转的时间运动的感受”[2]。

抒情世界观的空间因素，包括一系列传统哀歌的位点（墓地、废墟等诸如此类的地点），对于哀歌来说都不是构成其体裁的要素。哀歌中“我”在世上存在的方式是没有避难所的漂泊，与田园诗的乡土气息相反，这种存在方式回避空间的制约性：

---

1 *Грехнев В. А.* Мир пушкинской лирики. С. 52. 弗谢沃洛德·阿列克谢耶维奇·格列赫尼奥夫：《普希金抒情诗的世界》，第 52 页。

2 Теория литературных жанров / под ред. Н. Д. Тамарченко. С. 188. 纳坦·达维多维奇·塔马尔琴科：《文学体裁理论》，第 188 页。

不要过分地附着于
地球上的任何事物；
你是朝圣者，而非主人；
你应该放下所有的一切。（卡拉姆津）

需要指出的是，田园诗是哀歌体裁产生的“次要”源头之一，因为新时期的哀歌经常建立在对田园诗世界观的排斥之上。“哀歌在与阿那克里翁抒情诗的争论中不仅坚持自己存在的权力，并且还将无法避免的死亡、自愿拒绝及时享受生活等哀歌系列主题推进至净化清醒状态。”[1]

与上文中已经考察过的体裁时间外（超时间的）的结构不同，哀歌整体的结构在于价值张力，这种价值张力不在“世界”之间，而在“时间”之间，在世界的状态之间，在不间断地流动的生活方式之间：**过去的**与**现在的**。哀歌启示是**追溯过往的**展开，是往回看，这使得结构主体的漂泊之**路**具有了现实意义。这种文学体裁的价值参考系统形成于它最初的源头——哭诉仪式古老的原体裁之中。哀歌仪式的主导动机是人死而不能复生，他的生活就此中断，不再继续（这与过渡仪式上象征性的死亡不同，这种仪式之前吸取并现在还在吸取叙事性的营养）。死亡是作为无法克服的边界——在一去不复返的过去与延续的现在之间的边界——出现的。不仅是哭诉，而且文学哀歌也不涉及将来的时间。

从哭诉的视角来看，“死亡就是终结，它剥夺了现实和再生的任何联系……个体的死亡不会被新生命的出现覆盖，也不会全神贯注于声势浩大的生长，因为它从那个在实现中生长的（田园诗的——作者注）整体中被删除了。”（ВЛЭ，365–366）这样

---

1 Теория литературных жанров / под ред. Н. Д. Тамарченко. С. 198. 纳坦·达维多维奇·塔马尔琴科：《文学体裁理论》，第198页。

一来，死亡的形象便形成于“运用于自身的封闭个体意识之中”，从而催生了古老体裁在浪漫主义时期的全面更新和繁荣。

显然，哭诉仪式可以服务于赞美已逝者（如领袖）并且转化为标准的赞美。但是，悲伤究竟有多真诚，取决于它所表现的对于继续自己生命之路的人来说损失的主体意义的重要性。在个人的哭泣中产生了**偶然的**、标准之外的价值体系（和普希金的公式相符，“过去的一切都将可爱”）。作为哀歌的参照，这种形成体裁的价值体系开启了抒情自我中心主义的前景，这种自我中心主义将成为新时期文学中习以为常的事物，但它并不是新时期文学的根本特征。

从历史上来说，与哀歌比较相近的，同时也是比较古老的自我中心主义哀歌的源头是个人控诉[1]的言语体裁——自我哭诉，它抱怨的不是死亡，而是自己当下的状况（参见古罗斯文字记载下来的丹尼尔·扎托奇尼克的《祈祷》）。

往事在哀歌中占据着非常重要的地位，在哀悼者的哭诉歌曲中也是如此，这是由它的独特性决定的，同时也是由逝去的唯一性和无法企及性决定的。原始意象中的哭诉（特别是合唱的）明显带有稳定的公式性质，但是它们包含在自身个体化的潜在可能性中，既作为被哭灵的对象，也作为哭灵者。真诚的哭诉，尽管整个过程具有仪式性，但也可以成为顿悟，彰显哭灵者损失的特殊性、个性化。哀歌渐渐地从这种公式化中解放出来，从与死亡相连的主题方面解放出来，实现了所有这些可能性，努力掌握着人存在于世的独一无二性：

他的手碰到她缝的衣服

---

1 爱德华·杨格的哀歌体裁传统的重要作品被意味深长地称为抱怨（《对生、死和不朽的抱怨或夜思》，国内常译为《哀怨，或关于生、死、永生的夜思》）。

衣服上的针线还在，
他好像忽然看见了她，
不由得轻轻哭了起来。[1]

从过去转向现在的被展开的点，在个体存在的动态之中（取代角色存在的静态性）发展成为对最近两个世纪以来的诗歌文化来说非常习惯的形象，即**抒情主人公**[2]形象。从这个术语的严格意义来讲，它要求单一的、独一无二的“我”（当然不是诗人本人的“我”，而是想象出来的，由他艺术地创造出来的“我”）——与典范诗歌文学时期诗歌中的“我”的体裁角色相反。哀歌的“我”通过现实化获得了明晰的个体形式，并且成长为**自我界定**。

哀歌的抒情主人公是在现在 / 过去价值轴线上自我确定的主体。例如：

那疯狂岁月的消隐的欢乐
使我沉重，就像朦胧的醉意。
然而像酒，往昔生活的忧愁，
在我心中藏得越久便越有力。[3]

抒情主人公的孤独，是哀歌体裁最为重要的主题之一。但是这样的“我”的独特性促进了作为抒情主体空间边界外化的独特的“自己的他人”的产生。特别是在爱情哀歌中，这一点非常重

1 帕斯捷尔纳克：《日瓦戈医生》，力冈，冀刚译，芜湖：安徽师范大学出版社，2018 年，第 659–660 页。

2 试比较：“取代具有常见哀歌角色功能的体裁主体的是一位具有个性化社会经历的抒情主人公”（Теория литературных жанров. / под ред. Н. Д. Тамарченко. С. 200–201. 纳坦·达维多维奇·塔马尔琴科：《文学体裁理论》，第 200–201 页）。

3 普希金：《普希金全集》（第 3 卷 抒情诗卷 3），第 148 页。

要（从莱蒙托夫最为简单的“我心中忧伤……因为你现在毫无烦忧”，直到帕斯捷尔纳克对这种边界更加复杂的、譬喻化的空间形象的描写：“他爱她的一颦一笑 / 他爱她的每一特点，/ 大海和海岸相亲 / 是因为有拍岸的浪涛相连”[1]）。与此同时，这种边界被有着自己的过去和现在的轴线（我 / 他人或他们）所补充和复杂化。

在其他情况下，过去可能化身为“自己的他人”。例如，丘特切夫的抒情主人公就指向自己的“儿童时代”：

啊，可怜虚弱模糊的幽灵！
被遗忘神秘的幸福的幽灵！
啊，如今我失去同情信心，
我看着你，我瞬间的客人，
你在我眼中显得多么出奇
如同我死在襁褓里的弟弟……[2]

对于哀歌来说，这第二个（他人的）“我”的结构形象，是前面考察过的体裁中不曾出现的形象，所以可以从哭诉的原体裁施为中分离出来。哭诉自身隐藏了对死去的、不可避免地与“我”分离的个体的持续关注的潜能（这是田园诗和谣曲所没有的），却没有上升到颂诗的高度，同时也没有被贬低到咒骂的程度，而是形成了与之并行的“不协同的一对”（茨维塔耶娃）。

哀歌的主要启示在于发现个体功能外的内核（“我为自己”），在后浪漫主义的体裁变体中流行的还有他人个体的“我”。但与此同时，哀歌的自我确定可以被称为**否定的**，它不承认“我”本身的特殊性，是由自身被动的消极特征组成的：无法企及田园诗

1 帕斯捷尔纳克：《日瓦戈医生》，第 658 页。
2 丘特切夫：《丘特切夫抒情诗选》，第 120 页。

或其他形式的价值观、遗失性、不可复返性、抛弃、遗留、脱离、空虚，诸如此类（参见巴拉丁斯基的诗句：“瞧，并不是为了我，山谷与森林 / 因为美而具有生命，/ 天空闪耀着晴朗的愉悦！”）。这种自我确定的结果，用瓦迪姆·埃拉兹莫维奇·瓦楚罗的话来说，是“不曾实现希望，不曾实现自己的主人公”[1]。

哀歌的精神在于爱的自我贬低和自我限制（“我为自己”少于对生活的参与），也就是说，在于个体的**自我贬低**（神学用语，意味着神性的自我贬低）。哀歌主体的立场与忏悔非常接近，但是在垂直等级的建构之外，它并不是专横的自我贬低，而是自我深化。否定的自我界定唤醒了受话者走向**自我深化**的暗示。思考自身的弱点，相比于感受自我的力量，不失为自我现实化的有效途径。

自我深化，的确是哀歌体裁形成的关键性因素。为了这一因素，非古典主义哀歌（例如，普希金的《回忆》）可以允许自己价值倒装，分配给不可复返的过去以消极的内容：

> 我审视过去的生活，带着深深的厌恶，
> 我颤栗；我诅咒自己；
> 我沉痛地怨诉，我痛哭，泪如泉涌，
> 但却冲不掉悲哀的辞句。[2]

与上文中所考察的抒情话语的不变量不同，哀歌大多数是冥思式的。宣言维度仅仅在其中一种形式中存在，这一形式最接近体裁源头：关于（具体人物）死亡的哀歌。

---

1 *Вацуро В. Э.* Лирика пушкинской поры. «Элегическая школа». СПб., 2002. С. 76. 瓦迪姆·埃拉兹莫维奇·瓦楚罗：《普希金时代的抒情诗》，见《哀歌流派》，圣彼得堡，2002 年，第 76 页。

2 普希金：《普希金抒情诗集》，查良铮译，上海：新文艺出版社，1958 年，第 221 页。

在浪漫主义时期的诗歌中，我们可以发现“愿望”“梦想”这些词的使用频次升高，它们经常被放在标题里。带着这些标题的或同义词标题的诗歌所具有的特殊体裁性质在诗歌规范被破坏时并未被任何人察觉出来。与此同时，它们通常不被归于哀歌，更不要说其他基础的抒情不变量了。此外，我们在保留并且进一步发展了哀歌固有价值的偶然性体系中，在带有愿望意向的抒情文本中发现了艺术时间的反哀歌组织：现在在它们这里从概念上说不是与过去相关，而是与期望的未来相关。

乍一看来，经典的诗歌作品《我独自一人出门启程》从语调上可能会让人想起哀歌。抒情主人公在几乎是田园诗般的美丽夜晚的背景之上“如此痛苦，如此难过”。但是，与此同时，“我对过去毫不后悔”。这样的立场排除了哀歌的可能性。该文本的启示在于对幻想般独一无二的梦想实现的想象：自身形成内在的“我”，某一星球的鲜活中心，这是即将出现的“多石子的路”上互吐情愫的“星星”中的一个星球。期盼无法企及，这与哀歌类似，不过它并没有被渲染成批判过去的语调。

普希金的《致恰达耶夫》也呈现了位于过去（无影无踪的，“像朝雾似的”）与现在的边界上的哀歌立场，但后者并不是用开篇提到的已经消逝的梦想的“骗”，而是“幸福底星”（梦想的“自由”）。我们还可以继续列举一系列类似的例子。在这种类型的诗歌创作中，启示是建立在另外一种价值轴线上的：时间如哀歌般一去不复返（作为过去）被时间的投影（作为未来）所排挤。

在此需要指出，普希金的《哀歌》是具有转折特征的“双重体裁”文本，它的开篇在上文中已经引用过。该诗的第五行完全具有哀歌性：“我的路是凄凉的”，而“汹涌”在这里却意味着延续的现在。但是在第七行诗句中抒情主体的立场变得截然相反，“哀歌”转变为“反-哀歌”：

然而，我的朋友，我还不愿死去；
我要活着，好可以思索和苦痛[1]

这种类型的抒情建构结构的原始雏形是作为言语行动（“将会如此！”）的意志表达（意愿、向往、夙愿、追求、梦想和寻找）的施为。从本身的源头性质来说，这种施为是**咒语**，总的说来，它是整个抒情话语共同的源头。但是，古老的咒语是呼吁式的，几乎是直接与超自然力量对话，因此，古老的咒语作为新的抒情体裁，从自身角度来说是浪漫主义文化冥思的产物。

与自身的交际性质相符，这种在产生时期没有被注意到的体裁与祈祷同根，并且，它首先与耶稣教授圣徒的祈祷相似。它是合唱式讲述（“我们”“为我们”“让我们”），它第一次在人与上帝之间建立了信任的个体间关系，而非命令式的魔法关系。但是，祈祷是超验的交际，在超出人的认知边界之外形成，是另外一种与抒情诗歌完全区别开来的魔法咒语进化的分支。以诗歌形式组织的祈祷，与以祈祷形式呈现的抒情作品远不是一回事；它们是不同话语的文本。即便如此，在基督教文化的框架内，对于还没有科学命名的体裁**唯理诗**（源自拉丁语 voluntas——根据其他抒情体裁命名模式而命名）来说，《圣经》的圣诗可以被看作直接模板，并且，它们同时也是这一体裁和原始咒语之间的连接环节，尘世对圣诗的改编在新时期欧洲抒情诗歌的形成中发挥了重要作用。

尽管体裁在不同创作中具有多样性，但尚未被不同诗学捕捉到的体裁具有特殊的恒定建构。这是短暂的**阈限**的建构，是现在与或然的、可以自由表达的开放性未来之间的边界建构。这种体裁的阈限启示具有凝视、要求转变的**投射**性，转变的前景赋予现

1 普希金:《普希金抒情诗集》，第 277 页。

在以期待和希望的价值基调。

在这一体裁中，我们可以将抒情主体的自我确定称为**已被证实的**。“我”并不是在消逝的地方展开，也不是在价值已逝的经历中呈现，而是在自我实现的意向中展开。自我现实化的形式在这里不是自我贬低，而是**意愿呈现**（Ἵμερος，希腊语，意思是意愿、梦想）。

自我实现本身就构成了意愿的体裁精神。自我实现的**戏剧性**（内在个性比起其外在对生活的参与更加宽泛，这从根本上使其自我实现变得更加复杂）确定了体裁情感意志的基调，提供了与抒情主人公积极一致的个体化暗示和希望暗示。

在抒情施为的哀歌结构基础上，同时也在“意愿”结构的基础上发展出了体裁的呼语变奏的异裂。“我”的自我实现可以用文学界定的言语行动来彰显，这些界定被加在对它来说是另一极的“你”上面：

> 不，你永远不属于我，永远不属于任何人
> ……
> 你自身就是立法——你飞呀飞，从一旁飞过
> ……
> 但我爱着你：我本人就这样，卡门。[1]

当然，表达意志的抒情体裁不应只被视为积极的。意愿的**或然**世界也是对等的。诸如普希金的《天啊，别让我发了疯》《我的名字对你有什么意义？》和《够了，够了，我亲爱的》等诗歌作品都被认为是经典模板。

可以说，抒情话语的形成和其复杂化的自身逻辑指向体裁萌

---

1 勃洛克:《死亡的舞蹈——勃洛克诗选》，汪剑钊译，兰州：敦煌文艺出版社，2014 年，第 425—426 页。

芽时不曾被注意到的历史必然性，而文学书写实践也证实了在最近两个世纪的文学历史中抒情话语的实际存在。

上文中已经呈现了六种抒情书写的恒定不变策略，当然，还是无法穷尽抒情体裁构成的多样性。但是，从遗传上来说，被证实的构成要素排列成了一个有规律的平衡系统，成为抒情历史发展的主干线，缺少它们的配合，就无法对抒情的任何一种体裁形变进行足够有说服力的特征界定。

抒情传统的体裁路径可以同时交叉在同一个文本中。例如，曼德尔施塔姆经典诗歌中的一首具有显而易见的颂诗开篇：

> 或许，这是疯狂的句点（狂热的欣喜——作者注），
> 或许，这是你的良知——
> 我们被确认的生命之结，
> 为了生活又把它拆解……
>
> 如此，超生命的水晶教堂（“上层世界”——作者注）
> 勤勤恳恳的光蜘蛛，
> 播撒到肋骨上，又把它们
> 重新聚拢到一小束。
>
> 纯洁光线一道道感恩的光束
> 被纤细的光亮所聚拢（向上——作者注），
> 无论何时聚拢，相互接触，
> 都像是前额光秃的客人。[1]

1 曼杰什坦姆:《黄金在天空舞蹈》，汪剑钊译，上海：上海文艺出版社，2015 年，第 353—354 页。

接下来，诗中突然出现了明显的体裁转变，变成了（拒绝永恒的垂直性，并且将现在 / 未来的价值轴线现实化）：

惟有这里——在大地，而非在天空，
仿佛走进充满音乐的屋子，——
只要不去惊吓他们，不去伤害他们——
一切都好，倘若我们能活到……[1]

在艺术上成熟的抒情诗歌中类似的体裁错合从来都不具有大杂烩的性质，但总是具有建设性和意义上的价值。

1　曼杰什坦姆:《黄金在天空舞蹈》，第 354 页。

第八章

叙事抒情诗

在黑格尔美学之后，关于抒情诗“主体性”的观点开始流行起来。不过，似乎史诗或者戏剧艺术书写中涉及的主体性较少。要知道，无论如何主体性都是不可还原、不可再现的。我们无法将其作为独立于主体的信息来通告，要了解它只能依靠与另外一个主体性相遇时的自我主体性的身份辨识。总体上来说，这是艺术所独有的交际关系。

催生了主体性效果的抒情话语的独特性在于，抒情诗从自己的自然属性上来说是**非叙事的**（参见上一章）。抒情书写文本的生成机制不是从讲述某个“见证人和法官”故事的立场将具有时空体的“意图情节化”（保罗·利科），而是自主交际反射，读者**熟悉**它全靠作者宣扬自己抒情主人公的内在生活，以及赋予生活言语活动的施为性。

抒情话语是意义设定的言语化：将言说的交际过程与接受这一言说的某种知识场域的心智过程结合在一起。如果使用古希腊罗马的术语，**启发**的心智事件在这里不是以“讲述式”被叙述出来的，也不是以“展现式”被描写出来的，而是在言语活动中直接完成的。

关于这一点，巴赫金曾提出过抒情的“纯粹自我经历的幻想”，这种幻想使得“作者可以深入到主人公的最深处……不过，作者本人……也要准确到主人公纯粹的内在的（而非空间的、时间的、事件的——作者注）不在场性”（1，230）。在此之后，主人公以意义的纯粹主体形式、存在主义立场形式出场，没有容貌，没有行为，没有性格。

但是，类似意义发掘的心智事件有时候可以在史诗话语中得到讲述，或许也会在戏剧话语中得到描写，抒情讲述有时候在自己的人物构成中可能会有叙事者。对于一些抒情体裁来说，这些形象具有恒定不变的（非偶然性的）意义。这些体裁经常被命名为抒情史诗，但人们并没有将这似乎是“属性间的”文学现象问题思考到底：艺术整体的美学完整性是以叙事的方式实现的（像在喻言中），还是以施为的方式实现的（像在寓言中）？

寓言

以寓言为例，我们可以看到，原生文学叙事（详见第四章）具有某种或者另一种新的（文学）特征，在抒情话语中，这种特征会在体裁方面发生根本性的变革，也会构成非常强大的文学进程“基因记忆”库。

在日常文学研究中，寓言与喻言的边界是非常不稳定且模糊的。文学研究界有着约定俗成的传统，即将古希腊罗马时期伊索所写的喻言称为寓言，在这些作品里，动物角色被赋予了某种在人类世界里所具有的可辨识的道德立场，不过，这些动物角色还没有变成严格的、被修辞训练打磨过的固定寓言角色。加斯帕罗夫不仅用同一个单词“寓言”对应翻译拉丁术语 fabula，而且还用它来翻译古希腊不同术语 aînos、mythos 和 lógos [1]，这就极大地扩展了寓言创作的范围。与此同时，从理论上清晰并且明确地界定我们所提到的体裁边界的可能性是存在的：从本身的意思来说，喻言指的是文学初期的（口头的）、文艺初期的（道德说教的）、散文的讲述；与之不同，寓言是呈现作家技巧的文学艺术体裁，并且是抒情诗歌性的体裁。后者指的不仅是文本的诗歌结构，还指譬喻的特殊性。

寓言体裁，在公元之初，由罗马诗人费德鲁斯和巴布里乌斯在古希腊伊索寓言的基础上创建而成。费德鲁斯用下面这段话来界定自己的作者角色：“不管这些寓言荒唐还是精彩，/ 构思出它们的是伊索，而写出它们的是我”。巴布里乌斯则认为自己的功劳在于，对于这些古代无名的叙利亚人和“智者伊索”具有教诲意义的故事，是他“将抑扬格闪亮的金笼头为其戴上 / 并且，将它们像高傲的马儿一样牵引到诗才那里”。喻言本身作为一种言语体裁，并没有掌握类似的作者自我确定，在这里，文本的主体拒绝担任叙事者的角色，他所追求的是施为者的桂冠。寓言的体裁典范最终形成于法国古典主义作家拉封丹的创作中，在这里，根据故事类型而做出相应反应的主体完全可以被评定为抒情主人公，他占据着**元叙事的**立场。

虽然寓言在根本上保留了上文中所界定的喻言交际策略，但是，这一正在出现的文学体裁与自己直接相关的先行者之间是不同的，除了文本的诗体结构组织，还有作家个体事实被强化的现实性，另外则是叙事性在根本上被弱化：“道德开始排挤讲述。费德鲁斯遵循着自己缩短和简化情节的原则，将寓言的活动缩减

---

1 См.: *Гаспаров М. Л.* Античная литературная басня. М., 1971. 参见米哈伊尔·列昂诺维奇·加斯帕罗夫:《古希腊罗马文学寓言》，莫斯科，1971 年。

为最小化，而将道德扩大化，并且使寓言获得了意料之外的激情”，简洁的故事“由作者冗长的独白来结束”[1]。严格来说，这些个体性独白的“激情”使得我们可以在寓言的言语主体中看到**抒情主人公**，同时也为创作保留了文本的诗歌整齐性。

编写寓言，在古希腊罗马时期的教育中被推广开来，成为某种程度上的文学练习，而且它不追求情节创新或发明才能。作者表现自己的地方不在于情节和人物体系组织方面，而在于写诗法技巧方面；此外，还在于作品的独特性，即对广为人知的情节的场景的思考深度和赋予其的感情色彩。在寓言中最重要的并非对完全是假定情节的“被讲述事件”的讲述，而阐释[2]“讲述事件”本身。最重要的是内在生活、意义启示和**解释者**情绪反应加深的心智事件。这里的**解释者**不是深入了解类型情形、对规律性深思熟虑的讲述者——外在事件的见证者。

寓言声明式文本中呈现的讲述者“我的立场”，从根本上来说是抒情主体的施为立场，这使得寓言书写与当时已经形成的抒情诗歌典范体裁相近。在这里，体裁形成的结构作用开始由文本的这些部分担当，它们在稍晚的时候（长篇小说时期）将会被命名为讲述者的“抒情插叙”。

喻言的调节意向在寓言中保留了下来，但是这种艺术讲述通常会回避直接的教育，而将注意力聚焦在对生活场景和行为内在的道德心理内幕的深入上。就像在克雷洛夫的寓言《蚂蚁》中一样，在应该和不应该之间进行伦理选择时，没有情节情形，取而代之的是对待荣耀两者择其一的心智情形：

---

1 *Гаспаров М. Л.* Античная литературная басня. С. 122. 米哈伊尔·列昂诺维奇·加斯帕罗夫:《古希腊罗马文学寓言》，第 122 页。

2 См.: *Шмид В.* Нарратология. С. 20. 参见沃尔夫·施密德:《叙事学》，第 20 页。

我认为过分的赞许有害无益，
而这只蚂蚁可没有这种脾气[1]

一只蚂蚁试图“显示一番自己的神力”，不过在城里的市场上它没有受到任何关注，随后又经受了“一次致命打击”。这个关于一只优秀蚂蚁的不复杂的迷你情节被渲染了对于喻言来说过多的艺术细节，这些细节旨在引起读者想象的创造积极性（“两颗硕大的麦粒”“叼住一条蛆”“独自一个敢向蜘蛛冲击”“我们的蚂蚁拖住一片树叶，忽而伏在地上，忽而躬起身体”，诸如此类）。整篇文章渗透着作家的讽刺：“它大模大样地悄悄爬到一位农夫旁边，搭乘拉草车华丽丽地进城洋洋得意”（在这里我们需要注意不是很明显的矛盾修饰法：“大模大样地悄悄爬到”“搭乘拉草车”“华丽丽地进城”）。从体裁上来讲，典型的结尾——所谓的寓言的道德说教——在这里就像在许多类似的寓言中一样，不是直接的应该怎么做的教训，而是对生活规律的深入见解，以及对正常生活轨迹的思考心得：

有的人异想天开，
自以为声名显赫天下无敌，
而究其实际——
他的眼界局限于蚁穴而已！[2]

尽管抒情和个性化的讽刺明显消减了说教的权威性，但寓言诗学仍旧是命令式的“现成”词语在命令式的“现成”（价值观上是完善的）世界里的诗学。在这里，艺术整体性的基础是贬词

1 克雷洛夫:《克雷洛夫寓言全集》，谷羽译，北京：北京燕山出版社，2004 年，第 182 页。
2 同上，第 184–185 页。

的价值建构体系（参见上一章内容）。

诗学的创作力将新型文学体裁与其直接源头区别开来，不仅表现在文本的诗歌结构和韵律的特殊性方面，还表现在寓言的**讽喻性**上。古罗马教育家昆体良曾教导说，讽喻，“用语言呈现的是一回事，用思想呈现的又是另外一回事”（《论演说家的教育》）。对于喻言来说，这一措辞是不合适的，但是作为寓言话语的本质，它还是完全相符的。

喻言的譬喻是象征性的：讲述中文本单位的直接意义并没有消去其转义，而是将其扩大至更大容量的归纳。喻言的归纳可以视为“散文式譬喻”现象，与此同时，巴赫金如此概述这一概念的性质：“这里说的整个人譬喻般的存在，也完全包括他的世界观，这与演员扮演角色完全不同（尽管也有相互联系的点）。”（ВЛЭ，315）

在寓言中，非常程式化的人物则是某种“演员”，他们不是为了自己而沉浸在提供给他们的情形中，而是为了我们来表演这些角色。克雷洛夫的《蜻蜓和蚂蚁》正是一个很好的例子。在这则寓言中，蜻蜓（在昆虫世界里嗓音不佳的猛禽）被征用扮演了对俄罗斯读者来说非常陌生的拉封丹寓言中嗓音甜美的知了。不过克雷洛夫所讲述的这个故事在昆虫学方面的谬误丝毫没有损害其寓言性，因为在这里所讲述内容的直接含义和作品整个叙事方面一样，都会因为讲述主体的沉思而被削弱和消除。寓言不是诉诸散文式譬喻的象征，而是诉诸讽喻——从根本上来说是诗学的譬喻，发掘其基础的是相似的隐喻转移（而非相近的换喻扩展）。

寓言中的喻言叙事受到抒情冥思的排挤而退化，但它并没有完全消失，而是打开了叙事性抒情的前景，随后以其他几种体裁的形式实现（特别是谣曲）。在“小说化”文学的后规范时期，寓言的典范体裁几乎失去了生机。叙事抒情作品的体裁领域被创新的非典范构成占据，即在抒情类“散文化”的过程中形成的结构：诗体短篇小说、散文诗。

在苏联时期的俄罗斯文学中，我们能够察觉到寓言体裁明显的活跃性，从规律性上来说，它与社会主义现实主义在概念上追求规范诗学的传统有联系。

散文诗

在几个世纪里，文本的散文体构成被认为是辞藻华丽的演讲性的，而非艺术性的。直到感伤主义时期，散文话语的审美活动才最终在欧洲文学中传播开来。稍晚些时候的文学书写体裁系统去典范化的过程，在19世纪时已经获得了贯通一切的性质，它们推动了散文与抒情诗歌征兆性的相互作用。抒情诗歌中诗的“散文化”现象在近20世纪时明显增加，与此同时，抒情诗开始向散文渗透。这些所谓的“抒情的退却”——从“我”的立场进行推断的结构形式——自立门户，成为非诗体抒情作品的特殊体裁。卡拉姆津的抒情随笔《散步》（1789）便可以被视为俄罗斯文学中这一艺术书写形式的雏形。

散文短诗体裁这一相对来说比较年轻的传统，其真正的创设者被认为是波德莱尔，他的《散文诗》（又译《小散文诗》）发表于1869年。这种体裁创新的先例基础是法国文学中对外国诗歌文本散文化翻译的规范。波德莱尔创造了抒情诗歌实验性的样本，似乎这些诗歌原本就是翻译成散文语言的。

通过将波德莱尔的这一标题转译为“散文诗”，屠格涅夫将这一体裁引入俄罗斯文学（*Senilia*，1882），此后，安年斯基、加尔申、柯罗连科、波隆斯基、别雷、普里什文、涅韦罗夫、库拉诺夫等，还有很多人，其中也包括索尔仁尼琴都尝试过散文诗创作。（罗扎诺夫的随笔集《隐居》和《落叶集》有时候也被与屠格涅夫的实验联系在一起，但它们更应该归为自由片段的耶拿学派传统。）

散文诗是一种研究得最不充分的文学体裁，将其归为抒情作品也并不是没有争议的划分方式。例如，尤里·鲍里索维奇·奥尔利茨基在这一命名之下将“纯抒情”作品与“有情节的短篇小说”联系在一起[1]。被认为是这一体裁经典作家的普里什文，也曾思考将自己的小型作品归于喻言、寓言和童话之列[2]；此外，他为其第一个小散文系列《泛喜草》（1940）起的副标题是“史诗”，这明显参考了波德莱尔散文体抒情诗的传统。

在俄罗斯研究散文诗的文艺学论著中，公认的是从一部词典移用到另外一部词典的加斯帕罗夫界定的词条：“以散文形式呈现的抒情作品；具有抒情诗歌的特征，如篇幅短小、被提升的情绪感，通常是没有情节的结构，共同的主旨是表达主体的印象或经历，却不具有如格律、节奏、韵脚等特征。”[3]

短小的篇幅，甚至是超级短小的篇幅是大家关于散文诗特征的共识。此外，在体裁理论中，文本的篇幅是最不具有建设性的特征，因为从本质上来说篇幅具有不确定性。普里什文的作品放在散文诗（《林中水滴》，1940）之中，还不具有从根本上区别于其他作品的特征，《斑鸠》和《林间小溪》占据了相应的两行和四页。此外，在文艺学实践中起主导作用并且在散文诗这一体裁中几乎是唯一的体裁标志的正是迷你性。但是，并不是所有篇幅短小的散文作品都可以归为这一体裁。要想成为真正的散文诗必须具备特殊的——抒情的——事件的恒定元素，即与抒情情

---

1 *Орлицкий Ю. Б.* Стих и проза в русской литературе. Воронеж, 1991. С. 57. 尤里·鲍里索维奇·奥尔利茨基：《俄罗斯文学中的诗歌与散文》，沃罗涅日，1991 年，第 57 页。

2 См.: Пришвин о Розанове // Контекст-1990. С. 210. 参见《普里什文论罗扎诺夫》，第 210 页。

3 Литературная энциклопедия терминов и понятий. М., 2001. С. 1039.《术语与概念的文学百科全书》，莫斯科，2001 年，第 1039 页。

节和抒情主人公的特殊范畴有着牢不可破的联系。

加斯帕罗夫定义中的其他要素则引起了异议与反驳。“被提升的情绪感”是一个不稳定且不具说服力的特征。按照情绪紧张度来说，一些英雄史诗文本完全不逊色于散文诗，而在一些抒情诗歌中有时还会表现出克制的平静语调或者明显被压抑的审慎基调。至于另外一条结论也会遇到相同的反驳，“共同的主旨是表达主体的印象或经历”也同样适用于民间叙事故事。

尽管散文式抒情诗拒绝格律和韵脚这一特征已是公认，但其中仍旧存在着节奏。此外，可以推断出，由于文本篇幅的短小，节奏获得了更为强化的语义负荷。这些似乎让人觉得，在体裁这些技术特征之后隐藏着关于作者与主人公相互间层级关系这一根本性问题。

在抒情诗歌中，文本所展开的反思以及情绪-意志基调都属于主人公，文本的诗歌组织（押韵法、节奏构图和易位结构等）则属于作者的管辖范围之内，而这些是建构完善艺术整体性和作为这一整体的“价值中心”（巴赫金）的主人公的外在结构形式。散文诗的作者在很大程度上被剥夺了这些可以完善审美目标的技术资源。而他求助于叙事性资源的做法则使文本走出了抒情话语的框架。

在加斯帕罗夫的定义中，最不成功的是关于“没有情节的结构”的论题。其一是因为这样一条原因，即在散文诗中通常也可能会找到残存的迷你情节。其二是最根本的，他关于无情节抒情诗的观点是不具有建设性的（缺少这一点就无法拥有形成体裁的地位）并且也是没有根据的。在这种类型的文学作品中抒情情节总是存在的，不过有着不同的特性。在这里，情节的紧张动态是反思的紧张动态，是对情境、过程或事件进行思考的紧张动态（在后者中，抒情里必定有着弱化的叙事性），是被重新认识的波折性的动态前景。

尼古拉·伊万诺维奇·巴拉绍夫有一篇很有意思的文章，不过遗憾的是，这篇文章在当时几乎没有得到学者们的关注。文章考察了托尔斯泰早期短篇小说中俄罗斯散文诗的体裁源头。其中的一些短篇小说（包括塞瓦斯托波尔短篇故事）甚至在某种程度上决定了波德莱尔的实验。尽管如此，托尔斯泰并没有像伯特兰、波德莱尔，或者再晚些时候的屠格涅夫那样，追求独立的散文诗。[1]

将史诗散文中的片段作为“非独立”的散文诗来考察过于宽泛了，但是巴拉绍夫的研究对我们这一主题有着很重要的意义。他将注意力集中在所挖掘片段的“景观的风景内容”上，同时也表述出它们的“形式特征”：“句法结构简单，句子独立自足，用动词描写状态或者行为图景，句子的重复……凸显主题。”“这些简单的引导已经足以在词汇的图像性条件下……将散文诗的文本与周围的叙述区别开来……并且促成相应的抒情接受。”[2] 其中，托尔斯泰散文的这种构成要素保留到了后来的《战争与和平》中，按照巴拉绍夫的观点，它“发挥着短篇小说效果强大的催化剂作用，可以压缩并且富有表现力地替换短篇中很大的篇幅，但是它不能代替讲述和叙述”[3]。

尽管对我们感兴趣的现象论述得非常宽泛，巴拉绍夫却非常认真地提出了“独立”的散文诗区别于“非独立”的类似现象的根本性结构特点这一最为重要的问题。可以推测的是，在“独立”文本中的讲述与讲述外的（非叙事的）成分之间的相互关系

---

1 *Балашов Н. И.* Элементы «стихотворения в прозе» у Льва Толстого в 1850 - 60-е годы // Славянские литературы. VIII международный съезд славистов. М., 1978. С. 324. 尼古拉·伊万诺维奇·巴拉绍夫：《1850—1860 年间列夫·托尔斯泰的散文诗元素》，见《斯拉夫文学·第八届国际斯拉夫学家大会》，莫斯科，1978 年，第 324 页。

2 同上。

3 同上。

从根本上来说是另外一种类型。难道讲述在这里并不是扮演着“催化剂的角色”，而是扮演着抒情效果的催化剂的角色？

让我们来仔细考察一下作为俄罗斯文学抒情散文体裁样板的经典作品——屠格涅夫 *Senilia* [1] 中的《麻雀》。

> 我打猎归来，沿着花园的林荫路走着。狗跑在我前边。
>
> 突然，狗放慢脚步，蹑足潜行，好象嗅到了前边有什么野物。
>
> 我顺着林荫路望去，看见了一只嘴边还带黄色、头上生着柔毛的小麻雀，它从巢里跌落下来（风猛烈地吹打着林荫路上的白桦树），呆呆地伏在地上，孤立无援地张开两只羽毛还未丰满的小翅膀。
>
> 我的狗慢慢向它靠近。忽然，从附近一棵树上飞下一只黑胸脯的老麻雀，象一颗石子似的落在狗的鼻子跟前——它全身倒竖着羽毛，惊惶万状，发出绝望、凄惨的叫声，两次扑向露出牙齿、大张着的狗嘴边去。
>
> 它是猛扑下来救护幼雀的。它用身体掩护着自己的幼儿……但它整个小小的身体因恐怖而战栗着，它小小的叫声也变得粗暴嘶哑了，它在牺牲自己了！
>
> 在它看来，狗该是个多么庞大的怪物呵！然而，它还是不能站在自己高高的、安全的树枝上……一种比它的理智更强烈的力量，使它从那儿扑下身来。
>
> 我的特列左尔站住了，向后退了退……看来，它也感到了这种力量。
>
> 我赶紧唤住惊惶失措的狗——然后，我怀着尊敬

1 我国所翻译的屠格涅夫的这个散文诗系列，多保留该标题原文，故在译文中我们也采取惯常译法；其意为“老人集、衰老集”。——译者注

的心情，走开了。

是啊，请不要见笑。我尊敬那只小小的、英勇的鸟儿，我尊敬它那爱的冲动和力量。

爱，我想，比死和死的恐惧更加强大。只有依靠它，依靠这种爱，生命才能维持下去，发展下去。[1]

在这部作品中存在着某种情节是毋庸置疑的事实。这是一个关于猎狗的尴尬场景的故事。但可以肯定的是，这篇文章与《猎人笔记》中的其他随笔短篇有着本质的不同。具体表现在，在讲述事件的过程中，这里还有不属于讲述事件的心理活动，它不仅占有一席之地，并且还被推至短篇的前景之中。对一个弱小动物意料之外的“景仰”，在见证者看来原本很可怜的小动物，却完全变成了“英勇的”动物，这些作为对所见事情思考后的恍然大悟，作为关于爱在生活中地位的本体论真理的启示被呈现出来。对于抒情话语来说，最根本的特征是心理事件，这是构成文本的**主体性发生改变**的事件——改变的不是外在情境，而是内在的我的立场。这是恍然大悟的时刻，新的自我界定的启发以及诸如此类的时刻，等等。“有时多么微不足道的一件小事会改变整个人！”这句话出自屠格涅夫同一作品集里的另外一篇《咱们再较量一番！》中。

在我们所列举的《麻雀》这篇文章中，抒情的启示剥夺了所讲故事的事件地位。按照洛特曼的说法，事件性是“对常规的明显规避……因为符合常规便不会产生‘事件’了”[2]。但是，屠格涅夫作品的心理事件正是在此产生的，麻雀奇怪的举止被认为是正常的，作为不可克服的“力量”的呈现，这是生活得以发展下

---

1 屠格涅夫：《屠格涅夫诗歌精粹》，滕伟主编，延吉：东北朝鲜民族教育出版社，1993 年，第 35–36 页。

2 См.: *Лотман Ю. М.* Структура художественного текста. С. 283. 参见尤里 · 米哈伊洛维奇 · 洛特曼：《艺术文本的结构》，第 283 页。

去的力量。

在屠格涅夫的作品《乡村》(出自同一文集)里几乎什么都没有发生，文中展现的是静态的田园诗般的图景、健康而美好的乡村习俗。“哦，自由自在的俄罗斯乡间，多么惬意、安宁、富足！哦，多么宁静、舒心！”不过这一画面的启示则是指向抒情主体意识中的反省转折(心理事件)，“我不由得想道：现在我们干吗还要皇城里圣索非亚大教堂圆顶上的十字架？还有我们这些城里人孜孜追求的一切？”[1]

随着《麻雀》中思想突变的出现，在文章前五个段落里展开的叙事型情节被抒情型情节——心理动态的反省所取代。后者，特别是在文学艺术中，绝不会催生出纯理性主义的自我审视，但它却是领会的自动交际过程：寻找并获得发生在外在世界(寓言)或是内在世界(哀歌)的意义。在我们所考察的这个例子中，这是一条从惊讶(讲述所表现出来的)到对自我牺牲行为的共情(内心的视角)和对此种行为的景仰(来自外面的视角)再到对爱生机勃勃的力量的最终信念的道路。在我们面前的是一个叙事的抒情**施为性**的说明案例。

内心反省的言语化作为话语的抒情类型与叙事诗相左，是非叙事的，如神话一样。[2]这就意味着将讲述的交际过程与经历、思考、领会的心理过程结合在一起，于是，作为叙事就要求在所讲述的事件和讲述这一事件本身之间划清结构界限。《麻雀》倒数第二句中的过去时态表明了这种划清界限的“退化特征”。但显而易见，说话者在讲述这件事的那一刻仍旧是这么认为的。而这部作品的最后一句话则是本质上超越时间的总结，它指向永恒

1 屠格涅夫:《屠格涅夫全集　第10卷　抒情诗　长诗　散文诗》，力冈等译，石家庄：河北教育出版社，2000年，第285页。

2 关于文本抒情结构与神话结构的同源关系，参见尤里·米哈伊洛维奇·洛特曼的《阐释类型中的情节出处》。

性。可以说，正是为了这一句话才讲述了这个简单的故事。

随着故事的展开，叙事转变为沉思的施为，心理事件取代了叙事事件，将讲述者自己变成了抒情主人公。[1] 正如上文中所提到的那样，后者，也就是抒情主人公的特征是非客观性，是作为思想的主体（个性）在文中被展示出来的。猎狗的回应，理所当然是非常重要的举动，但是它无法改变已经形成的情形，它只是外在地强化了已经形成的内在事件——“景仰”。此外，这一举动对于描绘性格来说是远远不够的。

在作品中，叙事者也没有被物化（如果指的不是讲述者的话，他是被讲述事件中的直接参与者），但是，他的立场并不是作为抒情主人公（在情形之内）的“我”的立场，而是非在场的间接立场。他们有着不同的视角前景，因为讲述这一事件本身是在被讲述事件的语境之外完成的，这样一来，作为内心反省的言语化，尽管无法等同于反省本身，但从根本上来说是与反省无法分割的。抒情主人公作为心理事件的主人公，经受了自己主体性结构的改变。这样的改变对于故事中的主人公来说是可能发生的，但不会发生在叙事者身上。甚至对于讲述者来说，类似的内心转变可能出现在过去——在所讲述的事件的框架内，但并非在讲述这一事件本身的框架内。这是叙事距离的法则：对于成功的讲述来说，讲述主体的立场在讲述时应该已经形成并且是稳定不变的。如果要在叙事型作品中适当地改变这种立场，那么作者就会引入另外一个叙事者（讲述者）。

抒情作品是非叙事的，并且它不清楚反省与其言语化之间具有不可消除的距离。当然，它也不会将抒情散文变成作者的直接表达方式。普里什文在其散文诗集《大地的眼睛》的前言中专门

---

1 下面的研究中首次指出了这种转变作为抒情散文的体裁特征（*Бальбуров Э. А.* Поэтика лирической прозы. Новосибирск, 1985. 爱德华·阿夫里坎诺维奇·巴利布罗夫:《抒情散文的诗学》，新西伯利亚，1985 年）。

做了说明："我在说关于自己的事情并不是为了我自己，我通过了解自己而了解其他人和大自然，并且如果我写下'我'，这并不是日常中的'我'自己，而是创作中的'我'，这与个性的'我'有着非常大的不同，不亚于如果我使用'我们'这个词。"[1]

在抒情交际事件中发生的并不是读者对主人公心理事件所进行的保持距离的思想静观（这是阅读叙事作品时经常出现的情形），而是读者对心理事件的直接参与——假定的自我身份确定，在这个过程中"诗歌的读者不由自主地变成了作品主人公的姿势"[2]，成了抒情主人公角色的扮演者。经典的《我记得那美妙的一瞬》在艺术接受行为中正是让读者读成"我记得"，而非"他记得"，从而形成了对于诗歌创作抒情的通常场景，即作者、抒情主人公和读者"不融为一体而又不可分割"。

不过在此类诗歌中，作者的创作"动作"是发生在艺术事件的这三个参与者的共–存事件之前的，尼古拉·斯捷潘诺维奇·古米廖夫将其理解为"对词语的分配，对元音辅音的选择，对节律的加快或者延缓"[3]——所有超出个人经历（主人公的权限）范围之外的都属于这一经历的审美完成过程（作者的权限）。这样一来，作为散文诗，乍一看上去，在抒情主人公的言语中，这些作者间接存在的要素都被剥夺了。但真的是这样吗?

让我们回到屠格涅夫的作品上来。首先映入眼帘的是结构上的特殊性，这是从波德莱尔那里继承来的：内容详细并且段落非常多。文章的质量因为结构的有序化而被提升，但它绝对不是同

1 *Пришвин М. М.* Собр. соч.: в 8 т. Т. 7. М., 1984. С. 84. 米哈伊尔·米哈伊洛维奇·普里什文:《全集》(共8卷)，第7卷，莫斯科，1984年，第84页。

2 *Гумилев Н. С.* Письма о русской поэзии. М., 1990. С. 48. 尼古拉·斯捷潘诺维奇·古米廖夫:《关于俄罗斯诗歌的书信》，莫斯科，1990年，第48页。

3 同上。

一个屠格涅夫的长篇小说叙事所具有的特征。段落在这里可以被比作诗节，除此之外，它们相互之间的节律性质也明显不同，这就“强化了它们的独立性，与相邻诗节的相互关系相对于传统的散文来说也活跃了很多，完全可以建立它们在诗歌中的垂直联系。诗节的相互一致及其短小的篇幅，还有停顿的特性，都成为组织整体节律和意义的独立方法手段”[1]。

在《麻雀》10 行散文体诗节中的前 5 行，呈现的是节律行相同的音节长度（在散文中它与简单句的句法单位是一致的，或者与复合句中的句子要素一致）。在这里，平均的节律行长度由 9 到 9.3 个音节构成（在第 3 段中稍微有些长）。在第 2 部分，这一指标明显降低：从第 6 个诗行中的 7.5 个音节降到结尾的 4.6 个音节。这种“节奏的加速”（古米廖夫）看起来远不是偶然为之：在前 5 个段落里铺展开内容，就像已经显示的那样，故事的仿叙事情节之后由心理反省的抒情情节所替代。

但是，后来变成抒情主人公讲述者的语句的情绪张力，在第 5 个诗行中就已经开始提升，与此同时还伴随着有节律的重音密度的加强（重音音节相对于整体音节的数量来说）。在前 4 段中，这个指数在 0.35 到 0.37 之间波动，到了第 5 段，开始升高（0.39），并在文章的结尾处达到了最高值（0.44）。重音密度加强，与此同时节律行长度缩短，自然就产生了节律张力的强化效果。

在这个背景下，第 8 个诗行却在节律上表现出重音密度急剧下降（0.32）的趋势，在这里，抒情主人公的外在姿势组成了其在世界上出席的内在的、下意识的事件（“我怀着尊敬的心情，走开了”）。

正如我们所看到的，作者积极性结束时所呈现的节律或许不

---

1 *Орлицкий Ю. Б.* Стих и проза в русской литературе. С. 60. 尤里・鲍里索维奇・奥尔利茨基：《俄罗斯文学中的诗歌与散文》，第 60 页。

仅在抒情诗歌结构中凸显了出来，而且在散文结构中也是明显的。散文诗的体裁诗学在结构方面最主要的一点，显而易见，在于承认抒情的非叙事性与故事叙事的关系，故事叙事强有力地将自己与长篇小说时代文学中的散文联系在了一起。

让我们来仔细阅读一下普里什文《林中水滴》中的《初秋》一文。

> 今天拂晓，一棵胖嘟嘟的白桦，像是穿着用细骨支起的钟式裙，由树林里走到了林中空地上，另一棵羞怯、瘦弱的白桦把叶子一片接一片地洒落在黑压压的云杉上。随着天越来越亮，继这两棵白桦之后，其他各种树木也都纷纷向我展示千奇百怪的本来面目。每年初秋都会出现这样的情景。其实，千人一面的苍润华丽的夏季宣告结束，伟大的转折开始，树木以千差万别的姿态开始落叶。
>
> 其实，人也是如此，人在快活时都十分相似，而只有在痛苦的时候，还有在改善处境的搏斗中才各有不同。如果用人的观点来看，秋天的树林向我们展现了个性的诞生。
>
> 怎么能不这么看呢？这个一闪而过的类比使我极为高兴，我全神贯注，以一种亲人般的关怀环顾着我四周。……瞧，有一株很老很老的红菇，大得像只碟子，上下通红，因为太老，四边都卷了起来，形成一只碟子，碟子中注满了水，水上漂着白桦小小的枯叶。[1]

这篇文章以叙事型开始——指出了事件、地点和人物（两

1 参照普里什文：《林中水滴：自然与人生》，蓝蓝编选，北京：东方出版社，1996 年，第 36–37 页。译文略有改动。

棵白桦树）。但实际上，被观察的内容是事件之外的，因为“伟大的转折”就是再自然不过的季节交替过程中的某些片段（“每年……都会出现这样的情景”）。事件的确发生在“今天拂晓”，说话者用人类的眼光凝视着周围的世界，于是在他面前呈现出来的是象征性的“个性的诞生”，而这激起了他对周围世界的“亲人般的关怀”。这种主体性改变的言语化（“这个一闪而过的类比使我极为高兴”）形成的不是叙事（讲述），而是冥思（沉思）；并且，这一讲述的主体不是见证了树木行为或者在林间的这位讲述者（他们什么都没做），而是抒情主人公，他用自己的讲述完成了思想的讲述行为。读者通过阅读使自己投身于这种讲述的交际事件中仅限于此种情况，即他接受了这种思想讲述行为的内在“姿态”。这样一来，那一片在蘑菇卷起来形成的碟子中漂浮着的白桦小小的枯叶对于读者来说就是打开了森林生活中独一无二的、个人的事件。外在的事件性从属于叙事，实际上是内在的、抒情事件性的结果和反映。

在普里什文同一体裁的作品中，叙事涵盖了文本的大部分内容，是一种具有指向性的准短篇小说结构。例如，其微型作品《死去的蝴蝶》。

> 在路牙边，在淡紫色的风铃草之间，盛开着一小撮薄荷花。我当时就想把花给摘下来放到鼻子上去闻一下，不过有一只不太大的蝴蝶正停在这花朵上，翅膀是收起的。我不想因为要满足自己的私欲而扫了它的兴，所以决定再等一等，于是我便站在花朵旁边，开始在便抄本上写下我的一个想法。
>
> 就这样，我忘记了关于蝴蝶的事情，久久地在那里写着什么，当我写完了之后，我突然想起来这回事——而此时，这只蝴蝶仍旧停在这朵薄荷花上，仍旧是这个姿势。

“但是通常都不会这样的！”我轻轻地、轻轻地用脚尖触碰了一下薄荷的茎秆。蝴蝶明显地摇摆了一下，但是仍旧没有飞走。难道它是在花朵上死去了？

我小心翼翼地抓住蝴蝶收起的翅膀。蝴蝶并没有挣脱，也没有在手指间拍打，甚至都没有晃动触角。它的确是死了。

而当我将它从花朵上扯下来时，和它一起被扯起的还有藏在花朵中的浅黄色蜘蛛，它大大的腹部有些发绿。它用所有的脚抓住蝴蝶的腹部并且在吸食它。

有在乡间小屋度假的人们经过，说着：“多么美好的大自然！多好的一天，多么清新的空气，多么和谐！”

难道他们不知道，大自然一点儿都不和谐，只是在人们的心中才会诞生和谐之感，喜悦之情，幸福之感。

这篇文章一点儿也不像自然主义者的随笔记录，也不是关于没有观察力的度假人的笑话。因为无论对于随笔记录还是笑话来说，这篇文章在内容上都有太多过剩之处。文章在叙事方面的情节并不是对常规事件的偏离，而恰恰是隐藏在人视线之外的生活常态，是在其不计其数的呈现之中所显现出来的一种。甚至“不会存在这样的事”的想法（意外事件），实际上仅仅是对于城里人来说的，但是对于鲜活的大自然来说却是再自然不过的常态。与此同时，我们很难否定《死去的蝴蝶》这篇文章叙事的组织性：作者成功地塑造了轻松的小阴谋，达到了读者期待的某种张力，同时又用自己独特的观察消除了这一点。具有总结性的结尾让人想起喻言，只是这里并没有道德命令性。不过，作为由讲述的叙事手段所建构的抒情启示，也就是聚焦在“人心里”而非人外在的存在的事件的体裁参照内涵，由此得以形成。

在保留类似主题意向的同时，普里什文同一文集里的另一些散文诗却表现出相反的结构。例如,《幸福的钥匙》的开篇便是详细展开的抒情讨论,并且只是在四段中的最后一段里出现了对个人自我确定的施为言语的叙事确认:

> 今天在许多花朵和声音的混乱之中,在长有蓝色叶芹草奢侈的草地上,有一束太阳光落到了非常小的石竹花冠上,顿时,它绽放出红宝石般的火焰,并且吸引了我对整个鲜花和声音的世界的亲人般的关注。小小的石竹花冠这次却成了我幸福的钥匙。

当代学界对我们所讨论的这一体裁的专门研究证明,“叙事的和抒情的形式是抒情短文的两极”,在结构中“都可能呈现出叙事型讲述……和抒情型讲述的特征”。[1] 这一论题或许可以被接受(需要明确的是抒情话语本身不具有叙事性),但是必须强调一点,它所指出的可能性并不会导致叙事与抒情合在一起无法区分,也不会在某种体裁形成的类型间过渡状态中出现“世界观两极的类型结合起来”(抒情的和叙事的)的现象。

在大量公认的散文诗的研究基础上可以推出不变恒量的模型,根据这个模型,叙事与非叙事(冥思)话语的动态均衡性——在后者形成体裁的作用下——构成了这种后长篇小说(非典范)体裁的**内在维度**。作为相互补充的不同源的例子,我们可以列举屠格涅夫《鸫鸟》(一)的片段。

> 它歌唱,充满自信地放声歌唱,这只黑鸫。它知道,按照通常的规律,终古常新的太阳不久将喷薄而

1 *Геймбух Е. Ю.* Лирическая прозаическая миниатюра в системе родов и жанров. М., 2004. С. 15. 叶莲娜 · 尤里耶夫娜 · 海姆布赫:《类型与体裁系统中的抒情散文缩影》,莫斯科,2004 年,第 15 页。

> 出；它的歌声里没有丝毫自己的、私有的东西；它就是那只黑鸫，那只一千年之前曾经欢迎同一个太阳，而且再过几个一千年还将欢迎的黑鸫，到那时我死后留下的一切也许将化作看不见的尘埃，在它活泼有声的身体周围，在被它的歌声震起的气流中滚动。
>
> 我，一个可怜、可笑、单个的人，对你说：感谢你，小鸟儿，感谢你充满力量、充满自由的歌声，在那个寂寥寡欢的时刻意想不到地在我窗下响起。[1]

对于“单个的人”来说，意料之外响起的歌声是具有事件意义的，并且它作为话语的客体需要叙事的表述和讲述。但是鸫鸟非个体歌曲的超时间性没有情节，也无法被讲述——只能在讨论的结构形式中被反映出来，得到视觉化。矛盾的唯一性为这种体裁所用，这也是非常典型的从“它歌唱”转为“我……对你说”。

抒情散文体裁内在维度的动态平衡是不稳定的：讲述的和冥思的组成要素之间在数量上的关系可能是多变的。其中一方可能会被减速，渐隐为语境，却不会被消除（保留文本的体裁性质）。普里什文的《老椴树》这一微型作品便是这样处理的。

> 我想着一棵树皮皱巴巴的老椴树。有多长时间了，它安慰了它的老主人，又安慰着我，对我们始终没有二心。我钦佩它无私地为人服务的精神，我心中就像椴树开出芬芳的花朵一样，产生了一个愿望：有朝一日，我或许也能和老椴树一起盛开烂漫

1 屠格涅夫:《屠格涅夫全集　第10卷　抒情诗　长诗　散文诗》，第381–382页。

的鲜花。[1]

叙事的潜在可能性隐藏在第二句中：很容易想象出结构对等的叙事，关于不止一代人的生活，在这树皮皱巴巴的老椴树周围流逝。第一句话给人的感觉似乎是要开始讲述在过去已经结束的事件了。但结尾的句子却表明在这一交际事件中实时的反省和言说是同时发生的。从叙事到冥想的体裁形成的过渡被减少到勉强能够感受到的跳跃，从动词过去式（我想着，安慰了）到现在式（钦佩，产生）。

屠格涅夫在其“梦境”系列散文诗中则使用了体裁恒定不变量不对称的相反形式。这里不仅指有着相应小标题的《世界的末日》《相遇》，同时也指《蔚蓝的王国》《大自然》，我们从其文本中了解到，还有《老妇人》和《一次拜访》也有着类似的组织形式，尽管并没有指出其梦境的性质。在以叙事形式实现的对梦境的讲述中，叙事具有虚构性：在苏醒之后回忆起的梦是启示的事件，是意识与潜意识的相聚。正如心理分析所证实的那样，对梦的讲述也是对非叙事的叙事化（类似将古代神话作为情节的现代叙述）。在屠格涅夫的“梦”中，组成文本结构的反省是隐藏在情节讲述之后的。

开篇之间的类似对比——屠格涅夫整个系列的其他散文诗所具有的也是开篇的相互补充——形成了体裁的内在维度。在许多散文诗中会产生明显被表达出来的寓言性。普里什文则相反，他不急于追求寓言性，而是明显地在培育象征符号诗学。不过，这里的差别不是体裁上的差别，而是体裁内风格的差别。

事件的体裁特征对于实现叙事–非叙事的内在维度有着决定性意义，围绕着事件形成了散文诗。其特征是这样的，被讲述的

---

1 普里什文：《大自然的日历》，潘安荣译，北京：新星出版社，2015 年，第 129 页。

主体在这里有着双重功能：不仅是实现者（见证人和法官），同时也是论元和主人公。在第一人称的叙事诗短篇小说中，讲述者同样也可以是这两个功能的载体。但是它们会因为时空维度而不协调地被分开；这样一来就像是作为抒情主人公的它们结合起来了。让我们来看一下普里什文《泛喜草》中的描写片段。

> 这个清晨充满阳光且有露水，就像还没有被打开的土地，就像天空未经探索的一层，清晨是这样的唯一，任何人都还没有起床，任何人什么都还不曾看见，而你自己却首先看到了。
>
> 夜莺唱完了自己春日的歌曲，在幽静的地方尚且还有些蒲公英，或许，在某些黑色影子的干燥处还有铃兰在变白。活泼的夏日小鸟——荨麻丛下的鷦鷯开始帮助夜莺，特别悠扬的是黄鹂鸟的长笛。到处都是鸫鸟不安分的叽叽喳喳，就连啄木鸟都疲惫于为自己的小家伙们寻找食物，在离它们远一些的狗身上落下来休息片刻。
>
> 起来，我的朋友！去收集一束自己的幸福，快勇敢些，开始战斗吧，去帮助太阳！听，布谷鸟都来帮你了。看，鹞在水上方游动：这可不是普通的鹞，在这个清晨，它是第一个也是唯一的一个，还有喜鹊，闪耀着露珠，来到了路上——明天它们肯定就不会这样闪耀了，并且明天也将是另外一天，这些喜鹊则会出现在另外的某些地方。这个清晨是独一无二的，还不曾有任何一个人在这个地球上见到过它：只有你能看见，还有你看不到的朋友。

从情节的视角来讨论，什么都没有发生，因为被观察的对象可以被描述，但是无法被转述：仅仅是一个“充满阳光且有露水”的清晨到来了，类似的清晨曾有过并且还将会有无数个。啄木鸟的休憩对于文学来说是不常见的，但在大自然中却是自然而然的，并没有偏离常规。不过在这里终究是有什么发生了：通常的一天变成了唯一的、不可复制的一天，也就是说具有了事件性。要知道，“事件，是那些可能以其他形式发生的事情”[1]。此观点与屠格涅夫的观点相左：在屠格涅夫那里，鸫鸟在数千年间都还是那一只鸟儿，而在这里，鹞则是“第一个也是唯一的”。但是，主体的体裁立场在这两种情况下都是一致的论元实现者。

普里什文的清晨的事件性（这是毋庸置疑的，正如其文本所确定的日常性）——与叙事诗的事件性不同——并不指向过去，而是指向现在，它以一定的视角与读者进行交际而产生，并且让受话者也参与到这一视角中。抒情的“你”在这里以独特的方式若隐若现，时而与自己交流，时而与别人交流。意识到并且确定这一刻在生命中是独一无二的，抒情主人公就变成了论元，作为反省这一刻启示-事件的缔造者。

较之大家习以为常且都接受的观点，将另外一种观点变成现实的事件，就像任何事件一样，是一次性的，且是概率性事件。但是与叙事诗事件不同，作为一种独特的“思想的迸发”，它不应是陈述叙事，而应是直接的示威游行。任何陈述某种情节的话语都是片段的布局方案，在这些片段之间能够发现事件的、空间的或论元的断裂。相反，抒情事件与交际事件的言语化并没有划清界限，不具有分形特征，它是某个时刻的，无法被分成片段。但是它可以作为思考的升华（比较浮士德的“瞬间，请你停下来，你是如此完美”）和反省，并且变成言语的冥思。

作为抒情反省要点的视角只能产生于这种独具一格的看法的启示之中，这种看法表现出在日常片段中成熟生活的深层本质。

---

1 *Рикёр П.* Время и рассказ. Т. 1. С. 115. 保罗・利科：《时间与叙事》，第1卷，第115页。

这种要点的定位是“被停下来的瞬间”的效果，对于普里什文来说，参与其中意味着“透视永恒的镜子”。例如，《林中小溪》中的抒情象征情节是这样结尾的：

> ……所有的一切都变成了一件事情，并且我开始觉得，这是最好的，我再也不需要去追求什么。我在树根之间弯下腰，靠在树干上，脸转向温暖的太阳，这时我渴望的时刻到来了，并且停止了，作为地球上最后一个人，我第一个进入了鲜花盛开的世界。
>
> 我的小溪汇入了大海。

作品的叙事部分指向停止的瞬间的抒情效果，以便成为其中断的、被排挤的冥思的组成成分。显然，对于散文诗来说，停止的瞬间的诗学（被强调的或者潜伏的）是弥补诗歌秩序缺席的必要的结构环节：它的确是这一体裁结构的基础，因为将由它来确定作品的主题、细节、结构、修辞、节奏和语调等。

屠格涅夫有一篇散文诗《留住！》，整篇都是关于停止的瞬间的诗学思想，从其每一篇这种体裁的作品的基本内容中都可以看到这种诗学思想。

> 留住！我现在看见你是什么样子——你就按这个样子永远留在我的记忆里！
>
> 最后一个充满灵感的声音从唇间脱口而出，双眼无神又无光——由于幸福，由于意识到你所表现出来的美而陶醉，那双眼睛感到羞怯难堪而黯然失神了，你伸出得意而疲惫的双手，仿佛在追寻那美的踪迹！
>
> 那洒向你全身的肢体，洒向你衣衫每一个微小的褶皱上的，比阳光更细腻、更纯洁的是怎样的一种光？

用爱抚的吹拂使你披散的卷发向后飘逸的是哪一位神灵？

是他的亲吻在你大理石般白皙的前额留下热烈的红晕？

正是它——无人不晓的秘密，诗歌、生命、爱情的秘密！正是它，是它——永生不朽！再没有其他的不朽——也不需要，在这一瞬间，你是不朽的。

这一瞬间将会过去——你又成为一撮灰烬，一个女人，一个孩子……但这与你有什么关系！在这一瞬间——你变得崇高了，你超越一切转瞬即逝的过眼烟云。你的这一瞬间永远不会终结。

留住！让我也加入你的不朽之中吧！让你的永恒的反光也映入我的灵魂里来吧！[1]

可以说，每一篇真正的散文诗中的抒情主人公都是永世不灭的、停止的瞬间的创建者和参与者（不一定是积极的），就像是内涵的抒情客体。

散文诗体裁非常重要的特性还在于它几乎毫无例外都具有系列归属性。文学的抒情类型的特性总体上来说就是较高程度地追求系列化的趋势。现在已经出现在文学中的散文诗和以后将要出现的散文诗通常总是以归纳汇集的方式出现的。有别于大多数诗歌的抒情文本，它们通常在创作之初就已经被设定在了系列框架内的邻近位置。“显然，系列化的趋势在于散文微型作品的体裁性质本身，它‘忍受不了’孤立的存在，要求在整个系列中巩固并发展其中所蕴含的思想和形象，这个系列里所包含的是在时间

1 参照屠格涅夫：《屠格涅夫全集 第10卷 抒情诗 长诗 散文诗》，第370页。译文略有改动。

上延续但从性质上来说独立自治的文本。”[1]

不过在突击框架内或是静物描写作品的章节中，内在的联系通常是宽泛的，并且也没有诗歌系列那种严格的结构来凸显这种联系。但与此同时，许多散文诗的抒情事件性需要在系列的语境中才能够完全实现。例如，《林间水滴》整篇都渗透并且联结着突然产生的对自然生活的“亲近感的关注”事件，而其结尾则是对这种关注的情感的言语化：

……感觉自己是所有一切的胜利者，并且根据自己就能明白，为什么安泰俄斯[2]触碰到大地便能重生。

在这个语境里，甚至极其微小的诗歌（散文的“单行诗”），例如《雪之下》，都会呈现出与“亲近感的关注”共通的思想能量，这与日本俳句的体裁结构类似。

能够听到，老鼠在雪之下啃食草根。

以言语化的句子来结束心智思维的事件的《泛喜草》，也在自身集中了系列思想的统一性：

我正是在说关于这的事情，最后感受到巨大的幸福，我不觉得自己是特别的人，孤独的人，还是像所有善良的人们一样。

在第一次出版（屠格涅夫生前）的 *Senilia* 中，屠格涅夫以

---

1 *Орлицкий Ю. Б.* Стих и проза в русской литературе. С. 61. 尤里·鲍里索维奇·奥尔利茨基：《俄罗斯文学中的诗歌与散文》，第 61 页。

2 安泰俄斯是希腊神话中的巨人，大地女神盖亚和海神波塞冬的儿子。他力大无穷，并且只要保持与大地的接触，就是不可战胜的。——译者注

大家都熟悉的微型文章《俄罗斯语言》结尾，作为在其整个年迈的、消极的系列中积极思考的要点。从根本上来说，只有这样加入到已有散文诗的整体语境中才使得《俄罗斯语言》成为我们所考察的体裁的参与者。严格地说，离开系列，这种警句格言形式的片段并不能成为散文诗。

总的说来，在屠格涅夫被创新的体裁意义联系在一起的微型作品中，有不少其他体裁性质的文章，它们不属于抒情作品。在这里，我们能够看到一些超级短小但从体裁上来说还是属于短篇小说的作品（《玛莎》《白菜汤》《“绞死他！”》），属于喻言的作品（《施舍》《一个东方的传说》《两个富豪》《敌人和朋友》），属于笑话的作品（《记者》），还有警句格言片段（《生活准则》《俄罗斯语言》以及后来的《通向爱情的道路》《对话》《朴素》《婆罗门》《你哭泣起来……》和《爱情》），抨击文章（《坏蛋》《作家与批评家》和《与谁争吵》），悼念文章（《纪念尤·彼·符廖夫斯卡娅》）等；在这一系列作品中甚至还可以发现纯粹的诗歌（非散文式的）《致 ×××》和《我走在高高的山间》。这些作品如此杂乱多彩，正如关于小说的论题那样，而这种杂乱对于新体裁形成的情形来说是非常自然的现象。

在屠格涅夫晚期的创作中，体裁的进化经历了某种“突变”，在这种突变之后一些创作尝试失去了生机，找不到继续的可能性，另外一些则更加具有生命力，成为新的体裁传统的源头。在一定程度上来说，在叙事诗系列片段《短篇小说》和《遥远的》中，布宁发展了屠格涅夫超级短篇小说的能力。作为体裁前景的散文诗，其最为明显的形式在普里什文的书中——《林间水滴》和《大地的眼睛》——得到了实现。而在布宁那里，这样的创作尝试并不多（例如，《耶利哥的玫瑰》或者梦境般的《企鹅》）。

在总结散文诗这一相对年轻的体裁构成的考察过程时，尽管在文学理论研究中对这一体裁的身份认同暂时还是一个悬而未决的问题，但我们仍会按照巴赫金所提到的言语体裁维度对其进行界定。

散文诗的对象–思想（主题）的建构设计可以被界定为人内在的个体（个性）与无所不包的整体世界生活的相遇。后者掌握了散文抒情，它不是隐喻式的，而是换喻式的[1]：永恒以瞬间的面貌呈现，而世界万物统一在其微型片段中（麻雀、老鼠、鸫鸟、红菇、椴树、非常小的石竹花冠等）。与此同时，世上的生活通常以自然界的生活来呈现，但也不总是如此；在这里起决定性作用的不是其自然性，而是普遍性：植根于神话中的前叙事平行主义形成于个体内在和无所不包的外在（在《林间小溪》的结尾处非常明显）之间。体裁的世界图景在这里是先例性的，就像在神话中一样，但是，位于价值中心的不是其功能性的论元，而是神话所不熟悉的抒情的"我"——被新时期文学加工过的抒情主人公形象。

散文诗的体裁结构特征在于某种从叙事性向冥思性过渡的类型，这一类型构成了该体裁的内在维度。

散文诗的语言表现出一种克制的简洁风格，它位于中立的言语实践框架和中性的语调之外，不过，它通常不会达到欣喜若狂的讲述音律。与此相符，所有带着体裁内在维度的富有表情的言语表达、富有表达力的词法以及语调所强化的艺术印象的感召力，通常并不能笼罩整个文本，也不能让整个文本都服从于它们，它们只是冲破了标准文学语言惯常的风格背景。

与此同时，抒情散文语言明显的独白性并没有消去其崇高的诗歌语言的相对性，相反，在体裁的另外一个内在维度方面，它

---

1 См.: *Якобсон Р. О.* Два аспекта языка и два типа фатических нарушений // Теория метафоры. М., 1990. 参见罗曼·奥西波维奇·雅各布森：《语言的两方面与交际性失调的两种类型》，见《隐喻理论》，莫斯科，1990 年。

隐秘地向受话者靠近，获得了“简洁的低语”这一对话的风格基调。散文诗体裁的“受话者立场”（巴赫金）可以通过隐秘性的概念来界定：让人信任的忏悔式艺术表述明显缩短了两个意识——创作者的和读者的——之间的距离，而将自己的受话者作为非常亲近的、亲密的人来对待。

上面我们所列举的都是散文诗的开创者屠格涅夫在俄罗斯文学中实现的体裁特征，它们并不是完全按照顺序来呈现的。这种体裁真正的繁盛是在普里什文的创作中。

第九章

舞台话语的悲剧体裁

借助言语
人可以戏剧般地将自己
与可能的行为和举止等同起来
并且在当时所出演过的戏剧中
扮演许多角色……
——约翰·杜威

第一节

作为一种特殊话语实践的戏剧之本质，即对他人言语行为的模拟呈现（参见第二章）。长篇小说、短篇小说甚至还有抒情诗歌都可以添加与主要文本不同的、模仿各种人物的私密言语。不过，作为讲述整体的作品，它们的统一性在这些情况下由讲述者、叙事者或抒情主人公的言语所保障。戏剧的讲述（剧本）则不具有这种在创作（作者）和接受（读者、观众）审美交际主体间作为中介的集成诠释角色。

在戏剧文本中，叙事意图的主体是不存在的。主人公不是见证者，而是所呈现事件的参与者（带有自己的倾向）。见证者的角色——证实在舞台上呈现的事件性的地位——让渡给了观众，或者——在剧院看演出时——部分地转托给了演员。但是表演者的舞台讲述并没有变成关于主人公的叙述，他们仅仅是在其言语行为中带入了阐释的重点，在面对观众群体时，保留了观众之外的“法官”立场。

纯粹且通常会举的戏剧演说的例子，是斯坦尼斯拉夫·莱姆的广播剧《月夜》。文本是宇航员们临终的对话录音，从根本上来说，它无法在舞台上呈现，因为所发生事情的言语化破坏了文本组织原则。作者的情景说明在这里只可以用来展现录音机磁带所造成的噪音，并且它仅仅是戏剧的次要方面。总的说来，情景说明是以对话形式对主要的——发出声音的——文本主线的替换，因为其指向并不是观众，而是表演者。用于阅读的戏剧情景说明变得与对话同等重要——从历史上来看，这是非常晚的时候才出现的现象，它本质上是戏剧话语形态的改变。

传统的情景说明也像戏剧的对话一样是阐释性的，不过并不是主体的（拟似的、直接言语的），而是客体的（说明的、借助某种非言语的内容取代词语的默示）。在这里，词语为接受者的心智视角提供了某种非言语的现实，并且不会否定“见证人和法官”角度的事件格式化，而这一点恰恰是叙事的属性。当情景说明聚焦于交际中重要的沉默，呈现零度讲述（“人民沉默无言”）时，对话与情景说明的话语特性的统一性也就特别清晰地显露出来了。

戏剧文本的结构基础由**施为性**演说构成。斯米尔诺夫写道：“在戏剧中，文学的施为性……从仪式中继承过来，达到显性的边界，构成的不是文本的潜能，而是作为命令式书写在其中存在。”[1]这就使得受话者的接受层级成为关键性因素。类似地，在叙事诗（叙事）话语中发挥关键作用的是事件的客体层级，而在抒情话语中则是讲话的主体层级。

如果叙事展开了（在交际者的想象中）生活场景事件式更替的时间间距上的链条，那么施为则是一种直接的言语行为，它本身是某种程度上的微小事件，小到可以忽略掉在这种讲述之前所发生的交际场景。在表白之后，或说出仇恨之后，或表达侮辱、赞叹、指责、威胁和担心等之后，交际者已经无法完全保持他们原来的相互关系而不发生改变了。对自己之前的讲述排斥得再强烈也无法将这种讲述从已经形成的交际情形中消除。正是这种对话构成了戏剧文本的基础内容。这样一来，作为讲述者可以回到已经陈述过的内容，确认细节，进行订正，甚至从根本上改变自己的“见证人举证”。

在戏剧的相互作用过程中，作为说话主体的每一个参与者同时又是交际事件的“见证人和法官”。从根本上说，戏剧中的每一个演员都是自己的承载者，而其表达的是对自己所经历事件的一个非常主观的版本：每一个人都可能以自己的方式讲述与其他人之间相互关系的场景。如果这一场景的时空维度是作者的情景说明中给出的，那么对于所发生的事情的价值观上的统一视角——如果缺少叙事者的话——将不可能出现。戏剧话语提供给观众占主导地位的见证者立场，观众被号召着去区分在他面前所拟似呈现的对话的事件性地位。

当然，作者可以使用文本开头、结尾的结构要素，还可以将文本分成几幕，借助情景说明等让观众明白其所观看的故事的潜在讲述者的原始叙事立场。然而，即使是在史诗作品中，也有一种叙事者言说的合成呈现，这在一般的戏剧作品中是根本不存

1 *Смирнов И. П.* Олитературенное время. С. 19. 伊戈尔·巴甫洛维奇·斯米尔诺夫：《文学化的时间》，第 19 页。

在的。

最初的仿拟，要比叙事古老得多，它曾是仪式活动的一部分，并且被认为具有神话传统的仪式先例性，而非施为碰撞的交际事件性。随后，古体的戏剧将神话演绎成故事，将合唱作为将要完成事件的集体见证者，在舞台上呈现由合唱所引导形成的观众视角。合唱与主要人物产生施为的相互作用，但这绝非转述（看起来似乎是讲述者完成的，但他同时又是被讲述事件的参与者），而是由戏剧文本直接再现。

这样的文本，虽然包含着情节的运动过程，被分为片段，但根据这一运动过程的言语化的能力，与它类似的叙事讲述应归为仿拟话语，而非叙事话语。按照费奥多罗夫的观点，“在戏剧中发生的不是讲述的事件，而是表演的事件”；这种交际事件在于“表演者的描述语言与人物被描述的语言相符，这样一来就产生了表演者‘缺席的效果’”。[1] 不过这只是效果（仿拟）。

我们不应该认为，施为语言的仿拟表象仅仅在剧院、在表演戏剧文本时才能碰到。根据话语情态来说，还有一个词也是这样的，即**弥撒**。它们有着共同的家谱（原始仪式），但是它们的交际性质有着根本的不同。

在同时存在于同一段台词中的演员再现的言语与戏剧人物事件性的言语之间，总是有着一定的距离——讽刺的抑或是充满激情的。当演员开始直接地“发自内心”地说话，他便从代表人物转变到自我呈现（语言表现）了，并且打破了戏剧的艺术假定性。

神父或者教民的弥撒言语也是由非自己的言语模仿所组成的，同时也是假定的（尽管这里是另外一种性质的假定性）。但是它并没有与神圣的先例语言分开，也没有亵渎这种语言，而是

1 *Федоров В. В.* О природе поэтической реальности. М., 1984. С. 150, 149. 弗拉基米尔 · 维克托罗维奇 · 费奥多罗夫:《论诗歌现实的本质》，莫斯科，1984 年，第 150，149 页。

与其达成共识，它们有着共同的意向。这就像在日常的言语交流中，有时候我们为了表示赞同，会重复谈话者的言语片段。弥撒从其性质上来说就是某种“赞同的对话”，用巴赫金的话来说，它“从来都不是机械的或者逻辑相等的，也不是回声；在其背后总有被克服的遥远和靠近（但不是融汇）”（5，364）。

演员表演戏剧对话时可以出自他内心的同意，同时也可以是不同意。但总的说来，作为“不同指向”的演说[1]（冲突性是戏剧的根本属性），戏剧假定言语行为中施为者和受话者的意图具有明显的结构上的不协调。这种不协调指向观众的受话者层面，这是弥撒所不具有的。弥撒神圣的“受话者之上者”（巴赫金）是其参与者，而非受话者。

戏剧文本从结构基础上来说是作者将全部三种情态施为——呼吁性的、声明性的还有冥思性的（参见第二章）——进行仿拟的表象。让我们从此方面来仔细分析一下从大家所熟知的喜剧中随便选取的一个小片段。

> **市长**：我真后悔把他灌醉了。他说的话哪怕只有一半是真的，那咋办？（沉思）怎么会不是真的呢？<冥思>醉后吐真言嘛。心里想什么，嘴上就说什么。当然，稍许吹了点牛。不过要知道，不添油加醋就没法说话。跟大臣们玩牌，出入宫闱……<声明>说真的，你想得越多……鬼才知道他，就越不知道他脑子里在想什么；简直就像站在什么钟楼上，或者有人要绞死你似的。<冥思>
>
> **安娜·安德烈耶芙娜**：我倒丝毫没有感到胆怯<冥思>，我只看到他是一位有教养而且风度高雅的

---

1 См.: *Волькенштейн В.* Драматургия. М., 1923. 参见弗拉基米尔·沃尔肯施泰因：《剧作学》，莫斯科，1923 年。

上流人士<声明>，至于他身居何职，官居几品，我才懒得管呢。<冥思>

市长：哎呀，你们终究是女人！无非是妇人之见！你们把一切都看成小事一桩！没来由地突然冒出一句蠢话，人家刺你们两句也就完了，可是当丈夫的就得吃不了兜着走。<声明>我的心肝儿，你对待他那么随便，就像他是什么多布钦斯基似的。<呼吁>

安娜·安德烈耶芙娜：关于这点，您就甭操心啦。<呼吁>我们心中有数……<冥思>（望了望女儿）。

市长（自语）：跟你们说什么好呢！……真是飞来横祸！我都吓懵了，到现在都还没清醒过来。<冥思>（开门，向门外喊）米什卡，把警长斯维斯图诺夫和杰尔日莫尔达叫来：他们就站在这儿大门外不远的地方。<呼吁>（沉默少顷）现在这世上净出些叫人纳闷的事儿：如果这人英武魁伟倒也罢了，可是他却长得干瘦、细长——怎么看得出他是干什么的呢？军人倒还像个军人，可是穿上燕尾服——哎呀，就像一只剪了翅膀的苍蝇。<声明>刚才在旅店里还装蒜，装模作样了好一阵。绕着弯地说了一些话里有话和让人摸不着头脑的话，好像让人一辈子也捉摸不透似的。可到后来还是露了馅。甚至还说了不少不该说的话。分明是年轻人，嘴上没毛，办事不牢。<声明>[1]

在单个人物的言语中，与此同时，还有在整个戏剧文本所给出的施为索引中，其相互关系都可以作为被分析的对象。从一定程度上来说，在整部《钦差大臣》中，市长的话语中占优势的是

1 果戈理：《钦差大臣》，臧仲伦，胡明霞译，南京：译林出版社，2005年，第52–53页。

声明，在赫列斯塔科夫的话语中是冥思，而在女性人物的言语中则是呼吁。从这些术语中可以看出，他们在戏剧情节场景中的交际策略是不同的。赫列斯塔科夫的冥思策略与整个浪漫主义话语的幻想系列相结合，使他成了对“浪漫主义”个体（个体的“我”）类型的明显讽刺。从研究角度来看，市长是一个让人非常好奇的角色，他悖论式地在自己身上集中了两种讽刺戏剧的传统类型特点：中心的被揭露者（虚假的具有美德的人）同时又是高谈阔论者。

第二节

悲剧是欧洲文学戏剧话语实践中最为古老的体裁，而喜剧则形成得较晚，它形成于原始的“讽刺戏剧场景”基础之上，最初是用来补充悲剧表演，用笑来化解悲剧产生的紧张感的。这样一来，关于这一体裁的起源，从主要时间节点上来说与作为文学形式的喜剧的起源是吻合的，但悲剧书写的许多特殊性是舞台话语的所有文本共有的，这些文本由非作者（“被描述者”）的言语对话片段构成。

悲剧作为历史上以及理论上界定的戏剧体裁，其特征很难被明确地区分，因为在文学理论中对体裁特性和作为审美范畴的悲剧因素的特殊性等区分不足，直到20世纪20年代才由巴赫金为其划清了必要的界限，但迄今为止，它尚未获得广泛的认同和推广。在明确区分作为审美客体的艺术整体的“建构结构形式”及其文本展现（外在的作品）的“结构形式”时，巴赫金曾这样写道：“戏剧是结构形式（对话、场幕划分，等等），但悲剧和喜剧是完结的建构结构形式。当然，可以将喜剧与悲剧的结构形式看作戏剧的不同形态，即言语材料结构的安置方法”（ВЛЭ，20），也就是文本的结构，而非审美感受的建构结构（净化）。

作为审美范畴的悲剧因素（艺术性体系不受某一种固定体裁限制）给自我界定的个体提供了多余的自由，这是相对于具有“最高合理性”（席勒）的超个体世界秩序来说的。悲剧的情形产生于这样的结果之中，即人物“多于”自己在世界秩序中的角色，进入到不可调和的与自己的命运或者职责、使命、历史必然性、社会功能等的矛盾中，也即进入到个体存在的超个体任务之中。在这样的（悲剧的）矛盾之后，“个体的真正生命似乎终结在人与自身不可协调的点上，终结在他走出边界的点上”[1]，个体走出了自己存在于世的角色边界之外。在莎士比亚的《罗密欧与朱丽叶》中，这种边界是家族的世代仇恨，但是女主人公对男主人公说：“要知道你仍旧是你，而不是蒙太古家族的一员。”

在悲剧的主要情节中通常能找到类似的场景，即“我”和“超我”之间无法相融，这种不相容让个体通过非自我否定的途径走向毁灭的自我确认。在索福克勒斯的《安提戈涅》中，毫不退让的女主人公自愿死去，这是她道德的胜利和克瑞翁的失败；对家族世仇伦理标准层面的道德胜利也随着罗密欧与朱丽叶的死去而显现出来。但是，在这一体裁中远不是所有作品的情节都是这样发展的。在埃斯库罗斯早期的悲剧作品《祈援女》中，国王裴拉斯戈斯所完成的选择——统一的正确决定——完全不具备悲剧特点。普罗米修斯的境遇与行为在这位戏剧家笔下也不是悲剧性的，而明显是英勇的。他的《俄瑞斯忒斯》三部曲，“古希腊悲剧最高的样本，以俄瑞斯忒斯的正名和敌对众神的和解而结束”[2]，其中虽然充满了悲剧性（从体裁上来说），但并没有悲剧因

---

1 *Бахтин М. М.* Проблемы поэтики Достоевского. М., 1963. С. 79. 米哈伊尔·米哈伊洛维奇·巴赫金：《陀思妥耶夫斯基诗体问题》，莫斯科，1963 年，第 79 页。

2 *Ярхо В. Н.* Драматургия Эсхила и некоторые проблемы древнегреческой трагедии. М., 1978. С. 5. 维克托·诺耶维奇·亚尔霍：《埃斯库罗斯悲剧与一些古希腊悲剧问题》，莫斯科，1978 年，第 5 页。

素（从审美角度来说）。另外，艺术整体审美完结的悲剧体系可以在悲剧体裁框架之外实现，例如，在抒情诗中（普希金的《预言者》）或者在长篇小说中（《罪与罚》《安娜·卡列尼娜》）。

这使人不得不仔细寻找作为“次要言语体裁”（巴赫金）的悲剧的恒量特征，而不是求助于悲剧主义的审美范畴，尽管这一范畴在这种悲剧体裁框架下的产生并非偶然，并且特别值得关注。它揭示了日常统一的各个方面之间存在的基本的悲剧性冲突，正是这种冲突导致了源自不同日常偏好的个体生活立场的不匹配。在历史上先于悲剧存在的英雄史诗，将生活视为一个统一的超个人维度，人类的个性努力与之完全契合。而悲剧恰恰将这种个人的“痕迹”作为一个本体论问题来揭示。在这里，主人公不再局限于他的情节功能，是“为自己而存在”的，因此悲剧“在人的自决和自由的基础上，从内部重新创造了人与人之间的关系”。[1]

在划分角色的世界秩序中，如果失去了固有的角色体系的内在统一性，人物生活立场的体例建构困境从根本上来说是无法解决的。悲剧性人物位于十字路口：他所要面对的任何一个前景都不是完全可以接受的方案，但又必须从中择其一。在古希腊罗马悲剧中，常常通过神灵下凡（deus ex machina）来解决冲突，这只是强调了对于人类来说冲突是不可战胜的。随后，在古代戏剧中，诸如神灵下凡与合唱等表征逐渐削弱，但从内在结构来说，非常古老的悲剧仍旧不受小说对立互补原则的影响。

体裁构成的建构原则被规范诗学反复阐明（从亚里士多德和后来的贺拉斯到古典主义者），体裁构成本身便是典范体裁的一个例子。比如，完全合乎典范的悲剧形成于古典主义时期，在文

---

1 *Берковский Н. Я.* Литература и театр. М., 1969. С. 18, 37. 纳姆·雅科夫列维奇·别尔科夫斯基：《文学与戏剧》，莫斯科，1969 年，第 18，37 页。

学话语的“场域结构”中占据着“崇高”体裁的地位，它假定：焦点在于高尚英雄的命运，而英雄人物处于有罪与痛苦的情形之中[1]；无法解决并因此导致灾难的冲突的存在；按照每一幕特殊的情节功能而进行的五幕划分（在古希腊罗马悲剧中，合唱声部是文本不可缺少的组成部分，虽然它们的排列顺序不同，但同样具有施为性[2]）；绝对遵守“三一律”[3]；严格规范诗歌文本形式（例如，亚历山大诗体）和作为“偏离日常用法……口头表达”[4]的高贵的音节。

在悲剧各幕情节发展中通常存在着不同的阶段：冲突的开始，冲突的深化，情节突变（“事件转变至相反的一面”[5]），高潮和灾难性结局。这种“突变”的情节与高潮或循环类型的情节构成并不相同，它没有单向变化的累积增加，而且以灾难结束是循环情节所不允许的。

在莎士比亚的作品中，源自古希腊罗马的悲剧典范遭到了根本性的破坏和彻底的动摇，这标志着主流流派传统的一个**非古典主义的**、被古典主义者拒绝的分支的开始。然而，“非古典主义”

---

1 根据这一类型第一个圣典的原始描述，悲剧英雄“陷入苦难不是因为他的不适合和堕落，而是因为一些错误，通常，这些人物起先是在极大的荣誉和幸福之中，例如，俄狄浦斯、菲斯托斯，以及诸如此类的人物”，“他们不得不忍受或犯下可怕的罪行”。同时，对于悲剧来说，首要的也是最重要的选择原则是“他们应该是高尚的”（*Аристотель*. Об искусстве поэзии. С. 79–80, 87. 亚里士多德：《关于诗的艺术》，第79–80，87页）。

2 悲剧以阐述情节的序幕开始，接着是序歌（合唱出场），随后是插曲（演员的言语部分），合唱队在舞台上的合唱（合唱部分）和公共交流（演员和合唱队之间的谈话交流）的交替，最后悲剧文本以离场的言语部分结束（合唱队与演员一起下台）。

3 诗人们，你们“千万不要忘记理性：就让一个事件在一天之内 / 在同一个地点，在舞台上流动；只有在这种情况下，它才会吸引我们”（*Буало Н*. Поэтическое искусство. М., 1957. С. 78. 布瓦洛：《诗的艺术》，莫斯科，1957年，第78页）。

4 同1，第113页。

5 同上，第73页。

悲剧对典范的偏离主要体现在外在的结构上，而非深层的建构性质上。

根据亚里士多德的说法，古希腊悲剧起源于酒神颂歌（为了纪念酒神狄俄尼索斯）的一个分支：有位演员加入到合唱中，他作为事件的信使出现，这些事件受到充满情绪化的合唱困扰。在埃斯库罗斯之前的戏剧表演中，单独一位演员讲述幕后所发生的事情仅仅会出现在合唱的抒情表达场合[1]。埃斯库罗斯早期悲剧之一《波斯人》也几乎是以相同的方式来组织的，在他更早的戏剧《祈援女》中，达奈俄斯五十个女儿的合唱通常扮演着主导角色。但在“悲剧之父”后期的作品中，演员之间对话的作用明显增加并且开始形成体裁的结构基础，这种体裁让人物的生活立场在不可还原的价值维度的本体论冲突面前发生错位。作为体裁起源最具影响力的继承者的索福克勒斯把演员的数量增加到了三个，合唱也渐渐有了人物之间争辩的情感背景的辅助功能。

信使所描述的，后来由演员部分演绎的具有传奇和神话性质的事件，基本上都是以往构成英雄史诗主题基础的事件。埃斯库罗斯称自己的创作为“荷马盛宴上的面包屑”，《波斯人》中描述了从历史上来说属于现实的情节则是一个罕见的例外。然而，与黑格尔艺术发展三阶段理论相反，这里并不是指所谓在戏剧中实现的史诗客观性与抒情主体性的某种历史“结合”。仍旧是通过上文中提到的讽刺作用（悲剧类型的名称就是明证，翻译过来是“山羊之歌”），悲剧将自己的根源延伸至前史诗和前抒情的歌舞，这种歌舞伴随着祭献牺牲的仪式，使得仪式在原始意识中与死亡

---

1 См.: *Тронский И. М.* История античной литературы. М., 1983. 参见约瑟夫·莫伊谢耶维奇·特龙斯基:《古希腊罗马文学史》，莫斯科，1983 年。

和重生的突变互补密不可分[1]。要想成为悲剧，仪式必须具备一种戏谑的品格，这一点同样决定了喜剧的形成。

牺牲的人物几乎是悲剧体裁中不可缺少的一个表征。在古希腊罗马时期，他们通常是中心主角的形象，但也并不总是如此（在《波斯人》中，令人悲痛欲绝的牺牲者是波斯国王塞耳克塞斯军队中士兵的形象）。不过，牺牲的原型性质并不意味着灾难性结局的必然性。古希腊罗马一些悲剧中的英雄结局是成功的，即便在这种悲剧中，牺牲的体裁母题也保留了其建构意义。因此，欧里庇德斯的《伊菲革涅亚在陶洛人里》讲述了拯救俄瑞斯忒斯和皮拉德斯的故事，他们被指定将俄瑞斯忒斯的妹妹阿耳忒弥斯的女祭司带去献祭。安德洛玛刻被要求献上儿子作为祭品则构成了拉辛同名悲剧《安德洛玛刻》的情节。在莎士比亚的著名剧作中，朱丽叶（罗密欧也是如此）、奥菲莉娅和苔丝狄蒙娜的祭祀功能也是显而易见的。同样，歌德的《浮士德》中的玛格丽特，尤其是她刚出生的女儿，或者奥斯特洛夫斯基类似悲剧的话剧《大雷雨》中的卡捷琳娜，也发挥着同样的功能。

牺牲者的原型可以在个体的“激情–痛苦”动机综合体（对该体裁来说是常量）的基础上被发现（在古典悲剧中是合唱的移情）。然而，这一新兴体裁的参考基础不是祭祀神灵（在原始意识的视野中是合法、正义的行为），而是**犯罪**（有时祭祀本身也被证明是犯罪）。普希金写道：“悲剧主要带来了严重的犯罪。”[2]犯罪链条在古希腊罗马底比斯和阿尔戈斯家族的悲剧情节中展

---

1 См: *Фрейденберг О. М.* Поэтика сюжета и жанра. С. 163–164. 参见奥莉加 · 米哈伊洛芙娜 · 费赖登贝格:《情节与体裁的诗学》，第163–164页。

2 *Пушкин А. С.* О народной драме и драме «Марфа Посадница» // А. С. Пушкин. ПСС: в 10 т. Т. 7. М., 1958. С. 213. 亚历山大 · 谢尔盖耶维奇 · 普希金:《论人民的戏剧及剧本〈市长夫人马尔法〉》，见《普希金全集》（共10卷），第7卷，莫斯科，1958年，第213页。

开;《波斯人》中的塞耳克塞斯被击败，因为他犯下了一个洪荒之罪，将神隔开的两个大陆用浮桥连接了起来；疯狂的赫拉克勒斯的过失犯罪是欧里庇德斯同名悲剧中具有决定性的致命一环；索福克勒斯的同名悲剧中犯罪未遂是阿贾克斯无法忍受的耻辱而且导致了他的自杀；犯罪也构成了《哈姆雷特》的初始情境；犯罪是《麦克白》的中心事件；犯罪是浮士德与靡菲斯特的契约，导致他在歌德悲剧的第一部分（更为传统的体例）随后的犯罪；犯罪是欧里庇得斯的《美狄亚》、拉辛的《安德洛玛刻》、莎士比亚的《奥赛罗》等戏剧情节发展的顶端。作为一种犯罪，奥斯特洛夫斯基的女主人公破坏了父权家庭秩序。不过,《大雷雨》不属于悲剧类型的范畴，这是因为卡捷琳娜的犯罪对于某些角色，对于作者和观众来说都还是个问题。

犯罪（跨越禁忌边界）是一个特殊事件，它决定了悲剧的体裁特征。古代的英雄史诗就像滋养它的神话一样，没有罪恶，只有功绩。犯罪是错误的、不忠的、应受谴责的选择的结果（在古希腊罗马诗学中被称为“错构组织”），这样一来，最为古老的文化层中的人物“所选择的，从根本上来说，不是他们想要的和完成的”[1]。悲剧情节的基调往往是英雄的选择，但罪犯的罪行往往是无意识的，如索福克勒斯的俄狄浦斯之罪（特别是在后来的悲剧《俄狄浦斯在科罗诺斯》中，其中的“神的选择”是相当合理的）。

犯罪作为一种社会生活现象，其问题主题综合体建立在两个基本元素之上：一是世界秩序的不可变性[2]，偏离世界秩序即为犯罪；二是主体的个人责任。悲剧建立在对人类个体存在的本体

---

1 *Гегель Г. В. Ф.* Эстетика. Т. 3. С. 593. 格奥尔格·威廉·弗里德里希·黑格尔:《美学》，第 3 卷，第 593 页。

2 试比较:“悲剧要求普遍客观世界的力量和首要地位”（*Берковский Н. Я.* Литература и театр. С. 13. 纳姆·雅科夫列维奇·别尔科夫斯基:《文学与戏剧》，第 13 页）。

论意义的发现之上。根据对选择负责的道德问题这一角度，关于埃尔兹家族和阿特柔斯家族的诅咒和灾难的神话传说在古希腊罗马经典悲剧中被解读为关于犯罪的传说。值得注意的是，如果说埃斯库罗斯的《俄瑞斯忒斯》三部曲仍然是建立在家族命运、血仇习俗和世袭罪责动机的基础上，那么索福克勒斯在《俄狄浦斯王》中已经把重点放在了个人的命运和责任上。

这种转变的必要条件是世界格局的改变和对人际（而不是代际或种族间）冲突诗学的掌握。单独个人责任性的监管理念与社群正义的理念是不一致的。悲剧实现了从传说固有的**先例**世界图景（其古老报复性暴行"以牙还牙"的伦理）向喻言叙事（见第三章）所具有的命令式世界图景的转向。这个从历史上看来较晚的体裁参考由拥有选择自由的英雄所面临的价值对等的正负两极构成。如果说在埃斯库罗斯的《俄瑞斯忒斯》第一部（《阿伽门农》）中卡桑德拉预言："为我，为人妻，会有妻子死去；为丈夫，会有丈夫死去"，《奠酒人》（第二部）仍然坚持："让死亡的打击以死亡的打击来偿还……这一古老的句子说了三遍"，那么在三部曲的最后一部（《报仇神》）中，雅典娜本人领导阿略奥帕古斯的法庭讨论了俄瑞斯忒斯的责任，并通过了无罪释放的决定。最古老的复仇女神厄里尼亚同意守护正义，并给自己取名为欧墨尼得（"仁慈的"）。

在命令式世界图景情节中，悲剧情节的动态性——与史诗截然不同——并非由以客观作者立场呈现在读者面前的**情形**的发展态势所形成，而是由表现在不同主观论证立场的对峙中的**冲突**发展所形成。埃斯库罗斯的阿伽门农有理由同意牺牲自己的女儿，克吕泰涅斯特拉有理由惩罚阿伽门农谋杀他们的女儿，厄勒克特拉和俄瑞斯忒斯有理由惩罚克吕泰涅斯特拉谋杀他们的父亲，等等。悲剧的冲突是生活基础的价值错位，在文本的平面上表现为一种自我决定的冲突，并且这种冲突被放大开来。在这场争论的对话形式之外，冲突无法得到恰当的发展；文本的这种构成形式实际上推动了悲剧情节的发展，而悲剧情节与最初的神话情节相去甚远。

悲剧与英雄史诗在世界图景的形成、事件的性质和冲突的组织作用等方面有着根本的不同，它在一般情况下保持着规模方面的建构结构关系。悲剧性的犯罪是一种未达到犯罪程度的行为；在这一体裁框架中，构成情节的行为获得了对公共生活造成重大干扰的地位："世纪破碎"(《哈姆雷特》)。普希金在他的著名公式中思考了这种情况："悲剧中发生了什么？……人和人民。人的命运，人民的命运。"[1] 普希金甚至在拉辛身上也看到了这种联系，"尽管他的悲剧形式很狭隘"，在题材上也是宫廷贵族式的。然而，如果拉辛笔下的费德尔[2]的生活与人民的生活没有直接关系，那么她就与宇宙世界秩序的最高共同体密不可分，因为她的母亲是太阳神的女儿，她的父亲是宙斯的后代。事实上，每一个悲剧英雄最终都是一个神圣世界秩序的浪子——人类无法理解其内在矛盾性。

毫不奇怪的是，主人公的死亡，例如在《哈姆雷特》中，往往是为恢复世界秩序而付出的代价。这一悲剧时刻源于酒神和类似的神话，源于神灵或图腾复活并恢复生命流动的仪式性死亡。然而，这样一种流行的角色死亡在最初的时候，并不是埃斯库罗斯或索福克勒斯悲剧的体裁标志；只有由于非自愿或错误的所谓"悲剧"罪行而遭受痛苦的时刻才被认为是必须的。关于这种罪恶感，最简单的一个例子是费德尔的禁忌之爱，这里女主角显然

---

1 *Пушкин А. С.* Указ. соч. С. 625. 亚历山大·谢尔盖耶维奇·普希金:《普希金全集》，第 625 页。

2 法国剧作家拉辛创作了堪称古典主义悲剧代表作的《费德尔》。身为希波吕托斯继母的费德尔，爱上了继子，陷入"乱伦之恋"，被拒后又陷害希波吕托斯，致使其惨死海上。最终，费德尔悔恨交加，饮毒自尽。——译者注

是不自由的。

莎士比亚进行戏剧创作时，已经形成了发达的小说传统，培养了一个随机的世界图景。然而，转向《罗密欧与朱丽叶》(由亚瑟·布鲁克的同名叙事长诗改编)中的这一传统，莎士比亚仍然忠于体裁经典，并恢复了施为性的建构结构:“偶然使罗密欧和朱丽叶走到了一起，但他们的爱并不是偶然的”……“他们俩都有一个法则，虽然不被外界所接受；他们相互之间的关系是独立于‘所有的阴谋和冒险’之外的”[1]。

悲剧情境史诗般的规模，解释了这一体裁中主要人物被如此频繁地赋予主权的功能，以及由此产生的对公共生活的责任，也赋予了黑格尔所说的“人类命运”以“实体性”的含义。同样的规模也源于合唱最初的根本作用——作为“人民的命运”在舞台上被表现出来。在这一体裁演变过程中，合唱并没有保留成为悲剧的典范属性，但在多人的集体角色的简化形式中——非常活跃的价值取向——它形成了稳定的体裁传统之一。

悲剧中独唱与合唱的关系不应与个人和民众的浪漫主义对峙相提并论。在经典悲剧作品中，它们是互补的。这里的合唱常常充当公共意见的载体，而英雄的立场却是——出于某种或另一种原因——矛盾的原因，这就导致他在高潮时会出现狂热。对这一体裁类型的文学作品中的英雄来说，“狂热”是其固有的，超越了既定的文化定型思维和行为。在民众情节的框架内，悲剧主人公作为一个没有先例的个体存在事件，因而成为个体自我认同的主体：自知、自欺、自我肯定和自我否定。俄狄浦斯的重要问题(我是谁?)是写给神谕的，但它以这样或那样的方式摆在所有悲剧英雄面前。例如，拉辛笔下的赫尔迈厄尼惊呼道:“哦，我真的不可能知道我该爱还是恨吗?”属于同一系列的结构式体裁

1 *Берковский Н. Я.* Литература и театр. С. 25, 38. 纳姆·雅科夫列维奇·别尔科夫斯基:《文学与戏剧》，第25，38页。

问题应该还包括哈姆雷特的“生存还是死亡？”

由此，英雄史诗典型人物忒修斯，当他发现自己处于偶然的“费德尔”悲剧情形中时，他向自己提问是非常重要的细节。在困惑中，他问的不是自己，而是外部的情况：我不知道我在哪里。

如果说在古代史诗中，中心人物是以量来区分的（最勇敢、最狡猾、最强大等），那么在悲剧中则是在质上：个人独创性和在世界上存在的多义性。悲剧主人公的个人排他性阻碍了他明确的自我决定，使他难以在世界上进行自我定位，这是这一体裁的一个建设性特征，也在一定程度上解释了悲剧在小说时代的消亡（喜剧得以重建，且仍然顺利地存在）。毕竟，在一个相当发达的小说体裁中，笼统的人的形象，而不仅仅是中心人物，具有排他性。悲剧体裁在其原始的创作结构（独唱–合唱）中捕捉到了个体自我意识的最初历史性飞跃，而小说体裁则在这一心理开始在文化中起主导作用的时期发展到了顶峰。

巴洛克时期和古典主义时期对悲剧的历史关注，使得这一体裁回归了文学中的主导地位，这与西方文化的另一次精神飞跃——欧洲公众意识中自我中心主义的增长有关。莎士比亚或卡尔德隆[1]的悲剧都有自我意识不断增强的生动例子。拉辛笔下的人物有罪的利己主义被疯狂地延伸到“激情的对象：为我而活，为我而呼吸，如果不是为我，那么就不为任何人”[2]。

悲剧体裁的实指权限可以被定义为犯–罪的主题化（广义上违反世界秩序的施为性界限）和“孤独意识”的问题化（一种从声音的合唱中消失并与之形成对话关系的声音）。根据巴赫金的

1 卡尔德隆（1600—1681），西班牙剧作家，诗人，是西班牙黄金世纪戏剧两大派之一的代表人物。他所开创的戏剧新风格影响了从 17 世纪中叶至 18 世纪初的黄金时期后期文学。

2 *Кадышев В. С.* Расин. М., 1990. С. 66. 弗拉基米尔·斯捷潘诺维奇·卡德舍夫：《拉辛》，莫斯科，1990 年，第 66 页。

说法，一个悲剧英雄“仍然承载着灵魂合唱式的价值取向……但已经感到自己是孤独的了”（1，232）。即使当合唱不在舞台上发生时，合唱的“公共意见”对这样一位英雄来说也是一个实际的、值得商榷的“重要立场”。所谓的体裁内容是规范化的，并产生了一个稳定体裁主题的整体综合体，特别是：内疚、迷茫、意外的承认、孤独、自我钻研、精神错乱和自杀等。

第三节

在使用相同的英雄传说素材方面，悲剧与史诗的另一个根本区别在于，悲剧将过去的事件呈现在观众眼前，就像此时此地发生的一样，在“现在的共同经历”中，取消了被表演事件和事件本身之间的史诗距离。在体裁起源时期（城邦民主时代），这使得悲剧的表演具有了与政治相关以及时事性讲述的特点。

史诗距离的缺失意味着悲剧文本的整体结构是非叙事的。当然，信使的言语是叙事，合唱的言语大多是抒情冥想，但正如亚里士多德所强调的那样，新兴体裁文本中的建设性作用属于“行动，而非故事”[1]。需要指出，古希腊罗马悲剧中的身体行动通常不是在舞台上进行的，它们恰恰是讲述的对象（晚些时候，贺拉斯抗议它们的直接展示）。亚里士多德限制了“优秀的表达和思想”对于悲剧的重要性，他坚持“情节和行动的结合”[2]是最重要的。他没有把“行动的组合”和“故事情节”区分开来，而故事情节可以由信使叙述出来，因为它指的是口语的、言语的行动。

这种所谓的“言语的较量”（修辞竞赛[3]）是索福克勒斯和欧

1 *Аристотель*. Об искусстве поэзии. С. 56. 亚里士多德:《关于诗的艺术》，第56页。

2 同上，第59页。

3 原文中使用了古希腊语单词agon，即竞赛、比赛之意。——译者注里庇得斯悲剧作品中最为重要的因素：在这些对话的相互作用之下，可以发现对这一体裁来说是同一情形但不同个体呈现版本的根本上的不一致。例如：索福克勒斯的《安提戈涅》中安提戈涅和克瑞翁之间的争论；《厄勒克特拉》中厄勒克特拉与克律索忒弥斯和克吕泰涅斯特拉之间的"交互对白"[1]（从体裁上来说是典范式的争吵）；莎士比亚作品中墨丘蒂奥与罗密欧之间的语言决斗；等等。

拉辛的《安德洛玛刻》的文本结构是由言语行为编织而成的，在这里，所有可以讲述的事件（不包括最后的灾难）都已经发生在幕布升起之前。而费德尔从希波吕托斯手中夺剑的著名姿势，原来是人们唯一的非语言互动，不仅在费德尔身上，而且在拉辛所有的戏剧中，这与古希腊罗马悲剧的遗产有着深刻的联系。事实上，"悲剧的世界就是文字的世界"[2]，在这里就是一种行为。

如上所述，演说是直接的言语行为，它对对话者的影响或对情境的改变（而不是信息）被称为表演性的。无论戏剧叙事或沉思的抒情片段内容有多么广泛和重要，戏剧体裁都可以没有它们，但是如果缺少了呼叶式的表演，戏剧是不可能存在的。因此，对话作为一种言语互动，在悲剧和随后的舞台话语体裁中，起到了文本体裁结构形成的建构性作用。

然而，在这种情况下，如果说艺术演说作为一个整体，它的属性是表演性的，并且完全类似于广告或直接的政治煽动表演性（尽管古希腊人的政治悲剧事实上常常被证明是隐含政治表演性的），那就错了。这正是一个**模拟**话语，包含了信使和合唱的表

---

1 стихомифия，为索福克勒斯首创的舞台形式，即人物角色之间快速地对话，甚至打断对方的话。——译者注

2 *Кадышев В. С.* Расин. С. 179. 弗拉基米尔·斯捷潘诺维奇·卡德舍夫：《拉辛》，第 179 页。

演对话以及使它们成为一个整体的独白部分。

无论是根据神话传说创作文本的剧作家，还是在舞台上表演文本的演员，都没有讲述神话中的人物，也没有成为神话中的人物，而是模仿神话中的人物，就像原始人的仪式行为一样。演员模仿的立场（而不是古老的转世）结合了叙事不相容的复制者与被复制者，同时还有他们表演的连续性。此外，与仪式相反，这种模拟精神行为是没有先例的，就像传说中的事件本身一样：应该记住，悲剧的文本是为纪念狄俄尼索斯神举行的悲剧演员比赛中的一次性表演而创作的。

观众参与了这一悲剧事件，但它并不是作为一个传奇的事件，而是作为一个**真实**的事件，观众在观看的那一刻发挥效能，只是这个事件被舞台的空间边界隔开了。古希腊的戏剧表演通常都是政治话题，剧作中的言论片段交织在城邦公民的日常讨论中。观众被要求成为演员模仿言语行为的内在共同表演者，“为了让任何一个人……不寒而栗并随着事态的发展感到同情”[1]。如果“不寒而栗”涉及对人物的内在认同，那么“同情”则恰恰相反，是仁慈的超然。这种“不在场参与”（巴赫金）的悲剧辩证法，是表演成功所必需的，并延伸到观众之中，它对整个文学话语、对作为一种审美活动的整个艺术写作的进一步发展起到了极其重要的作用。

在悲剧表演中，观众的“不在场参与”（合唱作为文本内的舞台形象）导致了事件现实的呈现向永恒的法则扩展，向人类生命的根基扩展。它促成了演员所表演的事件的特性换喻为整体的世界秩序，这种秩序将关于存在“最新问题”的说明变成了体裁的本质属性，并保障了它的“崇高性”（形成了关于崇高的美学）。

---

1 *Аристотель*. Об искусстве поэзии. С. 82. 亚里士多德:《关于诗的艺术》，第 82 页。

既然关于神的正义和诸神所建立的世界秩序的完善（本质上无法解决）的问题的答案不可能是非常明确的，那么悲剧文本所定位的艺术接受者应该被理解为**自我界定**的对象。在史诗圣歌中，听者在内心里认同人物，与史诗圣歌的感悟所引发的英雄净化不同，悲剧的净化有助于个人的自主性，它将个人与受到普遍接受观点引导的广大公民分离开来。在欧里庇得斯的作品中，这种接受的态度，处理了诡辩伦理的基础，得到了最终的发展。

悲剧的体裁修辞学和其他言语体裁一样，直接取决于这种话语所固有的受话者体裁概念的讲述。普希金敏锐地描述了“宫廷”悲剧（拉辛的）和“民众”悲剧（莎士比亚的）在接受态度上的不同：“民众悲剧创作者的文化水平比他的观众高，他清楚这一点，将自己自由创作的作品带给大家，对自己的崇高地位和可以毫无异议地感受到民众的认可满怀信心。相反，在宫廷里，诗人觉得自己不如他的观众。观众比他受过更多的教育，至少，他和他们都这么想……他努力猜测陌生的人们的高雅品味。”[1] 在这种交际情境下，拉辛的悲剧是相当规范的：虽然雅典公民大会与宫廷会议有着根本的不同，但古希腊罗马悲剧的作者主要关注的是文学竞赛评委会的成员，也就是说，他把自己的文本“自下而上”地定位，就像古典主义悲剧那样。舞台讲述定位是“自上而下”的，这种定位自然有助于偏离正典，促成“自由作品”的体裁自由。

然而，尽管这些差异如此之深，悲剧的两种形式——古典的和非古典的——都有一个共同的公分母：“崇高”（不管是英雄和民众，还是英雄和作者）。崇高产生于个体从日常存在的合唱一般化中分离出来的冲动，而这种冲动得到了语言系统的高亢语调和风格的回应。作者是否努力将读者提升到提供给他们的作品的智

1 *Пушкин А. С.* Указ. соч. С. 214. 亚历山大·谢尔盖耶维奇·普希金：《论人民的戏剧及剧本〈市长夫人马尔法〉》，第 214 页。

力水平？又或者作者为了把他的文本提升到观众的“高雅品味”的水平，而被迫转向崇高文体语域的词汇和句法？如亚里士多德所说的那样，作者不仅使用普通的口头表达，而且还使用那些“日常不适用”[1]的表达，并创造出宏大的效果。

这种修辞意图是内心独白所固有的，尤其在诗歌形式的词句中。悲剧中的对话仍然是一种外在的结构形式；这种体裁的修辞学侧重于从“所有人”中分离出“一个人”的问题，基本上是**独白式的**。从体裁上来说，非常重要的人物的言语竞赛本质上与其说是真正的对话，不如说是独白的相互驳斥。至于充满修辞多样性的散文性语词，则从根本上与悲剧格格不入。在小说时代完成的戏剧向散文的主导性转变，使悲剧脱离了实际的体裁体系，而只将悲剧体裁记忆的回声保留在了以这种传统为导向的作品中(《大雷雨》)。因此，试图复兴这一古老流派的尝试，需要对文本的诗歌形式组织提出诉求（参见安年斯基的悲剧作品、马雅可夫斯基的《弗拉基米尔·马雅可夫斯基》、维亚切斯拉夫·伊万诺夫的《普罗米修斯》)。

第四节

在《鲍里斯·戈东诺夫》一书中，普希金偶尔会使用散文言语，并把它们当作结构上的着重点。散文式的第 6 幕（《大主教的中堂》）中讲述了格利高里·奥特列比耶夫逃离修道院的消息，并给出了抓捕他的命令；散文式的第 8 幕（《立陶宛边境的小饭铺》）中，展示了这次抓捕的失败尝试，最后格利高里一纵跳出了窗子（象征性的疯狂“超越”世界秩序的规范框架）；在随后的两个短文场景中，歌唱标志着一段关于季米特里复活的对话的

1 *Аристотель*. Об искусстве поэзии. С. 116. 亚里士多德：《关于诗的艺术》，第 116 页。

开始（第9幕《莫斯科许伊斯基家》），这与克谢尼娅哭诉纪念已死的未婚夫——王子——形成了对比（第10幕《皇宫》）；散文式片段第16幕和第17幕呈现了戈东诺夫军队战败的群众场景（《诺夫哥罗德-谢维尔斯基近郊的平原》），以及圣愚在百姓面前公开谴责戈东诺夫的行为（《莫斯科大教堂前面的广场》）；在最后一幕第23幕的结尾处，人民如此意味深长地"沉默无言"也是散文式的。重要的是，对于那些群众场景，当人民与当局立场一致时用的是诗句描写（第2幕、第3幕和第22幕）；而与当局立场不一致时则用的是散文形式，如第16幕、第17幕和最后一幕（特别是，"还是去悼念这些不信神的家伙吧"[1]）。

在悲剧的五言抑扬格中引入散文，自然会产生小说言辞矛盾的效果。在战斗场景（第16幕）中，俄语、法语和德语的混用故意夸大了这种效果。

与素体诗般的散文截然相反，该剧的主要内容是押韵的句行。它们还起到了对比强调的作用：当戈东诺夫了解到似乎是复活的季米特里出现的消息后，在独白结尾出现了押韵，他高呼"啊！皇冠呀！你是多么沉重。"[2]（第10幕）；另外还有冒名顶替者对玛琳娜的骄傲回应，他谈到伊凡雷帝的英灵收养他做儿子和戈东诺夫的厄运（第13幕）[3]。在这些对话之间，姆尼谢克关于没有权势、没有忧虑的快乐生活的享乐主义挽歌押着韵，听起来像是一种幕间小喜剧（第12幕）。押韵也出现在冒名顶替者和耶稣会士之间的外交对话中，表明了相互间虚伪交流的形式化。

一般来说，在《鲍里斯·戈东诺夫》中，许多不同体裁的互文话语相互作用，就像小说中的那样：从民歌和编年史到皇家法

---

1 普希金:《普希金戏剧集》，戴启篁译，桂林：漓江出版社，1982年，第91页。

2 同上，第59页。

3 同上，第76页。

令和拉丁赞美诗。“文本中不同的体裁象征性地由不同人物来表现，无论是自由选择还是由于环境原因，都沉浸在不同的社会体裁中。”[1]鉴于莎士比亚对地点、时间和行动的规范统一性的破坏，尼古拉一世（由布尔加林提出）建议把这出戏“改编成沃尔特·司各特那样的小说”并非毫无根据。

然而，普希金仍然创造了一个莎士比亚式的非经典版本，从体裁方面来说是真正的悲剧，在其中，正如在埃斯库罗斯的悲剧中一样，“公正的复仇变成了不可原谅的罪行”[2]。冒名顶替者指出伊凡雷帝的英灵收他为子，戈东诺夫注定是牺牲品，这些都是悲剧传统的关键。这种莎士比亚式的关于父亲或神话祖先的影子出现的主题在古代悲剧中被反复用来组织情节（最初的先例是埃斯库罗斯笔下《波斯人》中大流士王的影子）。文本中还有其他类似的典故（例如，玛琳娜·姆尼谢克被视为一个半神话人物——“大理石仙女”），但它们只提示了作品的体裁性质，并没有在本质上界定这种性质。

普希金拒绝经典的“三一律”并没有导致该剧结构上的松散。上文已经指出了其文本中的一些顺序。其中最为重要的应是“主人公们”的出现和消失。格利高里在第5幕中以被唤醒（在修道院的牢房里）的方式出现，在该幕最后以睡着的方式离场（在森林里的一场战斗失败后）。沙皇鲍里斯则出现在第4幕中，并在该幕结尾处离场，接受死前出家成为僧侣的仪式（即象征性地进入修道院，这也是他那幸运的对手逃离的地方）。

---

1 *Клейтон Дж. Д.* Тень Димитрия: опыт прочтения пушкинского «Бориса Годунова». СПб., 2007. С 129. 约翰·道格拉斯·克莱顿：《季米特里的影子：阅读普希金〈鲍里斯·戈东诺夫〉的经验》，圣彼得堡，2007年，第129页。

2 *Ярхо В. Н.* Античная драма: Технология мастерства. М., 1990. С. 11. 维克托·诺耶维奇·亚尔霍：《古希腊罗马戏剧：工艺技术》，莫斯科，1990年，第11页。

然而，《鲍里斯·戈东诺夫》与其说是埃斯库罗斯式的对称悲剧结构（亚尔霍称之为“三角墙结构”），不如说是不对称的，但它在结构方面同样严格地符合索福克勒斯的形式。在后一种情况下，情节的语义中心并不与结构中心相对应，而是向文本的末尾靠近。位于中心的第12幕（《桑姆波尔督军姆尼谢克的城堡》）从情绪意愿基调方面来说是悲剧之外的，它缓解了紧张程度，是事件急剧发展的中断，而在下一幕（《在喷泉旁》）中则会出现冒名顶替者为了田园诗般的爱情拒绝觊觎已久的宝座（“你可以替代沙皇的皇冠”[1]）的情节。这场悲剧的中心事件是对莫斯科的武装入侵。它位于整个文本结构组成的黄金分割点上，是第14幕（《立陶宛边境》）和第15幕（《御前会议》）之间的转折点。第14幕以“跃马。大军越过边界”[2]结束。第15幕开场，戈东诺夫对不可思议的事件做出了反应：“这怎么可能？一个开除教籍的教士，在逃的小僧，胆敢带领凶恶的队伍犯境！”[3]

普希金创作的悲剧所指含义的基础是犯罪牺牲者原始动机的主体语义综合体。在作品出版后不久，伊万·瓦西里耶维奇·基列耶夫斯基敏锐地注意到普希金作品中这种体裁的向心性（尽管在千变万化的场景中似乎缺乏行动的统一性）：“……悲剧的所有人物和场景都只在一个方面发展，即弑君的后果。被谋杀的季米特里的影子自始至终占据着这场悲剧。”[4]

作为牺牲品的婴儿的形象的确是该剧情节的基础（许伊斯基在他开场的第二段话中便宣布了戈东诺夫登基的保证是婴儿王子的流血，这在功能上与传统悲剧开场白相对应）。该剧以另一个婴儿“鲍里斯的儿子”被杀结束，以示新沙皇登上王位。在这期

---

1 《普希金戏剧集》，第71页。
2 同上，第80页。
3 同上，第81页。
4 *Киреевский И. В.* Эстетика и критика. М., 1998. С. 111. 伊万·瓦西里耶维奇·基列耶夫斯基：《美学与批评》，莫斯科，1998年，第111页。

间，人们为鲍里斯的登基做出了一种模仿牺牲的姿态：人群中的一个女人把自己的孩子“扔在地上”。在后莎士比亚戏剧中，通过文本中的戏仿来强化主题的现象并不少见。

在剧中，“关于作为牺牲品的婴儿的命运”没有人敢提醒戈东诺夫。第一次提及是“异教徒”格利高里·奥特列比耶夫，而且推动了悲剧场景的发展。因此，这一罪行构成了鲍里斯·戈东诺夫最初的冲突局面。反过来，冒名顶替者的罪行就是他带领波兰兵团越过主权边界时犯下的罪行，因为在这之后，用他自己的话来说，“啊！库尔布斯基！俄罗斯就要流血了！”[1]（再次出现牺牲）罪行（玛琳娜和费奥多·戈东诺夫被谋杀）为悲剧加冕。最后，伊凡雷帝，他阴魂不散，用比明的话来说，他称自己是一个“该死的罪犯”。这就促使我们探讨作品体裁形成问题中“犯罪主旋律中的艺术体现”[2]。

《鲍里斯·戈东诺夫》的问题是建立在对悲剧来说非常典型的冲突基础之上的，这种冲突是由统一的施为世界图景中价值的失配导致的。在戈东诺夫犯下罪行之后而发展起来的国民生活的历史特点是其政治和伦理方面的不相容性。从政治必要性的角度来看，沙皇鲍里斯被赋予了一种“高度的权力精神”，表现为一个理性且有远见的统治者，他的统治使得国家生活发生了深刻且积极的转变（巴斯曼诺夫曾说，“求上帝助他把奥特列比耶夫讨平。然后，他会给俄罗斯人民做出许许多多的好事情”[3]）。伪季米特里给人民带来动乱、流血、外族统治和衰落。然而，从道德必要性来看，戈东诺夫不具有权力的道德权利，

1《普希金戏剧集》，第80页。

2 *Хализев В. Е.* «Борис Годунов» : власть и народ // Ценностные ориентации русской классики. М., 2005. С. 54. 瓦连京·叶夫根耶维奇·哈利泽夫：《〈鲍里斯·戈东诺夫〉：权力与人民》，见《俄罗斯经典的价值取向》，莫斯科，2005年，第54页。

3 同1，第102页。

而奥特列比耶夫有报复的道德权利:“但是，让我的罪过不要落到我头上，让它落到弑君的贼子鲍里斯头上”[1]。奥特列比耶夫被描绘成道德立场的善(“仗打得够了，要爱惜俄罗斯人的血”[2])，却推行邪恶之实，这通常是典型的俄狄浦斯式英雄。如果说义东诺夫和巴斯曼诺夫冷酷而务实地把人民当作一匹倔强的(烈马)来谈论，那么冒名顶替者在下一场景中则真诚地为自己的战马而悲伤，这具有象征意义:“我可怜的好马！……怎么办?笼头卸下，肚带松开，让它自由地去死吧！”[3]

这种情况下的悲剧性可以从不同的立场去理解，表现在个体致命选择的必然性上，这种选择折磨着巴斯曼诺夫，例如:“是否最好我自己首先决开堤防……哎呀！那可是对誓言的背叛呀！那真该遗臭万年！年幼的皇上信赖我，我岂能以变节来回报?……但是，死亡近在眼前……还有权力……还得再想想人民的苦难……”[4]个人选择在世界秩序中扮演了超个人的角色，这是通往冒名的路径。冒充的基础是人类存在的外部和内部方面的不匹配。正如天主教神父教导冒名顶替者:“在蝇营狗苟的世人面前，我们有责任不时戴上假面”[5]。悲剧人物仍然完全属于义务的施为世界秩序，但他们因具有了某种过度的主观性而不再发挥任何角色功能。“或者，我象个光荣的战士，冲锋阵亡，或者，我象个万恶的坏蛋，丧命刑场”[6]，说话人奥特列比耶夫在内心深处觉得自己既不是战士也不是坏蛋。在其他情境中，他是一个“头发火红的小丑”“滑稽逗乐的人”(在《立陶宛边境的小饭铺》一幕中)和一个热情的浪漫情人

1 《普希金戏剧集》，第80页。
2 同上，第90页。
3 同上，第98页。
4 同上，第111页。
5 同上，第60页。
6 同上，第77页。

(《夜 花园 喷泉》),敌人的营地里提起他时,说他“是一个贼,可又是一条好汉”[1]。这样一种个体的冒名形式是一种伪英雄式的自我界定方式,但事实上,这是一种个人主观的、对并非与生俱来的角色的占有:“为什么,战斗的欢乐我不能分享?为什么我不能在沙皇的国宴上痛饮轻狂?”[2]格利高里在冒险的前夜是这么说的。

在普希金悲剧的艺术世界中,冒充不仅是奥特列比耶夫的生活行为准则,而且是几乎所有主人公的生活行为准则。编年史家比明是个例外,无论从他的传记还是他目前的职业来看,他都属于英雄史诗的世界,这也涉及情节性人物库尔布斯基——他在战斗中自然死亡(史诗英雄在悲剧中没有立足之地)。穿越俄罗斯边境时,在库尔布斯基英勇正直的衬托下,冒名顶替者的悲剧双重性更加清晰地显现出来:“他多幸运!一颗纯洁的心为光荣和欢乐剧烈地跳动!我的勇士!我羡慕你。”[3]

鲍里斯也是冒名的沙皇,他通过犯罪和狡猾的冒险“戴上了莫诺马赫皇冠”,临终前他曾说:“我生而为臣,死也当以臣下的身分在黑暗中死去”[4]。贵族们也公开追逐冒名顶替(“听我说,公爵!倒是咱们有资格继承费多尔的皇位”[5]),还有敌视他们的巴斯曼诺夫也是如此(“在战场上我没有对手,御座前我又将是第一大臣……并且还有可能……”[6])。玛琳娜的立场也是冒名的,她选择的不是爱人的人格,而是他的帝王身份,“别再说,你选择了帝王身分,而不是我本人”[7]——事实确实如此,她还为自

1《普希金戏剧集》,第 96 页。
2 同上,第 24–25 页。
3 同上,第 79 页。
4 同上,第 104 页。
5 同上,第 13 页。
6 同上,第 102 页。
7 同上,第 72 页。

己选择了王室身份，而不是她所说的“无名的流浪汉”。冒名顶替是所有出于自私动机而效法虚伪的人的立场。最后，就连被杀害的季米特里本人，在开明长者的故事中也把自己说成冒名顶替者：“我现在已是个伟大的显圣者。”[1]（冒充他名字的“格利高里”也是“要让这个世界大吃一惊”[2]而起的，并且“巧妙地瞒过了两国人民”[3]。）

在生活立场普遍不一致的氛围中，两个主要的冒名顶替者预先揭露了对手的不光彩之处。与古代悲剧中的英雄不同，他们是在缺席的情况下进行言说比赛。因此，鲍里斯被自己的罪行所折磨，他把杂乱不和的责任转移到了民众身上：“老百姓憎恨活的帝王。他们只爱戴死的皇上”[4]。伪季米特里在缺席的情况下反驳他说：“我知道人民的性格……沙皇的楷模对他们至神至圣”[5]。他们言语行为的竞争性在结构上被凸显出来。戈东诺夫和奥特列比耶夫在场景中交替出场：第 4 幕和第 5 幕，第 7 幕和第 8 幕，第 10 幕和第 11 幕。同时，奥特列比耶夫还回应了第 10 幕结尾处沙皇独白的押韵，以押韵的方式开始了第 11 幕。在舞会中间幕之后，冒名顶替者出现了，他没有说话，但主动权传给了他：他出现在第 13 幕和第 14 幕，沙皇出现在第 15 幕，伪季米特里出现在第 16 幕，沙皇出现在第 17 幕，伪季米特里出现在第 18 幕和第 19 幕，沙皇出现在第 20 幕，在此幕中，沙皇作为一个僧侣结束了尘世生活（这可能意味着在明显的政治失败时隐性的道德胜利）。在剧本中也有直接的语言“竞赛”（玛琳娜和向她敞开心扉的冒名顶替者，许伊斯基和大主教，加夫里拉·普希金和巴斯曼诺夫等），这是体裁在最初时期所固有的特征，虽然在

1《普希金戏剧集》，第 84 页。
2 同上，第 73 页。
3 同上，第 75 页。
4 同上，第 33 页。
5 同上，第 59 页。

普希金笔下处理得非常简洁。

作为古希腊罗马悲剧传统的合唱在《鲍里斯・戈东诺夫》中也有迹可循，虽然在许多场景中人们是以人群的形式出现的，并且被分为“第一种”“第二种”和“第三种”。不过总的说来，人们被赋予了质疑（在6个群众场景中，有20个来自人民的质疑性言论）和道德判断的功能，这也是古希腊罗马悲剧中的合唱所固有的功能。在其中一个场景中，合唱中出现了拥有特殊权利、能够与男主人公交流的“巨擘”人物——圣愚尼古拉。合唱的道德判断在完全符合悲剧二元性的大局方面则是多面性的。起初是“季米特里万岁！杀死戈东诺夫全族！”[1]但是，当大贵族们无耻地消灭了这个家族时，取代欢呼新沙皇万岁的是“人民沉默无言”[2]。这句著名的结语矛盾地回复了合唱在整体结构中的关键作用。在普希金的这部悲剧中，合唱潜在地存在着，胜利的一方之所以强大，“不！也不是因为波兰人援助得力，而是因为民意，对！老百姓的公意”[3]。

尽管作品中的人物生活在罪行和叛教行为之中，普希金作为悲剧文本的规范作者却“不倾向于承担愤怒的谴责者的使命”[4]。古老体裁传统中复杂的艺术表述，就像古希腊罗马悲剧一样，对俄罗斯由十二月党人引起的“混乱”时期具有非常明显的现实意义。而且，按照受话者的体裁立场，这种艺术讲述指向自我界定的主体，而非以讽刺喜剧作家身份出现在听众面前的那些听从恶习的纠正者。

最后，需要指出的是，确定悲剧不变结构的主要困难之一是由欧里庇得斯作品早期的体裁危机造成的。“人类存在的不稳定性，

1《普希金戏剧集》，第114页。

2 同上，第116页。

3 同上，第110页。

4 *Хализев В. Е.* Указ. соч. С. 55. 瓦连京・叶夫根耶维奇・哈利泽夫：《〈鲍里斯・戈东诺夫〉：权力与人民》，第55页。

统治世界秩序的不可理解性，神圣意志的不可解说性使得欧里庇得斯的英雄与埃斯库罗斯和索福克勒斯的英雄相比完全处于不同的条件之中。”[1] 罗马文学中影响体裁结构典范化的危机，以及后来在欧洲古典主义文学实践中的危机，又以矛盾的形式与体裁形成的最后阶段相吻合。

在古希腊最后一位伟大悲剧作家的作品中，研究者们注意到了其中存在的“与神话传统的分离”[2]和“对神话的批评”[3]。例如，《行人》是一个关于诱惑者与被诱惑的姑娘和被抛弃的孩子（尽管赋予了神话人物的名字）的戏剧，与后来的情节剧非常相似。《叶琳娜》也是如此，其中有一个冒险的情节，不是由神圣世界秩序的法则，而是由“鲁莽、意想之外的偶然性”所催生，作品中的主人公们思考的是变化无常。这部准悲剧的情节包括分离、各种不幸事件以及恋人（在这里指的是配偶）的成功团聚，这些后来都成为希腊小说的固定类型。可以这么说，在这些从历史上看来是提前到来的体裁危机现象中，欧里庇得斯预见到文学写作特别是戏剧写作的“小说化”前景，这将是在几个世纪之后才会完全实现的现象，不过它不会排除在更晚的时期里出现真正悲剧的可能性。

---

1 *Ярхо В. Н.* Драматургия Эсхила и некоторые проблемы древнегреческой трагедии. С. 264. 维克托·诺耶维奇·亚尔霍:《埃斯库罗斯悲剧与一些古希腊悲剧问题》，第 264 页。

2 同上，第 281 页。

3 *Тронский И. М.* История античной литературы. С. 147. 约瑟夫·莫伊谢耶维奇·特龙斯基:《古希腊罗马文学史》，第 147 页。

第十章

代结语：理论话语

第一节

学术话语在体裁种类上几乎和艺术话语一样多样。然而，这里最根本性的意义不在于对学说或随笔、专著或论文、报告、讲座、座谈、摘要、书评和注疏等诸如此类的体裁归属的划分，而在于学术写作语域差异的划分。同时，如果说在小说作品中，这种或那种话语方式通常与体裁（史诗作品的叙事性、抒情作品的施为性、戏剧体裁的模拟性等）完全相符，那么在学术语体中就并非如此了：学术书写的任何语域都不局限于某种体裁。

造成这种状况的主要原因在于，话语 I 和话语 II 在学术和文学艺术中所起到的作用是不同的。

一部真正以艺术性见长的文学作品，作为交际事件，其本身（“以卷起的方式”）包含了作为自身特性的整个写作艺术实践。该文艺作品拥有自己的（想象的）所指意义的世界。单语篇艺术话语以其不变的体裁结构而**内在地**归于传统。

单一的学术著作则**从外部**证明了自己的交际性：通过了解这种相似的陈述之间的吸引和排斥，结合、延续和争论的共轭联系，进入认知话语（即接受性的，而不是创造性的）[1]的互文领域。所有的学术文本（至少在认知的学科领域）都与所指意义的统一世界有关。用海德格尔的话来说，只有“考虑到实物领域的一般标记”[2]，学术话语才有可能实现。在这里，传统与其说具有了恒定的（体裁的）性质，不如说具有了**变余的**性质：新的学术世界图景覆盖在了旧的上面。

因此，在学术话语“场域结构”的基本划分中起决定性作用的是积累事实描述和概括性的概念解释模态。至于实现这些模态的言语语域，在自然学科中占主导的是学术描述的**反复表征**。与人自身本性相符的人文学科是历史性的，其中占主导地位的当属**叙事**。但学术并不局限于表象。在这里，施为性的意义是相当重要的，它在学术话语中的作用常常被低估。同时，正如海德格尔所说，“研究的本质在于：认识把自身建立为在某个存在者领域（自然或历史）中的程式”[3]。从言语的角度看，这是一种施为的行为。

“作为一项研究，每一门学科都是基于一种有限学科领域的项目”[4]，这个“项目”是一种**理论**。没有理论化，任何一门学科都不可能存在，它不是“纯”思想的、独立的语言操作，因为我

---

1 在“机械传统主义”（阿韦林采夫）时代，人们还是以亚里士多德思考诗歌本身的方式来思考艺术文本之间的关系：一种特殊的模仿“科学”。后康德式的艺术写作自决不是一种手艺，而是创作，这改变了我们对过去的文学的认识。

2 *Хайдеггер М.* Время и бытие / пер. с нем. СПб., 2007. С. 62. 马丁·海德格尔：《存在与时间》，译自德语，圣彼得堡，2007 年，第 62 页。译文参考海德格尔：《海德格尔存在哲学》，孙周兴等译，北京：九州出版社，2004 年。

3 同上，第 59 页。

4 同上，第 64 页。

们的思维是将内在的（非话语的）言语的自动交流语言——意识的——实际翻译成一些言语受体可以使用的异质交际语言的话语言语。创建和提出一种理论，就始终意味着说话和表述，实现交际行为，亦即进行话语实践。因此，当被问及理论性的思考意味着什么时，应该将**理论话语**与相关的传播方式区分开来，并且首先要区分的是史学话语（它们从本质上来说是解释学的）。

人作为历史的关键因素是一种矛盾现象。他同时属于：a）一种符合自然规律的现象；b）一种自由（由他们的个性自我决定的）的精神现象。由于这种二元性，历史主义的方法论场域就处于两种极端的学说之间，即**事件**主义（历史是不可逆和不可预测的事件链）和**程序**主义（历史是发展的过程，其规律性是不可改变的）之间。

从事件主义学说的具体观点来看，合乎规律性的概念不适用于**历史**的进程，这一点专门被亨利·里克特和后来的卡尔·波普尔所证实。与过程相反，一个事件，即“可能以不同方式发生的事情”[1]，与阐释者的立场（观点）是分不开的。对事件主义学说的遵循会导向历史知识的叙事化，这样一来，形成于自然科学中的经典学术话语则是非叙事的。叙事话语并没有概括其所指的内容（事件的过程），相反，它通过一些“阴谋”将事实联系起来，使其具有了个性化特征。概括在这里隐性地表现为世界图景，这一世界图景构成了正在发生的事情的背景。“鉴于历史研究的原始科学性质”，海登·怀特建议历史学家在自己的陈述方面限制叙述形态，从而“避免‘唯科学主义’的危险——一种对科学方法的虚伪模仿和对科学权威的滥用”[2]。事件主义学说从本质上来

---

1 *Рикёр П.* Время и рассказ. Т. 1. С. 115. 保罗·利科：《时间与叙事》，第1卷，第115页。

2 *Уайт Х.* Метаистория / пер. с анг. Екатеринбург, 2002. С. 40. 海登·怀特：《元史学》，译自英语，叶卡捷琳堡，2002年，第40页。

说意味着史学回归其修辞学（前科学）的理解：在古典修辞学的语境中，缪斯克莉奥带来灵感的活动是一种讲述过去事件的叙事技能（技巧）。

从规范的程序主义学说角度来看，恰恰相反，事件仅仅是历史的“泡沫”。例如，费尔南多·布罗德尔曾写道：“在过去无底洞般的黑暗中，仍然有一种或多或少具有连贯性的物理定律在发挥作用。”[1] 因此，“地中海的城市尽管魅力四射，但与其他城市类似，并且都受到同样的规律性约束。它们和所有其他城市一样，依靠通往它们的道路来征服空间”[2]，等等。从“年鉴”学派的观点来看，其创始人到现代的继承者都认为，所有“纯历史的”都是一种进化，是“不平衡的、不可逆转的、变幻莫测与不可预测的……对这场新历史主义运动的分析是拒绝叙事缺乏事件性的唯一方法”[3]。

作为过程的历史研究被定位在中世纪之后的新时期所形成的科学性的基本标准上：再现其他研究者的实验结果。同时，对程序主义学说的遵循导致了学术话语的非叙事形态，这意味着学术话语所讲述的不是过去某一天曾经发生的情形，而是在类似的情况下一般来说如何发生的情形。这样的讲述消减了个性化细节的事件性“泡沫”，并实施了一种相应的——说明性的、解释性的——事实阐释策略：“一本好的历史书是一套相互之间紧密联系的说明性情形组成的体系”[4]。最终，程序主义学说使得史学消

---

1 *Бродель Ф.* Средиземное море и средиземноморский мир в эпоху Филиппа II / пер. с фр. Часть I. М., 2002. С. 215. 费尔南多·布罗德尔：《腓力二世时代的地中海与地中海世界》，第1部分，译自法语，莫斯科，2002年，第215页。

2 同上，第430页。

3 Анналы на рубеже веков: антология / Отв. ред. А. Я. Гуревич. М., 2002. С. 17. 古列维奇：《世纪之交的〈年鉴〉选集》，莫斯科，2002年，第17页。

4 同上，第19页。

解在研究现象的本质之中，而不是现象存在的理论科学之中。

然而，我们无法否认，这两种解释历史现实的学说在一定程度上具有对等性。例如，海登·怀特曾令人信服地谈到“相互排斥，尽管同样合法的解释”，这是对既是“一系列历史事件”又是“历史进程一部分”的相同事实所做出的解释。[1]

看来问题在于，过程与事件的**互补性**构成了作为整体的历史现实，同时这种互补性作为部分也是历史经验中最小的一个“量子”的基本的本体论特征。了解了这种互补性，我们便能够明白斯米尔诺夫所指出的“历史的连续建模与离散建模相结合”的现代趋势[2]。在这里，我们可以用维尔纳·海森堡不确定性原理所表示的物理互补性的本质进行类比。微观粒子中粒子性或波动性的主导地位取决于观察者的研究位置，但这些方面都不能完全被消除。历史现象中的事件、程序二重性也是如此。

例如，心理学也有类似的二重性问题。“毫无疑问，”詹姆斯·沃茨说:“人类心理既有普遍的又有特定的社会文化特征，这不仅是在正确的和错误的假设之间做出的选择，而且是在两个不同的研究程序之间进行的选择，人们有必要同时求助于这两种研究程序，如果可能的话，还要将它们结合起来。”[3]

理论话语的内涵在于其研究对象意义的关注点不在于事件层面，而在于合法的可重复性的**程序**层面。呈现并不是现实的、对叙述开放的世界，而是虚拟的世界，或者用伊利亚德的话来说，“生命被简化为原型行为的重复，也就是说，指向**范畴**，而非**事**

---

1 *Уайт Х.* Метаистория. С. 493. 海登·怀特:《元史学》，第 493 页。

2 *Смирнов И. П.* Социософия революции. СПб., 2004. С. 334. 伊戈尔·巴甫洛维奇·斯米尔诺夫:《革命社会哲学》，圣彼得堡，2004 年，第 334 页。

3 *Верч Дж.* Голос разума / пер. с аиг. М., 1996. С. 16. 詹姆斯·沃茨:《思维的声音》，译自英语，莫斯科，1996 年，第 16 页。

件”[1]，呈现这个过程需要一种非叙事的话语。从这一方面来说，理论思维是神话思维直接的继承者。让·弗朗索瓦·利奥塔德认为，理论本身就是一些叙事，只是以一种隐藏的形式呈现，这种观点是没有根据可言的。

科学，正如我们以历史的事件性和程序性的例子来看，它所要打交道的是一个自相矛盾的现实。因此，科学价值所指场域的呈现需要两种典型的表现：不仅是叙述性的，而且是重复迭代性的。然而，迭代式的话语缺乏解释力：描述聚焦在状态上，而没有明确说明它们的更替。这种解释是一种理论家的言说，对其特征的界定，需要从三种“话语能力”[2]出发，这三种能力决定了任何一种陈述的性质，并且与亚里士多德所确定的“话语场域中的位置”[3]相关联。值得注意的是，古典修辞学的奠基人在交际活动中特别区分了“说话人自己”（创造性立场）、“他所谈论的主体”（所指立场）和“他所指向的人”[4]（接受立场）。

1 *Элиаде М.* Миф о вечном возвращении. С. 133. 米尔恰·伊利亚德：《关于永恒回归的神话》，第 133 页。

2 话语活动基于话语技巧，这种技巧绝不逊色于鞋匠的技巧，换句话说，如果我们要解释特定话语的产生和理解，就必须假设话语能力的存在（Greimas, A. J., Courtés, J. *Sémiotique: Dictionnaire raisonné de la théorie du langage*. P. 248. 阿尔吉尔达斯·朱利安·格雷马斯，约瑟夫·库尔泰斯：《符号学：言语活动理论的系统思考词典》，第 248 页）。

3 *Серио П.* Как читают тексты во Франции // Квадратура смысла: Французская школа анализа дискурса. М., 2002. С. 28. 帕特里克·塞里奥：《在法国如何阅读文本》，见《意义的正交：法国话语分析流派》，莫斯科，2002 年，第 28 页。

4 *Аристотель.* Риторика. Поэтика. М., 2007 (перевод О. П. Цыбенко подред. О. А. Сычева и И. В. Пешкова). С. 15. 亚里士多德：《修辞学》，《诗学》，莫斯科，2007 年（奥列格·巴甫洛维奇·齐边科译，奥列格·亚历山德罗维奇·瑟乔夫，伊戈尔·瓦连京诺维奇·佩什科夫主编），第 15 页。

第二节

理论话语的**所指**能力受规律过程的迭代性质限制。过程的连续性并不意味着对其进行分形切割，将其分为几段，因为情形的因果联系在这里（从 t-1 到 t-2 到 t-3）[1] 并不是最终的结局（非事件性的），而是**阶段式的**——从根本上来说是按顺序发生的，独立于观察者之外的。如果叙事话语的所指能力是一种"对规范的明显规避……，因为规范的实现并不是一个'事件'"[2]，那么理论话语的能力正是对"规范"的阐明。换句话说，理论不是一种陌生化的叙述，而是一种规范化的推论。

推论的划分和讲述的划分不同。它不是一系列片段链，而是通过相应的**推理**传播[3] 的一系列**释义**（广义上来说，是消除不确定性，建立已界定现象的智能边界）。这是某一个生命过程虚拟规范化的主题统一体的先后序列，用加斯帕罗夫的话来说，就是"将研究对象多维的复杂性加工成一条话语线"[4]。通常以自然段形式呈现的推论的释义"步骤"的延展 / 收缩程度可能大不相同。如果说叙事情节的长度取决于细节聚焦的丰富程度，那么构建推理单元的长度则取决于论证的丰富程度。

因此，亚里士多德的《修辞学》第一卷是以这样一个论断

---

1 См.: Danto, A. C. *Analytical Philosophy of History*. 参见阿瑟·丹托:《历史分析哲学》。

2 *Лотман Ю. М.* Структура художественного текста. С. 283. 尤里·米哈伊洛维奇·洛特曼:《艺术文本的结构》，第 283 页。

3 试比较，"因此，让我们给出一个定义：修辞是寻找说服任何对象的可能方法的艺术。确实，这不是任何其他艺术的任务"，等等。（*Аристотель*. Риторика. Указ. изд. С. 9. 亚里士多德:《修辞学》，见《古希腊罗马修辞学》，第 9 页）。

4 Цит. по: *Автономова Н. С.* Открытая структура: Якобсон-Бахтин-Лотман-Гаспаров. М., 2009. С. 447. 转引自纳塔利娅·谢尔盖耶夫娜·阿夫托诺莫娃:《开放结构：雅各布森–巴赫金–洛特曼–加斯帕罗夫》，莫斯科，2009 年，第 447 页。

开篇的："修辞术是论辩术的对应物"[1]。这一论断构成了第一段的**主题**，随后他便用论据加以解释，这些论据以**述题**的形式出现（4 句话，11 行）。接下来的一个自然段（3 句话，15 行）以一句犀利的论断开头："今天那些探索修辞艺术的人对修辞学没有做出丝毫贡献……"[2]。这是一个预先释义，它创造了一种等待下一个释义的真空效果（"……因为只有或然式证明才属于修辞学的范围"），并且需要进一步展开论证。下一段由一个句子（6 行）构成，作为对上一段中的述题论据展开的补充："另外……"，等等。

如果说得益于大量的研究，叙事交际的机制在很大程度上被解释清楚了，那么理论推断的交际性质则没有被解释透彻。它与冥想同根同源（详见第一、七、八章），冥想表现出自动交流的"大声思考"（或"写作"）。然而，如果没有一个有序的释义体系导向接受者的论据展开，这种话语就不是理论陈述。如果缺少了意识的自动交际氛围，这种话语仍旧是自我所指的言语行为——"抒情"式的施为。

这种话语的一个典型例子是罗扎诺夫的《隐居》。"为什么？谁需要？只不过我需要而已。哈，好心的读者，我已好久'不为读者'写作了……跟读者在一起，要比独处无聊得多。"[3] 再如这篇文章中一处思路混乱的随笔："全部文学都会空谈…… 几乎全

---

1 译文参考亚理斯多德：《修辞学》，罗念生译，北京：生活·读书·新知三联书店，1991 年，第 21 页。

2 *Аристотель*. Риторика. Указ. изд. С. 5. 亚里士多德：《修辞学》，见《古希腊罗马修辞学》，第 5 页。这句话的语调是柔和的，论点的扩展被分为 5 个句子，但没有专门成段，尽管在这种情况下已经是显而易见的事，我们已经面临下一步的推理。我国已有三联版的译文为："可是今日的修辞术课本编纂者只提供了一小部分修辞术……"（同 1，第 22 页）。

3 *Розанов В. В.* Несовместимые контрасты жития. М., 1990. С. 459. 瓦西里·瓦西里耶维奇·罗扎诺夫：《言行录的不相容对比》，莫斯科，1990 年，第 459 页。译文参考罗扎诺夫：《隐居及其他——罗扎诺夫随想录》，郑体武译，北京：中央编译出版社，2015 年，第 1–2 页。

部……"[1]。这不是理论上的释义，而是一种不满情绪的自动交际反应。它被记录下来并且被发表，是一个挑衅的施为动作。在理性的后现代主义危机的情形中，此类讲述往往觊觎理论性的高度，尽管它们毫无根据。

从其内在本质来说，释义完全不是自动交际式的，而是自我反射式的。在给出某种经过验证的、由反射性努力所"编辑"过的定义时，主体先前已经经历了理解的心智事件（克服了先前的不理解或错误理解的边界）并且使用举证的方法形成了来自受话者的回应式理解，而非挑拨其做出任性的反应。

释义具有**施为性**，它不是陈述，而是声明（给其所定义的事物以新的名称，进而澄清）。不过，不同于呼吁式的施为性，即受话人同时又是言语行为的对象，或是将言语主体转化为其客体的沉思性行为，理论上的施为行为针对的是某种**虚拟**对象。正如富兰克林·安克斯密特所指出的那样，"科学理论，并不是对世界的复现投影：它们允许我们表述、反映现实世界中从未实现过的事态发展。另外，复现投影只与世界打交道，也就是说，它之所以**现在是**它（反复迭代的——作者注）或者**曾经是**它（叙述的——作者注）[2]，是同它的存在而不是它的本质打交道。不过这一分裂不应被夸大。

在客观上，理论化虽然基本上不改变自己的事实对象，却在思想上改变它：在其他虚拟对象中分离、识别、澄清、深化、定向、设置或指定它的地位、边界、本质，并因而对它进行重

---

1 *Розанов В. В.* Несовместимые контрасты жития. С. 481. 瓦西里·瓦西里耶维奇·罗扎诺夫:《言行录的不相容对比》，第 481 页。译文参考《隐居及其他——罗扎诺夫随想录》，第 49 页。

2 *Анкерсмит Ф. Р.* История и тропология: взлет и падение метафоры / пер. с анг. М., 2009. С. 178. 富兰克林·安克斯密特:《历史与转义：隐喻的兴衰》，译自英语，莫斯科，2009 年，第 178 页。富兰克林·安克斯密特（1945— ），荷兰格罗宁根大学思想史与史学理论教授，历史哲学家，主要研究领域为美学、历史哲学和政治学。

命名。理查德·罗蒂把这种认知与结构活动称为“*edification*”，同时也看到了它的积极性——“与解释学相反的活动：用我们新发明的不熟悉的词语，试图去重新解释我们所熟悉的环境”[1]。“*edification*”通常翻译为“教化”。教化本身无疑具有施为性（一种旨在改变其受话人的呼吁型施为行为）。但“重新解释”是与教化不同的事情。罗蒂作为一名“‘诗意’积极性”的理论家，在这里赋予了“*edification*”一词以偶然的象征意义，即基于“*edifice*”（大厦、建筑、结构）这个词的词形具有的信号式的可感知性。

对“所熟悉的环境”（即包含在经验中的）的重新解释，无疑是一种“启示性”或“启发性”的施为性言语行为。然而，这种言语行为并不是复现投影般的，也不是自我反射的，它包含了需要解释的迭代内容。理论化实现了一种迭代和执行（陈述性）言语音区的混杂化，掌握了相对于所指意义世界的**元迭代**立场。同样地，历史认知的解释学话语是叙事源头和施为（冥想）开端的叠加。

理论化陈述是真正的反解释学的话语实践，因为它们不是从重建过去所失去的经验的角度来解释理论化的主题，而是从预测的、预期未来的角度来解释这个理论应用的所谓效果，也就是说，它们**确定了理解的前景**。与此同时，无论是解释学还是理论话语的心智效能都深深植根于神话之中，因为在某种程度上它的话语能力使理论变得类似于客体的魔法咒语。

---

1 *Рорти Р.* Философия и зеркало природы / пер. с анг. Новосибирск, 1997. С. 266. 理查德·罗蒂：《哲学和自然之镜》，译自英语，新西伯利亚，1997年，第266页。译文参考理查德·罗蒂：《哲学和自然之镜》，李幼蒸译，北京：商务印书馆，2003年，第338页。理查德·罗蒂（1931—2007），美国当代最有影响力的哲学家、思想家之一，也是美国新实用主义哲学的主要代表人物。

第三节

当我们扪心自问理论伪咒语的**创造性能力**时，我们必须把理论家的形象视为一种可能的“作者形式”（巴赫金）。

理论家是非直接交际影响的组织者，旨在改变受话者的意识，将非直接的交际变成一种对受话者来说是心理事件的启示，使受话者对被理论化的对象有更充分的理解可能性。因此，远不是每一次关于理论话题的高智商对话都是一种理论。

安托万·贡巴尼翁并没有居心不良，也没有打情骂俏，他声称，作为《理论的幽灵》一书的作者，他并没有提出任何理论，“只有无限怀疑的学说”[1]。这位作者所说的“怀疑（批判）门徒的理论立场”，其任务是“探究任何话语实践的前提”[2]，特别是“对理论的去神话化”[3]，这是对**批判**话语创造性能力的一个非常成功的表述。这种话语是与理论相冲突的自动交际的冥思式产物，为的是动摇日常的思想，推翻内心的平静或阐释的自我欺骗[4]。这也就不足为奇了，贡巴尼翁这本书本身的理论问题退居幕后[5]，并停留在他所构建的抒情的怀疑者形象的阴影下，对他来说，“对批评的批评是最不坏的制度”[6]。然而，将批判相对主义与理论混为

---

1 *Компаньон Антуан.* Демон теории / пер. с фр. М., 2001. С. 26. 安托万·贡巴尼翁:《理论的幽灵》，译自法语，莫斯科，2001 年，第 26 页。安托万·贡巴尼翁（1950— ），法国当代著名学者，文学史专家。

2 同上，第 26–27 页。

3 同上，第 304 页。

4 同上，第 301 页。

5 根据作者富有表现力的形容就是:“理论在法国已经燃烧殆尽，就像收割过的庄稼地”（Compagnon Antoine. *Le démon de la théorie.* Paris, 1998. P. 10. 安托万·贡巴尼翁:《理论的幽灵》，巴黎，1998 年，第 10 页）。

6 同 3。

一谈，认为理论与“被违背的直觉一样重要”[1]，在我看来这是作者妖魔化理论思维的一个根本性错误。理论话语的主体是**责任性**的主体（调整自己的直觉，但不与直觉相冲突）。

任何真正理论的核心都是一个创新的**概念**（或概念的创新性配置），对于理论家来说，它具有一个事先预测（直觉）的明显意义。同时，正如德克·肯珀正确指出的那样，“没有一个新的概念可以在不考虑前一个概念的情况下被理解，因为它总是包含一个隐含的被拒绝或修改的背景[2]。如果一种理论不负责任地忽视先前的概念，并且建立在没有可执行性的基础之上的话，这种理论并不是完全合格的。

理论建构实际上是一种特殊的“咒语”：在被现实化的概念意义指示领域的转化结构（不是解构！）中，在许多被理论化的指示所形成的智能“极限”（ВЛЭ，100）中，在**范畴**的形成并将其引入现有的范畴系统（通常以重建整个系统为代价）中。

最后，引入一个新的范畴或具有创新性的重新思考的类别需要一个相应的**术语**。（术语–范畴–概念的三位一体是弗雷格[3]个人所组建的三角模型，这一模型背后明显可见亚里士多德的修辞三角。）命名、更名和寻找对等的说明名称是理论话语的关键要素。每一种根据其创造性能力所考察的理论，从根本上来说，实际上都是一种科学语言的“方言”。

说到底，理论话语的创新能力是由认知语言（特定的学派、方向、概念和方法）的直接创新构成的，正是用这种语言产生了这样

---

1 *Компанъон Антуан.* Демон теории. С. 301. 安托万·贡巴尼翁：《理论的幽灵》，第301页。

2 *Кемпер Д.* Гёте и проблема индивидуальности в культуре эпохи модерна / пер. с нем. М., 2009. С. 35. 德克·肯珀：《歌德与现代派时期文化中的个性问题》，译自德语，莫斯科，2009年，第35页。

3 弗雷格（1848—1925），德国数学家，逻辑学家，哲学家，现代数理逻辑的创始人，同时也是语言哲学和分析哲学的奠基人。

的陈述。用一种更新的语言言说实际上意味着交际情境中的施为性变化。理清一种理论就意味着要学习它的语言，对受话者来说，这种语言有时是亲切的、有吸引力的，有时则是遥远的、陌生的。

对现实富有内容的更名的符号学创新对于理论思维有多必要，它在宗教话语中就有多不恰当（不包括理论神学，即科学文本）。然而，对概念命名法的简单回顾并不影响其概念基础，又如其怀疑性的解构，两者都不能声称占据了理论化的地位。

第四节

话语**接受能力**的概念为我们勾勒出了一个接受者的范围，这些接受者与陈述所定位的受话者的虚拟形象相称。任何一种成熟的理论——不像它的准理论批判，或者相反，它的大众化——都不能是一个太宽的范围。它包含了这一理论所涵盖的专业知识的承载者。因为理论陈述与描述性或沉思性陈述的根本区别在于，它不仅传达了存在或思维的状态或过程，而且作为一种行为性言语行为，它把与受话者相互理解的心理事件作为一种交际事件。

贡巴尼翁所取笑的理论与“常识”的碰撞，是虚假的碰撞，因为没有任何一种科学理论是针对无偏见的“自然”思维的。它们针对的是科学知识的承载者，在这种情况下，科学知识被建设性地重新思考，从而带来了对被解释的迭代性（合法性）的新理解。这样的理解与其说是提供了经验上的验证（通常是间接的），不如说是在其他认识的语义场中对意义的虚拟验证。理论话语的基础是“一种施为核实的对话形式，以验证一种源于对神性天意的呼吁的履行性……协议”[1]。

---

1 *Проскурин С. Г.* К вопросу о тематической сети языка и культуры. С. 28–29. 谢尔盖·格奥尔吉耶维奇·普罗斯库林：《关于语言和文化主题系统的问题》，第 28–29 页。

理论性将一个人思维的先兆表现的直觉内容概念化，但是在一个主体间的方向上：为了“另一个我”。理论陈述本身并不是对自我交流过程的沉思式言语化，而是对其参照内容的一种表现性表达，即对另一种意识的“计算”和“部署”。根据伽达默尔的说法，“理论建立了普遍的准备状态”[1]，以便考虑所附事实。

亚里士多德的“诗学”等最初的理论论述，已经朴素明了地证实了它们对被引入“创始者”圈子的对话者的行为取向：“那么，关于模仿的多少和差异是什么，已经说得够多了。”“那么，关于事件的构成，关于情节应该是怎样的，已经说得够多了。”[2]

由于理论化的行为意向性，理论话语的接受者除了要有该理论或其所假定的特殊能力水平外，还需要拥有某种交际意识资源。再生产性（积累知识所必需的）、规律性（接受指令所必需的）甚至批判性思维的独立性等资源在面对理论论证时都是不够的。为了掌握某一对象所提出的理论，有必要与理论主体分享其世界观（在该理论的相关范围内）。

由于有的理论陈述是建立在一些非正统的概念基础上的，它展开的论证体系有其自身的逻辑。被访者在理解上被迫接受这种逻辑的分配，作为与对象本质相关的可能性之一。局限于单一的逻辑，至少在当代文化的人道主义情况下，理论思考似乎是不可能进行的：另一种概括是一种信仰行为，而不是一种理论知识，前者的概率比后者高。理论意识要求具备多种逻辑思维能力。

“多元理论”作为一种走近已知事实不同立场的可能性，作为将别人的观点转变为自己的经验的可能性，由那些在其独特性中没有被确定的主体的统一化交流资源提供保障。根据巴赫

---

1 *Гадамер Г.-Г.* Актуальность прекрасного / пер. с нем. М., 1991. С. 70. 汉斯–格奥尔格 · 伽达默尔：《美的现实性》，译自德语，莫斯科，1991 年，第 70 页。

2 *Аристотель.* Об искусстве поэзии. С. 47, 86. 亚里士多德：《关于诗的艺术》，第 47，86 页。

金的公式，人类思维的**一致性**是充分理解理论话语的必要条件，这一点在于相信他人的话语而不是虔诚地接受他人的话语。

事实上，把理论家的文本作为一系列陈述来解读，每一个陈述都可能受到质疑，这样做是完全没有发展前景的：现行的理论是部署在一系列合理的定义链中的，因其自身的施为特性而没有被分解为单独的各种陈述。现行理论植根于理论思维的诠释能量，将这些定义捆绑在一起，以激发其他人理解（相互理解）的心理事件。此外，与其说这种能量的存在常常在完整的理论结构中引人注目，不如说是在打破零碎的理论思想记录的脆弱外壳的过程中被人明显感知到。例如，巴赫金的这种记录与罗扎诺夫的记录在异质交流性质上有着根本的不同。

当然，一种陌生的理论总是可以被拒绝的。但在本质上被拒绝，并不是一时兴起，只有在团结行动中初步“测试”之后，才会做出这样的决定。

第五节

对理论话语领域进行的概述使我们能够历史性地探讨它，并根据自身策略来区分话语实践理论的不同阶段类型。

历史上，最早的理论化策略是在修辞话语形成[1]的框架内发展起来的，可以被定义为**遗觉**策略。这个可以追溯到古希腊时期的策略的本质被认为是一种先验存在：它是一个从其存在领域中的低级投射重建出来的 eidos[2]。在这里可以将其理解为柏拉图的“记忆”，而精神理论的行为性话语（它还没有完全脱离神话的迭代）在很大程度上仍然是**反复性的**。毕竟，eidos 被认为是一种

1 См.: *Тюпа В. И.* Дискурсные формации. М., 2010. 参见瓦列里·伊戈列维奇·秋帕:《话语的构造》，莫斯科，2010 年。

2 作者在书中直接使用了该词对应的俄语字母拼写形式。——译者注

有限的状态，能够为形成的过程加冕[1]。

理论话语的**批判**策略从阶段上来说是更晚一些的后修辞话语形式。这种策略主要与康德有关。因为，关于那些超出人类经验限度的本质（eidoses），“我们什么都不知道，也不可能知道任何明确的东西”[2]，理论只剩下对实践经验表象的批判或对不可靠的理论建构的批判。

作为一种新的、更可靠的研究方法，批判性理解将先前的理解状态降低为主观观点或无批判地获得的偏见。任何一种理论都是关于本质分析的新说法，作为对已有本质分析说法不恰当表述的批判而出现：“认知的逐渐发展使得某些已经成为经典的说法，以及一些产生于科学尚未成熟时期的说法，在后来不可避免地变得不足、不恰当”[3]。然而，这种建设性的批判从根本上来说与贡巴尼翁对理论经验的整体解构不同。

人类中心主义观点是批判思维理论化的公理基础，从其一贯的观点来看，存在（至少对于理论化的人来说）先于本质[4]，其本质是主体方对存在的概念化，而批评理论的施为性话语在很大程度上仍然是具有**冥思性**并且面向交际主体的矢量化话语。

至于在最近的历史时期，即 20 世纪出现的、我们所经历过的非古典理性、非古典艺术性、非古典宗教性等现象的时期，“非古典”理论的交往策略的真正基础是存在与本质**互补**的公理，并

---

1 试比较：“经历了许多变化之后，悲剧停住了脚步，获得了适当而固有的形式”（*Аристотель*. Об искусстве поэзии. С. 51. 亚里士多德：《关于诗的艺术》，第 51 页）。

2 *Кант И*. Пролегомены ко всякой будущей метафизике, могущей появиться как наука / Соч.: в 6 т. Т. 4, М., 1965. Ч. 1. С. 135. 伊曼努尔·康德：《未来形而上学导论》，见《文集》（共 6 卷），第 4 卷，第 1 部分，莫斯科，1965 年，第 135 页。

3 同上，第 91 页。

4 试比较：“**自然**就是事物的**存在**”（同上，第 111 页。粗体字为康德所标）。随后，关于存在的首要性和本质的次要性的论文构成了存在主义的起点。

且在这一基础上产生了理论话语的另一阶段策略类型——**投影**策略。例如，米哈伊尔·爱泼斯坦思考的正是这种类型的话语，他写道：“哲学作为一门科学，研究最初的本质、基本原理，不再去推测最初曾经发生了什么，而是能够自己放下这些开端，界定非物质的、外在空间的、另外一种心理世界的形而上学性质。哲学没有为历史画上句号，它本身并没有消除在历史中展开的智慧的所有矛盾，反而展现了那些尚未在历史中体现的智慧的可能性”[1]，为受话者提供了一个对一种或者另外一种存在过程进行创新性理解的心理事件项目。

施为性表达作为一种对共同参与到智力“项目”中来的特别的“邀请”，似乎是一种现代的理论话语。

如果理论话语的第一次（遗觉）和第二次（批判性）状态类型学修改是作为**本体论**而与**启发式**相联系的，那么现代理论化实践则在互补性的基础上结合了这两点，并以**认识论**的形式出现。在投射认识论中，理论判断是一种特殊的“进化的检验”（夏尔丹[2]），是为了在人类思维的主体间性环境中“生存”。因此，它包含了“进化链条”上前辈们积极的“遗传”经验。

与遗觉理论的**调控**交际策略和理论批判主义的**发散**交际策略不同，投影理论是“和谐对话”的**趋同**策略。不拒绝任何东西，但对一切的接受均要经过重新思考，这种理论如同一座建立在旧基础上的新建筑，它将其他许多概念用来作为其建筑材料。

在本书作者看来，这本即将结尾的书也是用投影理论叙述策略写成的：与其说它对已知学术成就进行了理论概括，不如说它

1 *Эпштейн М.* Конструктивный потенциал гуманитарных наук. М., 2006. С. 21–22. 米哈伊尔·爱泼斯坦：《人文科学的建设潜力》，莫斯科，2006 年，第 21–22 页。

2 泰亚尔·德·夏尔丹（1881—1955），汉名德日进，法国哲学家，神学家，古生物学家，耶稣会神父。他曾多次到中国进行考古发掘工作，主要著作有《人的现象》《人的未来》等。

施为式地把理论话语宣示为施为实践的一个特殊领域。本书不是在呈现理论智慧业已显露的各种建构可能性，而是在确定这些可能性，使其“自我发展”（爱泼斯坦）；本书不是批评，而是对既有理论思维文化的正面修正；本书提供了一个理论思考可能状态的元修辞学定位方案。

译后记

第一次接触《话语 / 体裁》这本书是在 2017 年 6 月。当时北京外国语大学长青学者张建华教授作为特邀嘉宾来浙江大学参加当代俄罗斯文学热点问题小型研讨会。在此期间我曾向张老师请教关于当代俄罗斯文论研究大家的问题，张老师提到了瓦列里·伊戈列维奇·秋帕，说起这位在俄罗斯文学叙事学研究领域颇有建树的学者。当时我默默地把这个名字记在脑中。说来惭愧，他的文章我竟然从未拜读过！当天我便上网查询，得知秋帕先生早年毕业于莫斯科大学语文系，后留学法国，师从罗兰·巴特，曾任俄罗斯国立人文大学理论诗学与历史诗学教研室主任、叙事学与比较诗学研究中心主任等。

我自己对叙事学有着谜一般的偏爱，还多次参加上海交通大学尚必武教授组织的叙事学高级研修班，执着地认为叙事学为我们分析文学作品文本提供了非常恰当的视角与解析工具。不过，在俄罗斯文论中，我还不曾关注当代文论家。我下载了几篇秋帕教授关于 19 世纪俄罗斯文学作品的分析文章，这些文章解答了许多我在读文学作品时的疑惑，让我不禁拍手称好。

再后来，张老师推荐我参加北京外国语大学王佐良外国文学高等研究院“外国文学研究文库”丛书的译介工作。现在想来仍对张老师的鼓励和厚爱心存感激！正是在《话语 / 体裁》的译介过程中，特别是在核实一条条秋帕先生引用的文献时，我几乎接触到了俄罗斯叙事学研究界的所有代表学者和代表作！

然而，具体的翻译进度却十分缓慢，前三章和第十章相对来说是凝练的理论话语体系，一句句、一行行我都要推敲好久，有时一搁笔就是一周……直到 2019 年 9 月，我到圣彼得堡国立大学访学，在参加彼大语文系的学术会议时，看到会议手册上赫然印着秋帕先生的名字，颇为激动。尽管当时秋帕先生因事未能到会，我却又开启了译稿模式！白天去听喜欢的课程，夜里便做着术语笔记不停地翻译。不知是第四章到第九章结合具体形式文学文本的分析深得我心，还是每一章的内容相对集中，每天除了完成翻译计划外，我还能找来分析文本再读一读、品一品秋帕先生的阐释。

书中所分析的文学作品国内基本都有译本，并且不止一个版本，在版本和译文选择方面，王永、王加兴、张俊翔、皮野、郑涛、糜绪洋等老师给了我莫大的帮助和支持！还有我亲爱的同事史烨婷、刘永强帮我确认书中的法语、德语文献。我的硕士研究生兼电子资料收集达人刘天宇也给了我很大的帮助。

就连我那还在上幼儿园的女儿“小雪糕”都习惯了：她要早点睡觉，这样妈妈陪过她之后，就有时间去翻译了……就这样，一章章译稿的文档生成了，整本书的译稿出来了！

我的硕士研究生管婷婷、周莉英、彭雁飞则细心地帮我一起核对这翻译时间跨度超级长的书稿中使用的专有名词、人名和书名等，特别是脚注中涉及的国内已有译本的文献选择情况，反反复复地校对了三四遍。我心里仍旧忐忑，但终究鼓足了勇气将译稿交给了出版社。

原本以为漫长艰辛却充实的《话语 / 体裁》翻译旅程即将画上句号，在 2022 年 1 月 25 日，等来的竟是感叹号！刘文飞老师发来他撰写的导读，还有对我译文的批注。我一遍遍地拜读刘老师的大作，觉得刘老师将我“身在此山中”看到的峰峦剪影有机地汇聚成了一幅壮观的山景图！特别是刘老师娓娓道来的言语，让任何一位读者对这本严肃的学术专著都不再有距离感。还有刘老师对我译文的批注和建议，如何选择学术术语的表述，如何处理文论中的人名，如何拆分长句子……简直就是给我上了一堂翻译大师课！

在此，我还要对北外王佐良高研院的领导和负责老师对译稿进度的关心表示感谢，对出版社编辑的细心和耐心表示感谢！

秋帕先生这本书中的片段我曾与研究生一起研读，关于曼德尔施塔姆诗作的分析我也曾在国际学术会议上进行过介绍，相信读者读过这本书后还会去“追”秋帕先生的其他作品！期待大家开启阅读之旅！在翻译过程中，囿于文笔和见识，译文中会存在不尽如人意之处，在此敬请读者朋友不吝指瑕！

薛冉冉
2022 年 8 月 23 日于紫金西苑